琼瑶作品
05
光影辑

华语世界
深具影响力作家

琼瑶

著

庭院深深

湖南文艺出版社
HUNAN LITERATURE AND ART PUBLISHING HOUSE

博集天卷
CS-BOOKY

我为爱而生，我为爱而写
文字里度过多少春夏秋冬
文字里写下多少青春浪漫
人世间虽然没有天长地久
故事里火花燃烧起情依旧

覆辙

浴火重生的新全集

我生于战乱，长于忧患。我了解人事时，正是抗战尾期，我和两个弟弟，跟着父母，从湖南家乡，一路"逃难"到四川。六岁时，别的孩子可能正在捉迷藏，玩游戏。我却赤着伤痕累累的双脚，走在湘桂铁路上。眼见路边受伤的军人，被抛弃在那儿流血至死。也目睹难民争先恐后，要从挤满了人的难民火车外，从车窗爬进车内。车内的人，为了防止有人拥入，竟然拔刀砍在车窗外的难民手臂上。我们也曾遭遇日军，差点把母亲抢走。还曾骨肉分离，导致父母带着我投河自尽……这些惨痛的经历，有的我写在《我的故事》里，有的深藏在我的内心里。在那兵荒马乱的时代，我已经尝尽颠沛流离之苦，也看尽人性的善良面和丑陋面。这使我早熟而敏感，坚强也脆弱。

抗战胜利后，我又跟着父母，住过重庆、上海，最后因内战，又回到湖南衡阳，然后到广州，一九四九年，到了台湾。那年我十一岁，童年结束。父亲在师范大学教书，收入微薄。我和弟妹们，开始了另一段艰苦的生活。我也在这时，疯狂地吞咽着让我着迷的"文字"。《西游记》《三国演义》《水浒传》……都是这时看的。同时，也迷上了唐诗宋词，母亲在家务忙完后，会教我唐诗，我在抗战时期，就陆续跟着母亲学了唐诗，这时，成为十一二岁时的主要嗜好。

十四岁，我读初二时，又迷上了翻译小说。那年暑假，在父亲安排下，我整天待在师大图书馆，带着便当去，从早上图书馆开门，看到图书馆下班。看遍所有翻译小说，直到图书馆长对我说："我没有书可以借给你看了！这些远远超过你年龄的书，你通通看完了！"

爱看书的我，爱文字的我，也很早就开始写作。早期的作品是幼稚的，模仿意味也很重。但是，我投稿的运气还不错，十四岁就陆续有作品在报章杂志上发表，成为家里唯一有"收入"的孩子。这鼓励了我，尤其，那小小稿费，对我有大大的用处，我买书，看书，还迷上了电影。电影和写作也是密不可分的，很早，我就知道，我这一生可能什么事业都没有，但是，我会成为一个"作者"！

这个愿望，在我的成长过程里，逐渐实现。我的成长，一直是坎坷的，我的心灵，经常是破碎的，我的遭遇，几乎都是戏剧化的。我的初恋，后来成为我第一部小说《窗外》。发表在当时的《皇冠杂志》，那时，我帮《皇冠杂志》已经写了两年的短篇和中篇小说，和发行人平鑫涛也通过两年信。我完全没有料到，我这部《窗外》会改变我一生的命运，我和这位出版人，也会结下不解的渊源。我会在以后的人生里，陆续帮他写出六十五本书，而且和他结为夫妻。

这世界上有千千万万的人，每个人都有自己的一本小说，或是好几本小说。我的人生也一样。帮皇冠写稿在一九六一年，《窗外》出版在一九六三年。也在那年，我第一次见到鑫涛，后来，他告诉我，他一生贫苦，立志要成功，所以工作得像一头牛，"牛"不知道什么诗情画意，更不知道人生里有"轰轰烈烈的爱情"。直到他见到我，这头"牛"突然发现了他的"织女"，颠覆了他的生命。至于我这"织女"，从此也在他的安排下，用文字纺织出一部又一部的小说。

很少有人能在有生之年，写出六十五本书，十五部电影剧本，二十五部电视剧本（共有一千多集。每集剧本大概是一万三千字，虽有助理帮助，仍然大部分出自我手。算算我写了多少字？）。我却做到了！对我而言，写作从来不容易，只是我没有到处敲锣打鼓，告诉大家我写作时的痛苦和艰难。"投入"是我最重要的事，我早期的作品，因为受到童年、少年、青年时期的影响，大多是悲剧。**写一部小说，我没有自我，工作的时候，只有小说里的人物。我化为女主角，化为男主角，化为各种配角。写到悲伤处，也把自己写得"春蚕到死丝方尽"。**

写作，就没有时间见人，没有时间应酬和玩乐。我也不喜欢接受采访和宣传。于是，我发现大家对我的认识，是："被平鑫涛呵护备至的，温室里的花朵。一个不食人间烟火的女子！"我听了，笑笑而已。如何告诉别人，假若你不一直坐在书桌前写作，你就不可能写出那么多作品！当你日夜写作时，确实常常"不食人间烟火"，因为写到不能停，会忘了吃饭！**我一直不是"温室里的花朵"，我是"书房里的痴人"！因为我坚信人间有爱，我为情而写，为爱而写，写尽各种人生悲欢，也写到"蜡炬成灰泪始干"。**

当两岸交流之后，我才发现大陆早已有了我的小说，因为没有授权，出版得十分混乱。一九八九年，我开始整理我的"全集"，分别授权给大陆的出版社。台湾方面，仍然是鑫涛主导着我的全部作品。爱不需要签约，不需要授权，我和他之间也从没签约和授权。从那年开始，我的小说，分别有繁体字版（台湾）和简体字版（大陆）之分。因为大陆有十三亿人口，我的读者甚多，这更加鼓励了我的写作兴趣，我继续写作，继续做一个"文字的织女"。

时光匆匆，我从少女时期，一直写作到老年。鑫涛晚年多病，出版社也很早就移交给他的儿女。我照顾鑫涛，变成生活的重心，尽管如此，我也没有停止写作。我的书一部一部地增加，直到出版了六十五部书，还有许多散落在外的随笔和作品，不曾收入全集。当鑫涛失智失能又大中风后，我的心情跌落谷底。鑫涛靠插管延长生命之后，我几乎崩溃。然后，我又发现，我的六十五部繁体字版小说，早已不知何时开始，已经陆续绝版了！简体字版，也不尽如人意，盗版猖獗，网络上更是凌乱。

我的笔下，充满了青春、浪漫、离奇、真情……各种故事，这些故事曾经绞尽我的脑汁，费尽我的时间，写得我心力交瘁。我的六十五部书，每一部都有如我亲生的儿女，从孕育到生产到长大，是多少朝朝暮暮和岁岁年年！到了此时，我才恍然大悟，我可以为了爱，牺牲一切，受尽委屈，奉献所有，无须授权……却不能让我这些儿女，凭空消失！我必须振作起来，让这六十几部书获得重生！这是我的使命。

所以，在我已进入晚年的时候，我的全集，再度重新整理出版。在各大出版社争取之下，最后繁体版花落"城邦"，交由春光出版，简体版是"博集天卷"胜出。两家出版社所出的书，都非常精致和考究，深得我心。这套新的经典全集，非常浩大，经过讨论，我们决定分批出版，第一批是"影剧精华版"，两家出版社选的书略有不同，都是被电影、电视剧一再拍摄，脍炙人口的作品。然后，我们会陆续把六十多本出全。看小说和戏剧不同，文字有文字的魅力，有读者的想象力。希望我的读者们，能够阅读、收藏、珍惜我这套好不容易"浴火重生"的书，它们都是经过千锤百炼、呕心沥血而生的精华！那样，我这一生，才没有遗憾！

琼瑶

写于可园

二〇一七年十一月十日

爱情是一杯经过特别酿制的醇酒，

喝它吧！别皱眉头！

目录
Contents

庭院深深

第一部
废墟之魂

"原来是姹紫嫣红开遍，似这般都付与断井颓垣……"

第二部
灰姑娘

那是一个灰姑娘，灰姑娘……住在啊，

住在啊——那庭院深深的含烟山庄！

第三部
暴风雨后

"你开始过另一份生活，而我呢，却陷进了黑暗的地狱，
这是报应，不是吗？"

第一部

废墟之魂

"原来是姹紫嫣红开遍，似这般都付与断井颓垣……"

庭院深深

壹

ONE

———————

"那么，你失去了很多的东西了？"

"一个世界。"他低声地说，几乎只有他自己听得到。

　　方丝萦走上了那座桥。

　　站在桥栏杆旁边，她默默地望着桥下的流水。桥下，河道并不太宽，但是，遍布着石块和小鹅卵石的河岸却占地颇广。溪水潺潺地流着，许多高耸的岩石突出了水面，挺立在那儿，带着股倨傲的神态。流水从岩石四周奔流下去，激起了无数小小的泡沫和回旋。五月的阳光遍洒在河水上，闪耀着万道光华。那流水琤琤的奔流声，像一支轻轻柔柔的歌。

　　在那儿，方丝萦伫立了好一会儿。那流水，那泡沫，那岩石和那回旋都令她眩惑，令她感动，令她沉迷。她抚摩着桥栏杆，她深呼吸着那郊外带着松、竹、泥土混合气息的空气。然后，她慢慢地向桥的那一边走去，桥的那一边已远离了市区，一条宽宽的泥土路向前平伸着，泥土路的左边，是生长着松林、竹子的山坡。右边，是辽阔的田野，以及疏疏落落分布着的一些小农舍。

　　走过了桥，她回头看了看，桥柱上刻着：

　　松竹桥
　　一九五五年重建

　　她微微颦眉，"松竹桥"，名字倒不错，但是，为什么不用木材建造呢？水泥的桥多煞风景！不过，这是实用的，她可以从桥这边的泥地上看出车痕频繁，这儿是台北市的外围，许多有钱的人不喜欢台北市的烦嚣，反而愿意结庐于台北近郊，何况这儿是出名的风景区呢！她相信再走过去，一定可以发现不少的高级住宅，甚至楼台亭阁，画栋雕梁。

她走过去了，几步之外，路边竖着一块指路牌，上面写着：

松竹寺

牌子上的箭头指向山坡上的一条小径，小径两边都是挺直的松树。松竹寺！这就是那座小有名气的寺庙，很多信徒、很多游客都常去的。她呢？也要去看看吗？她在那小径的入口处停顿了片刻，然后，她摇了摇头，抛开了那条小径，她仍然沿着那条宽阔的泥路向前走去。

午后的阳光明朗而炙热，五月，已不再是凉爽的季节。方丝萦不由自主地放慢了脚步，慢得不能再慢，她的额上已沁出了汗珠，她站住，用小手帕拭去了额上的汗。前面，有着好几栋白色的建筑，很新，显然是最近才造好的，造得很考究，很漂亮。她看着那些房子，然后，她轻轻地锁了锁眉头，自己对自己说：

"你要做什么呢？你想到哪儿去呢？"

她没有给自己答案。但是，她又机械化地向前面走去了，走得好缓慢，走得好滞重。越过了这几栋花园洋房，两边的田野就全是茶园了。茶园！她眩惑地看着那一株株的茶树，该快到采茶的季节了吧！她模糊地想着。又继续走了一大段，接着，她猛地站住了，她的视线被路边一个建筑物吸引了。建筑物？不，那只能说曾经是建筑物而已——那是一堆残砖败瓦，一个火烧后的遗址。

她瞪视着那堆残破的建筑，从那遗剩的砖瓦和花园的镂花铁门上看

起来，这儿一定原是栋豪华的住宅。从大路上有条石子路通向那镂花
的铁门，门内还有棵高大的柳树。现在，那门是半开着的，杂草在围墙
的墙脚下茂盛地生长着，那镂花的门上已爬满了不知名的藤蔓，垂着长
长的卷须和绿色的枝叶。在那石子路边，还竖着一块木牌，由于杂草丛
生，那木牌几乎被野草淹没了。方丝萦身不由己地走了过去，拂开了那
些杂草，她看到木牌上雕刻着的字迹：

　　含烟山庄

　　是这个雅致的名字感动了她吗？是人类那份好奇的本性支配了她
吗？她无法解释自己的情绪，只是，在一眼看到"含烟山庄"这四个字
的时候，她就由心底涌上了一股奇异的情绪；含烟山庄，含烟山庄，这
儿，曾经住过一些怎样的人？曾发生过怎样的故事？谁能告诉她？一场
火，怎会有一场火？

　　她走向了那镂花的铁门，从开着的门口向内望去，她看到了一个被
杂草蹂躏了的花园，在遍地的杂草中，依旧有一两株红玫瑰在盛开着，
好几棵高大的榕树，多年没有经过修剪，垂着一条条的气根，像几个苍
老的老人飘拂的长髯。那些绿树浓荫，很给人一种"庭院深深深几许"
的感觉。榕树后面，是那栋被烧毁的建筑，墙倒了，屋顶塌了，窗子上
的玻璃多已破碎。可是，仍可看出这栋房子设计得十分精致，那是栋两
层楼的建筑，房间似乎很多，有弯曲的回廊，有小巧的阳台，有雕花的
栏杆，还有彩色的玻璃窗。可以想见，当初这儿是怎样一番繁华景象，
花园内，一定充满了奇花异卉，房子里……房子里会住着一些怎样的人
呢？她出神地看着那栋屋子的空壳，那被烟熏黑了的外墙，那烧成黑炭

似的门窗，那倒在地上的横梁……野草任意地滋生着，带着荆棘的藤蔓从窗子中由内而外、由外而内地攀爬着……啊！这房子！这堆废墟！现在是没有一个人了！她发出深深的叹息，一切"废墟"都会给人一种凄凉的感受，带给人一份难以排遣的萧索和落寞。她踏进了花园（如果那还能算是花园的话），走到了那两株红玫瑰的旁边。五月，正是玫瑰盛开的季节，这两株玫瑰也开得相当绚烂。只是，杂在这些野草和荆棘中，看来别有一种楚楚可怜的味道。她俯身下去，摘下了两朵玫瑰，握在手中，她凝视着那娇柔鲜艳的花瓣，禁不住又发出了一声叹息。玫瑰的香味浓而馥郁，她拿着玫瑰花，走向那栋废墟。

她是相当累了，她在郊外几乎走了一个下午，她从旅舍出来的时候是下午两点钟，现在，太阳都已经偏西了。她走上了几级石阶，然后，在一段已倒塌的石墙上坐了下来，握着玫瑰，托着下巴，她环视四周，被周围那份荒芜的景象深深地震慑住了。

她不知道她这样坐了多久，但是，暮色已不知不觉地游来。落日在废墟的残垣上染上了一抹柔和的金黄，傍晚的风带着几丝凉意对她袭来。她用手抱住了裸露的胳膊，看着那耸立未倒的残壁在地上投下的阴影越来越大，看着一条长尾巴的蜥蜴从那些藤蔓中穿过去，再看那荒烟蔓草中的玫瑰，正在晚风的吹拂下颤动……她看着看着，不自禁地想起了以前念过的两个句子：

"原来是姹紫嫣红开遍，似这般都付与断井颓垣……"

于是，一股没来由的热浪冲进了她的眼眶，她的视线模糊了，她开始幻想起来，幻想这屋子中原有的喜悦，原有的笑语，和……原有的爱情。她幻想得那么逼真，一段故事，一段湮没了的故事……她几乎相信了那故事的真实性，看到了那男女主角的爱情生活，当然，这里面有痛苦，有挣扎，有眼泪，有误会，有爆发……泪水滑下了她的面颊，她闭上了眼睛，不由自主地，又发出了一声深长的叹息。

忽然间，她被一阵窸窣的声音惊动了，张开眼睛，她对声音的来源看去，不禁猛地大吃了一惊。在那儿，在一片断墙与砖瓦的阴影中，有个男人正慢慢地站起身来……她是那样吃惊，吃惊得几乎破口尖叫，因为，她一直没有发现，除了她之外，这儿还有另外一个人，而且，这个人显然比她更早就到了这儿了，却不声不响地蜷伏在那墙角里，像个幽灵。她用手蒙住了嘴，阻止了自己的喊声，瞪大了眼睛望着那男人。那男人从阴影中走出来了，他一只手拿着一根手杖，另一只手扶着墙，面对着她。她的心跳得强而猛烈，她知道自己沐浴在落日的光芒下，无所遁形，他看到了她，或者，早就看到她了，因为他一直蛰伏在那儿啊！可是，立即，她发现她错了，那男人正缓慢地向前移动，一面用手杖敲击着地面，一面用手摸索着周围的墙壁，他的眼睛睁着，但是他视若无睹……他是个盲人！

她吐出一口长气，这才慢慢地把蒙在嘴上的手放了下来，却又被另一种怆恻的感觉抓住了。她仍然紧紧地盯着那男人，看着他在那些废墟中困难地、颠踬地、踉跄地移动。他不很年轻，似乎已超过了四十岁，生活很明显地在他脸上刻下了痕迹，他的面容在落日的余晖中显得非常地清晰，那是张忧郁的面孔，是张饱经忧患的面孔，也是张生动而易感的面孔。而且，假如不是那对无神的眸子，他几乎是漂亮的。他有对浓黑的眉毛，挺直而富有个性的鼻子，至于那紧闭着的嘴，却很给人一种倔强和坏脾气的感觉。他的服装并不褴褛，相反，却十分考究和整洁，西装穿得很好，领带也打得整齐，他那根黑漆包着金头的手杖也擦得雪亮。一切显示出一件事实——他并不是个流浪汉，而是个上流社会的绅士。但是，他为什么蜷缩在这废墟之中？

他在满地的残砖败瓦和荆棘中摸索前进，他几度颠踬，又挣扎着站稳，落日把他的影子长长地投射在荒草之中，那影子瘦长而孤独。那份摸索和挣扎看起来是凄凉的，无助的，近乎绝望的。泪水重新湿润了方丝萦的眼眶，怎样的悲剧！人生还有比残疾更大的悲哀吗？眼看他直向一堆残砖撞上去，方丝萦不禁跳了起来，没有经过思索，她冲上前去，刚好在他被砖瓦绊倒之前扶住了他，她喘息着喊：

"哦！小心！"

那男人猛地一惊，他站住，怔在那儿，接着，他徒劳地用那对无神的眸子望向方丝萦，用警觉而有力的声音说：

"是谁？是谁？"

一时间，方丝萦没有答话，她只是愣愣地看着自己面前那张男性的面孔，她活了三十年，这还是第一次，她看到一个男人的脸上，有这样深刻的痛苦和急切的期盼。由于没有得到答案，他又大声说：

"是谁？刚刚是谁？"

方丝萦回过神来了，吸了一口气，她用稳定的声音说：

"是我，先生。"

"你！"那人坏脾气地说，"但是，'你'是谁？"

"我姓方，方丝萦。"方丝萦无奈地介绍着自己，心底却有份荒谬的感觉。介绍自己！她为什么向他介绍自己？"你不认得我，"她语气淡漠地说，"我只是路过这儿，看到这栋火后的遗址，一时好奇，走进来看看而已。"

"哦，"他很专心地倾听着她，"那么，我刚刚听到的叹息不是幻觉了？那么，这儿有一个活着的人，并不是什么幽灵了？"他闷闷地说，像是说给他自己听。

"幽灵？"方丝萦皱皱眉头，深思地看着他，"你在等待一个幽灵吗？"她冲口而出地说，因为，他的脸上明显地有着失望的痕迹。

"什么？"他的声音中带着点儿恼怒，"你说什么？"

"哦，没什么。"方丝萦答着，研究地看着面前这张脸，这是个易怒的人啊！"我只是奇怪，你为什么坐在一堆废墟里？"

"那么你呢？你为什么到这堆废墟里来？"

"我说过，我好奇。"她说，"我本来是到松竹寺去玩的。"

"一个人？"

"是的，我在台湾没什么朋友，我是个华侨，到台湾来度假的，我在美国住了十几年了。"

"哦。"他看来对她的身世丝毫不感兴趣，但他仍然仔细地倾听她，用一种属于盲人的专注，"可是，你的'国语'说得很好。"

"是吗？"她嘴角飘过了一抹隐约的微笑。她知道，她的"国语"说得并不好，有五六年的时间，她住在完全没有中国人的地方，不说一句"国语"，以至如今，她的"国语"中多少带点儿外国腔调。

"是的，很好。"他出神地说，叹了口气，"你身上戴了朵玫瑰花吗？我闻到了花香。"

"有两朵玫瑰，我在花园里摘的。"

"花园——"他愣了愣，"那儿还有花吗？"

"是的，有两株玫瑰，长在一堆荒草里。"

"荒草——"他的眉心中刻上了许多直线条的纹路，"这里到处都是荒草了吧？"

"是的，荒草和废墟。"

"荒草和废墟！"他的声音苍凉而空洞，低低地说，"这里曾经是花木扶疏的。"

"我可以想象。"方丝萦有些感动，这男人的神色撼动了她，"你一定很熟悉这个地方。"

"熟悉？！岂止熟悉？这是我的地方！我的房子，我的花园，我的家。"

"哦！"方丝萦瞪视着他，"那么，你失去了很多的东西了？"

"一个世界。"他低声地说，几乎只有他自己听得到。

"怎样失火的？"方丝萦掩饰不住自己的好奇和关切，不等回答，她又急切地问，"有人葬身火窟吗？"

"不，没有。"

"那还好。"她吐出一口气来，"花园和房屋是可以重建的。"

"重建！"他打鼻子里哼了一声，"没有人能重建含烟山庄，再也没有人了！除非……"他咽住了，把头转向天空，突然醒悟似的说，"天色不早了，是吗？"

"是的，太阳都已经下山了。"

"那——我得走了。"他匆忙地说，探索地用手杖去碰触那遍是杂草碎石的地面，这份无助深深地引起了方丝萦的怜悯，她本能地扶住了他。

"你住在什么地方？"她问。

"就在附近，几步路而已。"

"那么，我送你回去，反正我没事。"

"不！"他很快地说，几乎是恼怒的，"我可以自己走，我对这儿熟悉得像自己的手指！而且，我还不要回去呢！我要去接我的女儿。"

"女儿！"方丝萦顿了顿，紧紧地盯着面前这个男人，"你有个女儿吗？多大了？她在什么地方？你要到哪里去接她？"

那男人的眉峰很快地锁在一起。

"这关你什么事吗？"他率直地说，"你倒是很喜欢管闲事的啊！"

方丝萦的脸蓦地涨红了。她掉头望向天际，太阳已经沉落了，最后的一抹彩霞还挂在远山的顶端，留下一笔淡淡的嫣红。

"我只是随便问问，"她轻轻地说，"我说过，我在这儿没有朋友，所以，我……"

她没有讲完她的话，但是，那男人显然已经了解了她那份孤寂，因为，他眉峰的结放开了，一个近乎温柔的表情浮上了他的嘴角，这表情缓和了他面部僵直的肌肉，使他看起来和煦而慈祥。

"我抱歉。"他匆促地说，"我的脾气一直很坏。"为了弥补他刚才的失礼，他又自动地答复了方丝萦的问题，"我女儿今年十一岁，就在这儿的小学读书，平常她都自己走回家，今天我既然出来了，就不妨去接接她。"

"我送你去，好吗？"方丝萦热切地说，"我没有事，一点儿事都没有。"

"如果你高兴。"那男人说，声调却是淡漠的，不太热衷的。

方丝萦看了他一眼，她知道，他一定以为碰到了个最无聊的人，一个无所事事而又爱管闲事的人！但，她并不在乎他的看法。望着他，她说：

"注意，你前面有一堆石头，你最好从这边走！"她搀扶了他一下，"我搀你走，好吗？"

"不用！"他大声说。

方丝萦不再说话了，他们绕出了那堆废墟。一经走到花园里，没有那些绊脚的木头和石块，那男人的脚步就快了起来。方丝萦发现他确实对这儿很熟悉，而且，她这时才发现她刚才忽略了的地方，这花园中间有条水泥路，却并没有被杂草盘踞，显然是因为常有人走的关系。那么，他是真的常到这废墟中来了？一个失明的男人，经常到一堆废墟里来做什么？是凭吊过去，还是找寻过去？她不禁悄悄地，也是深深地，研究着旁边这个男人的脸谱。现在，那男人专注地走着路，似乎根本忘记了她的存在，那张脸是忧郁、冷漠、严肃，而莫测高深的。

沿着那条大路，他们走了没有多远，方丝萦就看到路边有栋相当豪华的花园洋房，两扇大大的红门，高高的围墙，修剪得像一个个小亭子似的榕树从围墙顶端露了出来。围墙里有栋两层楼的建筑，外壁上贴着讲究的花砖，有美丽的壁灯和别致的圆形窗子。那围墙的红门上挂着一块黑底金字的牌子，是：

柏宅

方丝萦再看了一眼身边的男人。

"这路边的大房子是你的家吗，柏先生？"她问。

那男人惊跳了一下。

"你怎么知道我姓柏？"他迅速地问。

"这很简单，你说你的家就在附近，这栋房子是附近唯一考究的建筑，从你的服饰看来，你应该是这栋考究住宅的主人。而这房子的大门上，挂着'柏宅'的牌子。"

"嗯，"那人放松了面部的肌肉，"你的联想力倒很丰富。你做什么的？一个作家？"

"没那份才华，却很有写作的兴趣。"她说，凝视着他，"我在美国学的是教育，当了五年的小学老师。"

"你可以改行学写作，你仿佛在搜寻故事！你探访一座废墟，你发现了一个盲人，你希望从他身上找出故事，然后去写一本《简·爱》《呼啸山庄》或是《蝴蝶梦》。"他冷冷地说，声音里带点儿讽刺味道。

"哼！"方丝萦不由自主地哼了一声，"你错了，柏先生，我对你的故事不感兴趣。"

"是吗？"

方丝萦不再说话了，他们沉默地走了一大段路。然后，方丝萦看到了那所小学校，成群的孩子正三三两两地从校门口拥出来。这所学校位于一个小镇市的顶端，门口的牌子是：

正心小学

显然，他们来晚了，孩子们已经放学了，大部分的孩子都往镇里面跑，也有一两个是往他们来的方向走的。他们站住了，方丝萦仔细看着那些孩子，穿着白衬衫、蓝短裤或蓝裙子，这些孩子叽叽喳喳的像一群小鸟，彼此追逐着，嬉戏着，打打闹闹……这是多么活泼而喜悦的一群！

"他们已经放学了。"那盲人说。

"是的，"方丝萦的呼吸有些急促，她急于想见到这男人的女儿是怎样一个孩子，"你的女儿可能已经回家了。"

"可能吧。"那男人说，并不怎么在意。

"她高吗？矮吗？漂亮？"方丝萦热心而迫切地在孩子中搜寻着，"她是什么样子的？"

"我还希望有人告诉我她是什么样子的呢！"那男人喃喃地说。

"啊！"方丝萦惊异地看着他，"你竟然不知道……啊！"一股怜恤而怆恻的情绪从她胸口涌了上来。是的，他是盲人！他不知道自己的女儿长得什么样子！但是……他失明了很多年了吗？

"我要回去了，她一定早到家了。"那男人转过了身子。

"哦，等等！"方丝萦喊着，因为，她一眼看到校门口有个小女孩，正一个人孤独地走出校门，那是个瘦瘦小小而苍白稚弱的小东西，梳着长长的发辫，带着一脸早熟的寥落。是这孩子吗？她的心跳着，相信自己的判断，是这孩子！一定的！那孩子长得多像她父亲，她从没看过这样酷似的相像！浓眉大眼和挺直的鼻梁，连那股忧郁的神情都是她父亲的再版。

"我看到你的孩子了！"她喘息地说，"她果然是个漂亮的孩子！"

"你怎能断定……"那父亲的话还没说完，就被孩子的一声惊呼打断了。那女孩已经发现了他们，她喊了一声，就狂奔着跑了过来，一面喘着气喊：

"爸爸！爸爸！"

她一下子冲到了父亲的身边，用她的两只小手紧紧地抓住她父亲那只没有拿手杖的手。她的眼睛大而明亮，带着一种狂喜和受宠若惊的神情，仰视着她的父亲。她那苍白的小脸现在红润了，被喜悦和激动染红了。她的呼吸急迫而短促。

"爸爸！你来接我吗？是吗？爸爸！"她嚷着，环绕在她父亲的膝下。她是多么瘦小啊！十一岁？她看来不足六岁，像株风吹一吹就会折断的小草。那苍白的皮肤几乎是半透明的，这是个多脆弱的小生命呀！

"我出来散步，顺便来看看你放学没有。"那父亲说，并没有被女儿那份狂喜感染，他的声调是平平淡淡的。这平淡几乎触怒了方丝萦。你竟看不出你的女儿是多么爱你吗？傻瓜！你竟不知道她那小心灵在怎样渴望着爱吗？傻瓜！你可曾好好照顾过这孩子吗？残酷的父亲哪！如果你"看"不见，你最起码感觉得到啊！

"哦，爸爸！"那孩子没有因父亲的平淡而失望，她仰视着父亲的那对眸子里闪耀着单纯的信赖和崇拜，除了信赖与崇拜之外，还有层薄薄的敬畏。她悄悄地把面颊倚在父亲的手背上，激动地说：

"你一个人走来的吗？亚珠和老尤没有陪你吗？"

"那位阿姨陪我走来的，你去谢谢她！"那盲人准确地指出她所站的位置。那小女孩转过脸来对着方丝萦，一时间，方丝萦竟有把她揽进怀里来的冲动。多美丽的小东西！多惹人疼爱的小东西！她是愿意牺牲世上一切，来博得这样一个小东西的笑靥的。

"噢，阿姨，谢谢你！"那孩子对她微微弯腰，但她舍不得离开父亲的身边，她的小手仍然紧紧地攥住她父亲的手。只这样马马虎虎地交代了一句，她就把她那张被喜悦燃烧得发亮的小脸又转向了父亲，兴高采烈地说："我搀你回去！爸爸！你要走小心一点儿，当心你脚边，那儿有个坑哪！"

"好，你带着我走吧，亭亭。"那父亲让女儿搀住他的手，但是，显然，他这只是为了抚慰那孩子而已，他并不真的需要帮助，"我们回去吧！天不早了。"

"再见！阿姨！"那孩子没忘记对方丝萦抛下一句再见，然后，她搀着父亲的手，向那条宽宽的泥土路上走去了。

方丝萦目送着这父女二人的背影。暮色已经苍茫地笼罩了下来，那两人的身影像是走在一层浓雾里，飘浮而虚幻。在这一刹那，方丝萦心头竟涌上了一股莫名其妙的酸楚，她有种强烈的、被遗弃似的感觉。眼看着那父女二人的身子小了，远了，被暮色吞噬了……她呆呆地伫立着，不能移动，眼眶却逐渐地湿润了。

庭院深深

贰

TWO

倚着窗子，她可以看到远处的青山，可以看到校外的山坡和山坡上遍布的茶园，
以及那些疏疏落落的竹林。

　　经过了一番布置，方丝萦这间小小的单身宿舍也就十分清爽，而且雅洁可喜了。

　　窗子上，挂着簇新的、淡绿色条纹花的窗帘，床上，铺着米色和咖啡色相间的床罩，一张小小的藤茶几，铺了块钩针空花的桌巾，两张藤椅上放了两个黑缎子的靠垫，那张小小的书桌上，有盏米色灯罩的小台灯，一个绿釉的花瓶里，插了几枝翠绿色的、方丝萦刚从后面山坡上摘来的竹子。一张小梳妆台上放着几件简单的化妆品。

　　一切布置就绪，方丝萦在书桌前的椅子里沉坐了下来，环室四顾，她有种迷茫的、不敢相信的情绪。想想看，几个月前，她还远在天的那一边，有高薪的工作，有豪华的公寓住宅。而现在，她却待在台湾一所郊区的小学校里，做一个小学教员，这简直是让人不能置信的！她还记得介绍她到这学校里来的那个"教育部"的张先生，对她说的话：

　　"我不了解你，方小姐，以你的资历，'教育部'很容易介绍你到任何一所大学去当讲师，你为什么偏偏选中这所正心小学？小学教员待遇不高，而且也不容易教，你还得会注音符号。"

　　"我会注音符号，你放心，张先生，我会胜任愉快的。"这是她当时的回答，"我不要当讲师，我喜欢孩子，大学生使我很害怕呢！"

　　"但是，你为什么偏选择正心呢？别的学校行吗？"

　　"哦，不，我只希望是正心，我喜欢那儿的环境。"

现在，她待在正心小学的教职员宿舍里了。倚着窗子，她可以看到远处的青山，可以看到校外的山坡和山坡上遍布的茶园，以及那些疏疏落落的竹林。是的，这儿的环境如诗如画，但是，促使她如此坚决留下来教书的原因仅是这儿的环境吗？还是其他不可解的理由呢？她也记得这儿的刘校长，那个胖胖的、好脾气的、四十余岁的妇人，对她流露出来的诧异和惊奇。

"哦，方小姐，在这儿教书是太委屈你了呢！"

"不，这是我希望已久的工作。"她说，知道自己那张美国的硕士文凭使这位校长吃惊了。

"那么，你愿担任六年级的导师吗？"

"六年级？毕业班我怕教不了，如果可以，五年级行吗？最好是科任。"五年级，那孩子暑假之后，应该是五年级了。

就这样，她负责了五年级的数学。

这是暑假的末了，离开学还有两天，她可以轻松地走走，看看，认识认识学校里别的老师。她走到梳妆台前面，满意地打量着自己，头发松松地绾在头顶，淡淡地施了点儿脂粉，戴着副近视眼镜，穿了身朴素的、深蓝色的套装。她看起来已很有"老师"样子了。

拿了一个手提包，她走出了宿舍。她要到校外去走走，这正是黄昏的时候，落日下的原野令人迷惑。走出校门，她沿着大路向前走，大路的两边都是茶园，矮矮的植物在田野中一棵棵整齐地栽种着。她看着那些茶树，想象着采茶的时候，这田野中遍布着采茶的姑娘，用头巾把斗笠绑在头上，用布缠着手脚，弯着腰，提着茶篮，那情景一定是很动人的。

走了没多久，她看到了柏宅，那栋房子在落日的光芒下显得十分美

丽，围墙外面，也被茶园包围着。她停了片刻，正好柏宅的红门打开
了，一辆一九六四年的雪佛兰开了出来，向着台北的方向疾驰而去，扬
起了一阵灰尘。一九六四年的雪佛兰！现在是一九六五年，那人相当阔
气啊！方丝萦想着。在美国，一般留学生没事就研究汽车，她也感染了
这份习气，所以，几乎任何车子，她都可以一眼就叫出年份和车名来。

越过了柏宅，没多久，她又看到那栋"含烟山庄"了。这烧毁的房
子诱惑着她，她迟疑了一下，就走进了那扇铁门，果然，玫瑰依然开得
很好，她摘了两枝。站在那儿，对那废墟凝视了好一会儿。然后，转过
身子，她走了出去。落日在天际燃烧得好美，她深吸着气，够了，她觉
得浑身涨满了热与力量。

"我永不会懊悔我的选择！"

她对自己说着。

回到宿舍，她把两枝玫瑰插进了书桌上的花瓶里，玫瑰的嫣红衬着
竹叶的翠绿，美得令人迷惑。整个晚上，她就对着这花瓶出神。夜幕低
垂，四周田野里，传来了阵阵蛙鼓及虫鸣，她倾听着，然后，她发出一
声低低的、柔柔的叹息。打开书桌抽屉，她抽出了一沓信笺，开始写一
封英文的信，信的内容是：

亲爱的亚力：

我很抱歉，我已经决定留在台湾，不回美国了，希望你不要跟
我生气，我祝福你能找到比我更好的女人。我无法解释一切是怎么
回事，只是……只是一个偶然，那个五月的下午，我会心血来潮地
跑到郊外去，然后我竟被一堆废墟和一个小女孩迷住了……

　　她没有写完这封信，丢下笔来，她废然长叹。这是无法解释清楚的事，亚力永远无法明白这是怎么回事，她讲不清楚的。他会当她发了神经病！是的，她对着案头的两朵玫瑰发愣，天知道，她为什么留下来呢？海外正有一个男人希望和她结婚，她已过了三十岁了，早就该结婚了。天知道！她可能真的发了神经病了！

　　开学三天了。

　　站在教室中，方丝萦一面讲课，一面望着那个坐在第一排正中的女孩子。她正在讲授着鸡兔同笼，但是，那女孩的眼睛并没有望向黑板，她用一只小手托着下巴，眼睛迷迷蒙蒙地投向了窗外，她那苍白的小脸上有某种专注的神情，使方丝萦不能不跟着她的视线向窗外望去。窗外是校园，有棵极大的榕树，远方的天边，飘浮着几朵白云。方丝萦停止了讲书，轻轻地叫了声：

　　"柏亭亭！"

　　那女孩浑然未觉，依然对着窗外出神。方丝萦不禁咳了一声，微微抬高声音，再喊：

　　"柏亭亭！"

　　那孩子仍然没有听到，她那对黑眼珠深邃而黝黑，不像个孩子的眼睛，她那专注的神情更不像个孩子，是什么东西占据了这孩子的心灵？方丝萦蹙紧了眉头，声音提高了：

　　"柏亭亭！"

　　这次，那孩子听到了，她猛地惊跳了起来，站起身子，她用一对充满了惊惶的眸子，一眨也不眨地看着方丝萦。她那小小的、没有血色的嘴唇微微地颤抖着，瘦削的手指神经质地抓着书桌上的课本。她张开嘴来，轻轻地吐出了一句：

"哦，老师？"

这个怯生生的、带着点儿乞怜意味的声调把方丝萦给折倒了。她不由自主地放松了紧蹙的眉头，走到这孩子的桌子前面。柏亭亭仰起脸来望着她，一脸被动的、等待责骂的神情。

"你没有听讲，"方丝萦的声音意外地温柔，"你在看什么呢？"

柏亭亭用舌尖润了润嘴唇，方丝萦那温柔的语气和慈祥的眸子鼓励了她。

"那棵树上有个鸟窝，"她低低地说，"一只母鸟不住地叼了东西飞进去，我在看有没有小鸟。"

方丝萦转过头，真的，那棵树的浓密的枝叶里，一个鸟窝正稳稳地建筑在两根枝丫的分叉处。方丝萦掉回头来，出神地看了看柏亭亭，她无法责备这个孩子。

"好了，坐下去吧，上课要用心听，否则，你怎么会懂呢？"她停了停，又加了一句，"放学之后，到教员休息室来，我要和你谈一谈。"

"哦？老师？"那孩子的脸上重新涌上了一层惊惶之色。

"不要怕，"她用手在那孩子的肩上抚慰地按了按，这肩膀是多么瘦小啊，"没什么事，只是谈谈而已。坐下吧！我们回到书本上来，别再去管那些小鸟了。"

下午五点钟，降旗典礼行过了。方丝萦坐在教员休息室里，看着柏亭亭慢吞吞地走进来。她的桌子上摊着柏亭亭的作业本，她从没看过这么糟的一本练习，十个四则题几乎没有一个做对，而且错得荒谬，使她诧异柏亭亭的四年级是怎样读过来的。现在，望着这孩子畏怯地站在她面前，那两只瘦小的胳膊从白衬衫的短袖下露出来，瘦弱得仿佛碰一碰就会折断。她心中不禁涌起了一股强烈的、难言的怜惜和战栗。这是怎样一个孩子呢？她在过着怎样的一种生活？她的家长竟没有注意到她的羸弱吗？

"老师。"柏亭亭轻轻地叫了声，低垂着头。

"过来，柏亭亭。"方丝萦把她拉到自己的身边，仔细地审视着那张柔弱而美丽的小脸，"我上课讲的书你都懂吗？"

"哦，老师。"那孩子低唤了一声，头垂得更低更低了。

"不懂吗？"方丝萦尽量把声音放得温柔，"你如果不懂，应该要问我，知道吗？你的练习做得很不好呢！"

那孩子低低地叹了口气。

"怎么？你有什么问题？告诉我。"她耐心地问。

"我只是不懂，"那孩子叹着气说，"干吗要把鸡和兔子关在一个笼子里呢？那多麻烦啊！而且，鸡的头和兔子的头根本不同嘛，干吗要去算多少个头、多少只脚啊！我家老尤养了鸡，也养了小兔子，它们从来没有让人这样麻烦过，我很容易数清它们的！"她又叹了口气。

"哦！"方丝萦愣住了，面对着那张天真的小脸，她竟不知怎样回答了，"这只是一种方法，教你计算的一种方法，懂吗？"她笨拙地解释。

那孩子用一对天真的眸子望着她，摇了摇头。

"教我们怎样把问题弄复杂吗？"她问。

"噢，数学就是这样的，它要用各种方法，来测验你的头脑，训练你计算的能力，你必须接受这种训练，将来你长大了，会碰到许多问题，需要你利用你所学的来解决。知道吗？"

"我知道，"柏亭亭垂下了眼睑，又叹了口气，"我想，我是很笨的。"

"不，别这样想，"方丝萦很快地说，把那孩子的两只小手握在她的手中，她的眼睛无限温柔地停在那孩子的脸上，"我觉得你是个非常聪明而可爱的孩子。"

柏亭亭的面颊飞上了两朵红晕，她很快地扬起睫毛，对方丝萦看了一眼，那眼光中有着娇羞，有着安慰，还有着喜悦。她的嘴角掠过了一抹浅浅的笑意，那模样是楚楚动人的。

"告诉我，你家里有些什么人？"方丝萦不自禁地问，她对这孩子的瘦弱怀疑。

"爸爸、妈妈、亚珠和老尤。"柏亭亭不假思索地回答，接着，又解释了一句，"亚珠是女佣，老尤是司机和园丁。"

"哦，"方丝萦愣了愣，又仔细地打量着柏亭亭，"但是——"她轻声说，"你妈妈喜欢你吗？"

那孩子惊跳了一下，她迅速地扬起睫毛来，直视着方丝萦，那对黑眼睛竟是灼灼逼人的。

"当然喜欢！"她几乎是喊出来的，脸色因激动而发红，呼吸急促，她看来十分激怒而充满了敌意，"他们都喜欢我，爸爸和妈妈！"垂下眼睫毛，她用那细细的白牙齿紧咬了一下嘴唇，又抬起头来，她眼中的敌意消失了，取而代之的，是一种近乎哀恳的神色，"方老师，"她低低地说，"你不要听别人乱讲，你不要听！我爸爸和妈妈都疼我，真的！我不骗你，真的！"

她的小脸上有股认真的神情，竟使方丝萦心头掠过了一阵痛楚。不要听别人乱讲，这话怎么说呢？她审视着这孩子，又记起了那个五月的下午，那盲父亲，和这孩子……她吸了口气。

"好吧！柏亭亭，没有人怀疑你的父母不爱你哦！"方丝萦摸了摸那孩子的头发，有个发辫松了，方丝萦让她背对着自己，帮她把发辫扎好，再把她的脸转过来，"回去问你爸爸妈妈一件事，好吗？"

"好的。"

"去问问你爸爸和妈妈，每天能不能让你在学校多留一小时，我要给你补一补算术。你放学后到我房里去，我给你从基本再弄起，要不然，你会跟不上班，知道吗？"

"好的，老师。"

"那么，去吧！"

"再见，老师。"那孩子再望了她一眼，眼光中有着某种特殊的光芒，某种温柔的、孩子气的、依恋的光芒，这眼光绞紧了方丝萦的心脏。她知道，这孩子喜欢她，她更知道，这孩子一定生活在寂寞中，因为一丁点儿的爱和关怀就会带给她多大的快乐！望着她退向教员休息室的门口，方丝萦忍不住又叫住了她："还有句话，柏亭亭！"

"老师？"那孩子站住了，掉过头来望着她。

"你有弟弟妹妹吗？"

"没有。"

"你爸爸妈妈就你这一个孩子？"

"是的。"

"有爷爷奶奶吗？"

"奶奶三年前死了，爷爷早就死了，我从来没见过他。"

"哦。"方丝萦沉思地望着柏亭亭，"好了，没事了，你去吧。"柏亭亭走了。方丝萦深深地沉坐在椅子里，仍然对着柏亭亭消失的门口出神。她手里握着一支铅笔，下意识地用牙齿咬着铅笔上的橡皮头，把那橡皮头咬了一个好大的缺口。直到另一位女教员走来，才打断了她的沉思。

"我看到你在问柏亭亭话，这孩子有麻烦吗？"那女教员笑吟吟地问。

"哦。"方丝萦抬起头来，是教五年级语文的李玉笙，这是个脾气很好，也很年轻的女教员，她在正心教了三年了，除教语文外，她还兼任柏亭亭班的导师。"没什么，"方丝萦说，"数学的成绩不好，找她来谈谈，这是个很特殊的孩子呢！"

"是的，很特殊！"李玉笙说，拉了张椅子，在方丝萦对面坐了下来，"如果你看到她的作文，你绝不会相信那是个十一岁孩子写的。"

"怎么？写得很好？"

"好极了！想象力丰富得让你吃惊！"李玉笙笑着摇了摇头，叹口气说，"这种有偏才的孩子最让人伤脑筋，她一直是我们学校的问题孩子，每年，我们都为她的升班不升班开会讨论，她的数学始终不好，语文却好得惊人！不过，别让那孩子骗倒你，那是个小鬼精灵！"

"骗倒我？"方丝萦不解地说，"你的意思是什么？她撒谎吗？"

"撒谎？！"李玉笙夸张地笑了笑，"她对撒谎是第一等的能手！你慢慢就会知道了。"

"怎么会呢？"方丝萦不解地蹙起了眉。

李玉笙的身子俯近了些。

"你是新教员，一定不知道她家的故事。"李玉笙说，一脸的神秘。自从有人类以来，女性就有传布故事的本能。

"故事？"方丝萦的眉头蹙得更紧了，"什么故事？"她深深地凝视着李玉笙，眼前浮起的却是那个盲人的影子。

"柏亭亭的父亲是柏霈文，你知道柏霈文吧？"

方丝萦摇了摇头。

"嗨，你真是什么都不知道哦！"李玉笙说，"柏霈文在这儿的财势是尽人皆知的，你看到学校外面那些茶园了吗？那全是柏家的！他家还不只这些茶园，在台北，他还有一家庞大的茶叶加工厂。这一带的人都说，谁也无法估计柏霈文的财产。也是太有钱了，才会好好地把一栋大房子放火烧掉！"

"什么？"方丝萦吃了一惊，"你说什么？放火烧掉？谁放火？"

"你有没有注意到一栋烧掉的房子，叫含烟山庄？"

"是的。"

"那原来也是柏家的房子，据说，是柏霈文自己放火把它烧掉的！"

"柏霈文自己？"方丝萦的眉心已紧紧地打了个结，"为什么？"

"有人说，因为那栋房子闹鬼，也有人说，因为那房子使柏霈文想起他死去的妻子，就干脆放一把火把它烧掉。不过，烧了之后，柏霈文又后悔了，所以常常跑到那堆废墟里去，想把他妻子的鬼魂再找回来。"

"他的妻子？"方丝萦睁大了眼睛，"你是说，他的太太已经死掉了？"

"他的头一个太太，也就是柏亭亭的生母，现在这个太太是续弦。"

"哦。"方丝萦咽了一口口水，眼睛茫然地看着书桌上柏亭亭的练习本。

"据说，柏亭亭不是柏霈文的女儿。"李玉笙继续说，似乎有意要把这个故事一点点地泄露，来引起听故事的人一步步的惊奇。

"什么？"果然，方丝萦迅速地抬起头来，惊讶得张大了嘴，"你说什么？"

"是这样的，听说，柏霈文的第一个太太是个很美丽也很害羞的小东西，但是，并不是什么好出身，原来是柏霈文在台北的工厂里的一个女工，可是，柏霈文对她发了疯似的爱上了，他不顾家庭的反对，把她娶回家来。婚后两年，生了柏亭亭，一件意外就爆发了。据说，柏霈文发现他太太和他手下一个管茶园的人有隐情，一怒之下把他太太赶出了家门。谁知他太太当晚就投了河。至于那个管茶园的人，也被柏霈文赶走了。所以，大家都说，柏亭亭是那个茶园管理人的女儿，不是柏霈文的。"

"哦！"方丝萦困难地说，"但是……"她想起了柏亭亭和她父亲的相像。

"也就是这原因，"李玉笙自顾自地说了下去，没有注意到方丝萦的困惑，"柏亭亭从小就不得父亲的欢心，等到有了继母之后，柏亭亭的日子就更不好过了。何况，柏霈文又瞎了……"

"他瞎了很多年吗？"

"总有六七年了。"

"怎么瞎的？"

"弄不清楚。"李玉笙摇摇头，"听说是火灾的时候受了伤，反正这是个传奇式的家庭，什么故事都可能发生，谁知道他怎么瞎的？"

"那继母不喜欢柏亭亭吗？"

李玉笙含蓄地笑了笑。

"柏亭亭一定告诉你，她母亲很爱她，是吗？"她说，"我不说了，你如果对这孩子有兴趣，你会在她身上发掘出许多故事。你是学教育、研究儿童心理的，这孩子是个最好的研究对象，你不妨跟她多接近接近，然后，我相信，"她抿着嘴一笑，望着方丝萦，全校都知道，方丝萦到正心来教书，只是为了对孩子有"兴趣"，并不像他们别的教员，是为了必须"工作"，"她会使你大大惊奇的！你试试看吧！"

李玉笙站起身来，看了看窗外，太阳早就落下山去了，暮色已从窗外涌了进来，教员休息室里，别的教员早就走了。

"哦，"她惊觉地说，"一聊就聊得这么晚，我必须马上走了。"她是住在台北的，匆匆地拿起了手提包，她说："再见。"

"再见！"方丝萦目送她的离去。然后，她仍然坐在那张椅子里，一个人对着那暮色沉沉的窗外，默默地、出神地、长久地注视着。

庭院深深

叁

THREE

"你是全世界最好、最温和、最漂亮的老师！"

门上有轻微的剥啄之声。

"进来!"方丝萦喊,从书桌上抬起头来。

房门推开了,柏亭亭背着书包走进屋里,反身关好了房门,她对方丝萦送来一个甜甜的微笑,轻声说:"我来了,老师。"

"好,坐下吧,亭亭。"方丝萦把藤椅推到她面前,让她坐好,然后审视着她,微笑地说,"你知不知道,补习了一个礼拜的课,你已经进步很多了?可见你平常不是做不好,只是不肯做、不肯用心而已。"

柏亭亭垂下睫毛,轻轻地叹了口气。

"瞧!又叹气了,"方丝萦好笑地说,"跟谁学的?这么爱叹气!你爸爸吗?"

"爸爸——啊!"那孩子忽然想起了什么,从书包里抽出了一个信封,递给方丝萦,说,"差点儿忘了,爸爸要我把这个给你。"

"是什么?"方丝萦狐疑地接过信封,打开来,里面是一沓一百元一张的钞票,数了数,刚好十张。方丝萦的微笑消失了,看着柏亭亭,她说:"这是做什么?"

"爸爸说,不能让你白白帮我补习,这是一点儿小意思,算是补习费。"

"补习费?"方丝萦哑然失笑,把钞票装回信封里,她交还给柏亭亭,说,"拿去还给你爸爸,知道吗?告诉你爸爸,方老师给你补习,不是为了补习费,方老师也不缺钱用,有了这个,反而不自然了,懂吗?拿回去吧！"

"可是——"柏亭亭急急地说，"爸爸要我给你，拿回去，爸爸会生气。"

方丝萦愣了愣。

"你爸爸——"她犹豫地说，"常常跟你生气吗？"

"不，不是的！"那孩子用有力的声音喊着说，"爸爸从不跟我生气，从不！他爱我，你知道吗？"她喘口气，凝视着方丝萦，然后，她忽然换了语气，用一种软软的、温柔的、孩子气的语调说，"昨天是我的生日。"

"是吗？"方丝萦又愣了愣，她不知道这孩子葫芦里在卖什么药。

"是的，我自己都忘了。"那孩子睁大了眼睛望着她，那对眼睛好坦白，好天真，"一直到放学回家以后，我看到餐厅里放着一个三层的大蛋糕，满房间都是蜡烛和花，我吓呆了，爸爸才把我举起来，说：'生日快乐，我的小东西！'"那孩子又叹口气，显得无限的满足和喜悦，"爸爸总是叫我小东西，我想，那是因为他眼睛看不见了，不知道我长得多高了。后来，妈妈把一个好漂亮的、扎着红色绸结的盒子放在我怀里，你猜！方老师，"那孩子的眼睛兴奋地发着光，"里面是什么东西？"

"是什么？"方丝萦听得出神了。

"一个大洋娃娃！"那孩子喘着气说，"有好长好长的、金色的头发，有会睁会闭的眼睛，还有白颜色、空纱的大裙子，噢，老师，你不知道那有多美，下次我带来给你看，好吗？那是我妈妈自己到台北去买的，她知道我最喜欢洋娃娃，从小，她就给我买好多洋娃娃，各种各样的。我有一个柜子，专门放洋娃娃，每个洋娃娃我都给她取了名字。有个黑娃娃我就叫她小黑炭，有个丑娃娃我就叫她小丑，你猜我给这个新的娃娃取名字叫什么？"

"叫什么？"

"金鬈儿。这名字好吗？如果你看到她那一头的金鬈儿和她那个小翘鼻子！"

"名字取得很好，"方丝萦说，怔怔地望着面前这张充满了稚气的脸庞，在这一刻，这张脸完全是孩子气的，找不着一丝一毫最初在这孩子脸上看到的那份成人的忧郁了，"你有这么多洋娃娃，你妈妈为什么还送你洋娃娃呢？"

"怎么？"那孩子的浓眉抬得高高的，"洋娃娃不能只有一个的，她们会闷呀！当然越多越好，这样，她们可以一块儿玩，一块儿吃，一块儿睡，就不会闷了。"

方丝萦怜惜地看着柏亭亭，这是独生孩子的苦恼！

"你平常很闷吗，亭亭？"她轻柔地问。

"哦，不！"那孩子立刻回答，"我不会闷。妈妈总是陪着我，早上，她帮我梳头，扎小辫子，虽然亚珠也可以帮我梳，但是妈妈怕她弄痛我，然后陪我吃早饭，看着我走出大门去上学，晚上她陪我做功课，照顾我上床，我睡了，她还在床边为我唱催眠曲……哦，"她的眼睛陶醉地望向窗外，幸福的光彩把那张小脸烧得发亮，"她是世界上最好的妈妈！"

"噢，"方丝萦定了定神，说，"有这样的好妈妈是你的幸福。好了，我们不谈你妈妈了，拿出你的算术书来吧！"

"唉！"柏亭亭叹了一声，无限依恋地把眼光从窗外收回来，恳求似的看着方丝萦，说，"一定要拿出书来吗？你不喜欢听我说话？"

"哦，我喜欢，亭亭。"方丝萦急忙说，把那孩子的两只手抓在自己的手里，"可是，亭亭，功课也是很重要……"她忽然止住了，瞪视着柏亭亭的双手，她受惊地、激动地大声喊，"亭亭！"

柏亭亭猛地吃了一惊，迅速地，她想把自己的两只手抽回来，但是，方丝萦已经紧紧地抓住了这双手，不容她再逃走了。

"亭亭！"方丝萦喘着气，"怎么弄的？告诉我，这是怎么回事？"在那双小手上，遍是青紫的淤血和伤痕，手心、手背、手腕上都有，而且都一条条地肿了起来，显然是由于某种戒尺类的东西打击而成的。现在，因为方丝萦的紧握，那孩子已经痛得不住向肚子里吸气，但是，她忍耐着，用最勇敢的眸子直瞧着方丝萦，她清晰地说：

"我——摔了一跤。"

"摔了一跤？"方丝萦嚷着，激动得不能自已，"摔跤能造成这样的伤痕吗？亭亭，你最好对我说实话，要是你再不说实话的话，我就带你去找你父亲，我要弄清楚这是怎么回事！"

"不要！老师！"那孩子受惊了，恐慌了，她拉住了方丝萦，紧张而哀求地喊，"不要！老师！不要告诉我爸爸！求你！老师，你千万不要！"

"但是，你是怎么弄的？你说，你告诉我！"方丝萦抓住那孩子的肩膀，摇撼着她，"有人打你吗？有人欺侮你吗？说呀！"

"老师！"那孩子崩溃了，所有的伪装一刹那间离开了她，她凄楚地喊了一声，眼泪迅速涌进了眼眶里。她的脸色苍白，嘴唇颤抖，小小的身子抖动得像寒风中的落叶。她的声音恳求地、悲哀地喊着："求你不要问吧！老师，求求你不要问吧！求求你！"

"走！"方丝萦站起身来，一把拉住那孩子，"我们到你家里去，我要找你父母谈！"

"不要！"那孩子哭喊着，抱住了方丝萦，把她那泪痕狼藉的小脸紧倚在方丝萦的怀里，哭泣着、抽噎着说，"别告诉爸爸，求你！好老师，求求你！爸爸不知道，爸爸什么都不知道，他瞎了，他看不见！你别告诉他，他会很生气，他会受不了，医生说过他不能生气，你知道吗？老师！求求你别让他知道。妈妈这样做，就是为了要气他……哦，老师！"她把头紧埋在方丝萦怀中，泣不成声。

方丝萦的心脏痉挛了起来。

"你是说……你是说……"她的呼吸急促，"这是你母亲弄的？她打你？"她困难地、不信任地问。

"噢，老师，你一定不告诉爸爸吧！你一定不告诉他！好吗？老师！"那孩子继续哭泣着，哀求着。

"哦，亭亭。"方丝萦咽了口口水，闭了一下眼睛，她必须先平定一下自己。用手托起柏亭亭的下巴，她审视着那张满是泪痕的、瘦弱的、憔悴的脸孔。谁知道这样一个小小的孩子，她身心上到底有多大的重负！"你对我说实话，我答应你，不告诉你爸爸。"她说，"是谁打你？你母亲吗？"

那孩子轻轻地点了点头。

方丝萦的心脏一阵绞痛，她紧闭了一下眼睛，把头转开去，半晌，她才回过头来，眼里已漾满了泪。

"可是，你刚刚还说你母亲很爱你，是世界上最好的母亲！"

"老师！"那孩子可怜兮兮地看着方丝萦，带着浓重的、乞谅的意味。

"都是你编造出来的，是吗？"

柏亭亭再点了点头。

"生日呢？"方丝萦追问，"也都是你编造出来的，是吗？昨天根本不是你的生日，是吗？"

那孩子惭愧地低垂了头。

"为什么编造出这些事来？"

那孩子默然不语。

"为什么？"

柏亭亭的头垂得更低了。

"我不要你认为妈妈不爱我。"她的声音低得像耳语，"我怕你会告诉爸爸。"

"你母亲常打你吗？为什么？"

那孩子扬起睫毛来，一对泪汪汪的眸子里带着成人的忧郁，一刹那间，这张小脸就不再是天真和稚气的了。这是张懂事的、颖慧的、成熟的脸孔。

"你一定知道，那不是我的真妈妈。"她幽幽地说，声音恢复了平静，没有埋怨，也没有仇恨，"我不能要求她像真妈妈一样爱我，是不是？而且，爸爸对她不好，她生气，就拿我出气，她要用我来气爸爸。"她摇摇头，用一种可爱的、忍让的神情看着方丝萦，"我不给她机会，我不让爸爸知道！你帮我保密，好吗？方老师！"

方丝萦的心被这孩子绞痛了，鼻子里好酸楚好酸楚。怎样一个孩子！大人们造了些什么孽，让这样一个瘦瘦小小的孩子承担身心双方面的折磨！她审视着这个孩子，好长久好长久一段时间。然后，她把这孩子紧紧地揽在胸前，用手抚摩着她那柔软的头发，微带战栗地说：

"好，亭亭，我跟你约定，我不把这件事告诉你爸爸。但是，你答应我一件事，以后永远不要对我撒谎，把一切事情都告诉我，好吗？"

"好。"

"再有，"方丝萦打了个冷战，"别去招惹你母亲，如果她再要打你，逃开吧！亭亭，逃得远远的，逃到我这儿来吧！知道吗？傻孩子！别让她再碰你！别让她碰你一根手指头！知道吗？亭亭！"

那孩子抬起头来看着她，眼光里已充满了孺慕的依恋。孩子都是些敏感的小动物，他们知道谁真正疼爱自己。

"好的，老师。"她说，又犹豫地、慢吞吞地说，"你也别去找我妈妈，好吗？我妈妈并不坏，你知道，她只是心情不好，不能都怪她，你知道。有时候爸爸和她吵得很凶，他骂她，"她眼里闪着骄傲的光，"说她赶不上我亲妈妈的一根头发！啊，如果我的亲妈妈没死啊！"她深深地叹气，不再说了。

方丝萦眩惑地望着面前这个孩子，怎样一个家庭呢？她不愿去想。但是，怎样一个孩子啊！

"老师！"

柏亭亭推开了方丝萦的房门，走了进来，这是中午休息的时间。方丝萦正斜倚在床上冥想着。

"什么事，亭亭？"

"我爸爸请你今天晚上到我们家去吃晚饭，他要我放学之后就带你回去，好不好，老师？"

"吃晚饭。"方丝萦一愣，"有什么事吗？是什么特别的日子吗？"

"不是，爸爸说，就是要请你来吃晚饭。"

"为什么呢？"方丝萦深思地微笑着，"你对你爸爸说了我些什么？"

"我就告诉爸爸，说你很喜欢我。爸爸问了我好多，我都告诉他了。"

"问了些什么呢？"

"他问你和不和气，脾气好不好，书教得好不好，还问你漂不漂亮。"

"你怎么说呢？"方丝萦微笑地问。

"我说，"那孩子走到床边来，亲昵地依偎着方丝萦，甜甜地微笑着，

"我说，你是全世界最好、最温和、最漂亮的老师！"

"哦，"方丝萦不禁笑了起来，"你这孩子！"

"你去吧！好吗？"柏亭亭摇着方丝萦的胳膊，央求着，"你去吧，好吗？今天晚上妈妈也不在家。"

"你妈妈不在家？"方丝萦注意地问。

"她到台中去了，要过三天才回来。"

"她常常不在家吗？"

"是的。"

方丝萦沉思了片刻，然后，她点了点头，说：

"好的，我去。"

"好啊！"柏亭亭欢呼了一声，对方丝萦做了一个愉快而喜悦的表情，接着，就又忽然沉下了脸，小心翼翼地说，"你可不能泄露我们的秘密哟。"

"当然啦！"方丝萦说，"你放心吧！"

"好，那我放学后到教员休息室来找你！我们走回去就行了，只有几步路远。"

"我知道。"

那孩子笑了笑，显得十分兴奋。转过身子，她一溜烟地跑出去了。她跑出去之后好久，方丝萦还能感到她所留下的笑语之声，像银铃般在屋子里回响着：

"你是全世界最好、最温和、最漂亮的老师！"

她摇了摇头，从床上站起身来，走到梳妆台前面，镜子里出现一张深思的、略带忧郁的脸庞，那对眼睛是迷惑而困扰的。她审视着自己，然后，她慢慢地把长发绾在头顶上，梳成一个老式的发髻，再戴上眼

镜，淡淡地抹上口红……她的手停在空中，对着镜子，她喃喃地、不安
地、嘲弄地说：

"你这是在干什么，方丝萦？那是个盲人！他根本看不见你啊！"甩
开了口红，她沉坐在椅子里，陷进了颓然的沉思之中。

庭院深深

肆

FOUR

"她说你是世界上最好的老师，你说她是世界上最可爱的孩子，我看……"他沉吟了片刻，"你们是真的有缘。"

　　牵着柏亭亭的小手，方丝萦跨进了柏家的大门。

　　那是个占地颇广的花园，中间留着宽宽的、供汽车进出的道路。花圃里种满了菊花、木槿、扶桑和茶花。两排整齐的龙柏沿着水泥路的两边栽种着，几株榕树修剪成十分整齐的圆形和伞状。一眼看去，这花园给人一种整洁、清爽和豪华的感觉，但是，却缺少一份雅致，尤其——方丝萦忽然发现，整个花园中，没有一株玫瑰，对于酷爱玫瑰的方丝萦来说，这总是个缺陷。

　　房子是栋两层楼的建筑，旁边有着车库，那辆浅蓝色的雪佛兰正停在车库里。走上几级台阶，推开了两扇大大的玻璃门，方丝萦置身在一间华丽的客厅之中了。客厅中铺着柚木地板，一套暗红色的沙发，沙发前是厚厚的红色地毯。客厅两面是落地的玻璃窗，垂着白纱的窗帘。另两面墙则是原始的红砖砌成，挂了幅抽象派的画。客厅的陈设显得相当地富丽堂皇，可是，和那花园一样，给方丝萦的感觉，是富丽有余，而雅致不足。如果这间客厅交给她来布置，她一定会采取米色和咖啡色的色调，红色可以用来布置卧室，用来布置客厅，总嫌不够大方。

　　"老师，你坐啊！"柏亭亭喊着说，一面提高声音叫，"亚珠！亚珠！"

　　一个面貌十分清丽可喜的女佣，穿了件蓝色的围裙，走了出来，笑眯眯地看着方丝萦。

　　"亚珠，这是方老师，你倒茶啊！"柏亭亭说，一面压低了声音问，

"我爸爸呢？"

"在楼上。"亚珠指了指楼上，对柏亭亭鼓励地微笑着。方丝萦看得出来，这女佣相当喜爱她的这位小女主人。"你妈妈上午就走了。"她自动地加了句，笑意在那张善良而年轻的脸上显得更深了。

"真的？"那孩子挑高了眉毛，喜悦立即燃亮了她的小脸。拎着书包，她很快地说："我上楼找爸爸去！"一面回过头来对方丝萦抛下了一句，"老师！你等一等，我马上陪爸爸下来啊！"

方丝萦看着柏亭亭三步并作两步地奔上楼梯，她在沙发上坐了下来。这才注意到楼梯在餐厅那边，餐厅与客厅是相连的，中间只隔着一扇白色镂空的屏风。

亚珠送上了一杯茶，带来一阵茶叶的清香，她接过茶杯，那是个细致的白瓷杯子，翠绿色的茶叶把整杯水都染成了淡绿色。她轻轻地啜了一口，好香，好舒畅，是柏家茶园中的产品吧！她想起李玉笙提起过的柏家的茶园和茶叶加工厂。那口茶带着一股清洌的香甜一直蹿进了她的肺腑，她忽然有一阵精神恍惚，一种难以解释的、奇异的情绪贯穿了她，这儿有着什么？她猛地坐正了身子，背脊上透过了一丝凉意，有个小声音在她腹内说：

"离开这儿！离开这儿！离开这儿！"

为什么？她抗拒着，和那份难解的力量抗拒着。觉得头脑有些昏沉，视线有些模糊，神志有些迷茫……仿佛自己做错了一件什么大事，体内那个小声音加大了，仍然在喊着：

"离开这儿！离开这儿！离开这儿！"

这是怎么了？我中了什么魔？她想着，用力地甩了一下头，于是，一切平静了，消失了。同时，柏亭亭牵着她父亲的手，从楼梯上走了下来。

那孩子满脸堆着笑，那盲人的脸孔却是平板的、严肃的、毫无表情的。

"爸爸，方老师在这儿！"柏亭亭把她父亲带到沙发前面来。

"柏先生，你好。"方丝萦说，习惯性地伸出手去，但是，立即，她发现对方是看不见的，就又急忙收回了那只手。

"哦！"柏霈文的脸色陡地变了，一种警觉的神色来到他的脸上，他很快地说，"我们见过吗？我好像在什么地方听过你的声音。"

"是的，"方丝萦坦白地说，"几个月以前，我曾经在含烟山庄的废墟里碰到了你，我曾经和你聊过天，还陪你走到学校门口。"

"哦，"柏霈文又哦了一声，大概是"含烟山庄"几个字触动了他某根神经，他的脸扭曲了一下，同时，他似乎受了点儿震动，"你就是那个想收集写作资料的女孩。"他自语似的说。

"你错了，"方丝萦有些失笑地说，"我从没说过我想收集写作资料，而且，我也不是'女孩'，我已经不太年轻了。"

"是吗？"柏霈文深思地问了一句，在沙发里坐了下来，一面转头对他女儿说："亭亭，你没有告诉我，这位方老师就是那天陪我到学校去的阿姨啊！"

"噢，"柏亭亭睁大了眼睛，看看方丝萦，她有些惊奇，"我不记得了，爸爸，我没认出来。"

"孩子哪儿记得那么多。"方丝萦打岔地说，一面环顾四周，想改变话题，"你的客厅布置得很漂亮，柏先生。"她的话并不太由衷。

"你觉得好吗？"柏霈文问，"是红色的吧？我想，这是我太太布置的。"他轻耸了一下肩，"红色、黑色、蓝色，像巴黎的咖啡馆！客厅，该用米色和咖啡色。"

"哦。"方丝萦震动了一下，紧紧地看着柏霈文，"你为什么不把它布置成米色和咖啡色呢？”

"做什么？颜色是给能欣赏的人去欣赏的，反正我看不见，什么颜色对我都一样。那么，让能看得见的人按她的喜好去布置吧，客厅本不是为我设置的。"

方丝萦心头掠过一抹恻怛，看着柏霈文，她一时不知道该说什么好。

"我女儿告诉我，你对她很关怀。"

"那是应该的，她是我学生嘛！"方丝萦很快地说，一说出口，就觉得自己的话有些近乎虚伪的客套，因此，她竟不由自主地脸红了。

"仅仅因为是学生的关系吗？"柏霈文并没有放过她，他的问话是犀利的。

"当然也不完全是，"方丝萦不安地笑了笑，转头看看站在一边笑靥迎人的柏亭亭，伸过手去，她把那孩子揽进了自己的怀中，笑着说，"我和你女儿有缘，我一看到她就喜欢她。"

"我很高兴听到你这句话。"柏霈文说，脸上浮起了一个十分难得的微笑，然后，他对柏亭亭说："亭亭！去告诉亚珠开饭了，我已经饿了，我想，我们的客人也已经饿了。"

亭亭从方丝萦怀中站起来，飞快地跑到后面去了。这儿，柏霈文忽然用一种压低的、迫切的语气说：

"告诉我，方小姐，这孩子很可爱吗？"

"噢！"方丝萦一愣，接着，她用完全不能控制的语气，热烈地说，"柏先生，你该了解她，她是你的女儿哪！"

"你的意思是说……"

"她是世界上最可爱的孩子！"方丝萦几乎是喊出来的。

"多奇怪，"柏霈文深思地说，"她说你是世界上最好的老师，你说她是世界上最可爱的孩子，我看……"他沉吟了片刻，"你们是真的有缘。"

方丝萦莫名其妙地脸红了。

柏亭亭跑了回来。很快地，亚珠摆上了碗筷，吃饭的一共只有三个人，柏霈文、柏亭亭和方丝萦。可是，亚珠一共做了六个菜一个汤，内容也十分丰盛，显然，亚珠是把方丝萦当贵客看待的。

方丝萦非常新奇地看着柏霈文进餐，她一直怀疑，不知道一个盲人如何知道菜碗汤碗的位置。可是，她立刻发现，这对柏霈文并非困难，因为柏亭亭把她父亲照顾得十分周到，她自己几乎不吃什么，而不住地把菜夹到她父亲的碗里，一面说：

"爸，这是鸡丁。"

"爸，这是青菜和鲜菇。"

"爸，我给你添了一小碗汤，就在你面前。"

她说话的声音是那样温柔和亲切，好像她照顾父亲是件很自然的事，并且，很明显她竭力在避免引起被照顾者的不安。这情景使方丝萦那么感动，那么惊奇。她不知道柏亭亭上学的时候，是谁来照顾这盲人吃饭。像是看穿了方丝萦的疑惑，柏亭亭笑着对她说：

"爸爸平常都不下楼吃饭的，今天是为了方老师才下楼，我们给爸爸准备了一个特制的食盒，爸爸吃起来很方便的。"

"哦。"方丝萦应了一声，她不知如何搭话，只觉得眼前这一切，使她的心内充满了某种酸楚的情绪，竟不知不觉地眼眶湿润了。

一餐饭在比较沉默的空气中结束了。饭后，他们回到了客厅中，坐下来之后，亚珠重新沏上两杯新茶。握着茶杯，方丝萦注视着杯中那绿色的液体，微笑地说：

"这是柏家茶园的茶叶吧？"

柏霈文掏出一支烟来，准确地燃着了火。他拿着打火机的手在空中停了一下。他那茫无视觉的眼睛虽然呆滞，但是，他嘴角和眉梢的表情却是丰富的。方丝萦看到了一层嘲弄似的神色浮上了他的嘴角。

"你已经听说过柏家的茶园了。"他说。

"是的。这儿是个小镇市，柏家又太出名了。"方丝萦直视着柏霈文，这是和盲人对坐的好处，你可以肆无忌惮地打量他、研究他。

"柏家最好的茶是玫瑰香片，可惜你现在喝不着了。"柏霈文出神地说。

"为什么呢？"方丝萦盯着他。

"我们很久不出产这种茶了。"柏霈文神色有点儿萧索，他沉默了好一会儿，似乎在深思着什么，然后，他忽然转过头去说："亭亭，你在这儿吗？"

"是的。"那孩子急忙走过去，用手抓住她父亲的手，"我在这儿呢！"

"好的，"柏霈文说，带着点儿命令的语气，"现在你上楼去吧！去做功课，我有些话要和方老师谈谈，你不要来打扰我们！"

"好的。"柏亭亭慢慢地、顺从地说，但是多少有点儿依恋这个环境，因此迟迟没有移动。又对着方丝萦不住地眨眼睛，暗示她不要泄露她们间的秘密。方丝萦对她微笑点头，示意叫她放心。那盲人忍耐不住了，他提高声音说：

"怎么，你还没有去吗？亭亭！"

"哦，去了，已经去了。"那孩子一迭连声地喊着，一口气冲进饭厅，三步并作两步地跑上楼去了。

等柏亭亭的影子完全消失之后，方丝萦靠进了沙发里，啜了一口茶，她深深地看着面前这个男人，慢吞吞地、询问地说：

"哦？柏先生？"

柏霈文深吸了一口烟，一时间没有说话，只是沉默地喷着烟雾。好一会儿，他才突然说：

"方小姐，你今年几岁？"

方丝萦怔了怔，接着，她有些不安，像逃避什么似的，她支吾地说："我告诉过你我并不很年轻，也不见得年老。在美国，没有人像你这样鲁莽地问一位小姐的年龄。"

"现在我们不在美国。"柏霈文耸了一下肩，但，他抛开了这个问题，又问，"你还没有结婚？为什么？"

方丝萦再度一怔。

"哦，柏先生，"她冷淡地说，"我不知道你想要知道些什么。难道你请我来，就是要调查我的身世吗？"

"当然不是，"柏霈文说，"我只是奇怪，像你这样一位漂亮的女性，为什么会放弃美国繁华的生活，到乡间来当一个小学教员？"

"漂亮？"方丝萦抬了抬眉毛，"谁告诉你我漂亮？"

"亭亭。"

"亭亭？"方丝萦笑笑，"孩子的话！"

"如果我估计得不错，"柏霈文再喷了一口烟，率直地说，"在美国，你遭遇了什么感情的挫折吧？所以，你停留在这儿，为了休养你的创伤，或者，为了逃避一些事、一段情，或是一个人？"

方丝萦完全愣住了，瞪视着柏霈文，她好半天都不知道该说什么。过了好久，她才轻轻地呼出一口气来，软弱地叫了一声：

"哦，柏先生！"

"好了，我们不谈这个，"柏霈文很快地说，"很抱歉跟你谈这些。我只是很想知道，你在短时间之内，不会回美国吧？"

"我想不会。"

"那么，很好，"柏霈文点了点头，手里的烟蒂几乎要烧到了手指，他在桌上摸索着烟灰缸，方丝萦不由自主地把烟灰缸递到他的手里，他接过来，灭掉了烟蒂，轻轻地说，"谢谢你。"

方丝萦没有回答，她默默地啜着茶，有些心神恍惚。

"我希望刚才的话没有使你不高兴。"柏霈文低低地说，声音很温柔，带着点儿歉意。

"哦，不，没有。"方丝萦振作了一下。

"那么，我想和你谈一谈请你来的目的，好吗？"

"好的。"

"我觉得——"他顿了顿，"你是真的喜欢亭亭那孩子。"

"是的。"

"所以，我希望，你能搬到我们这儿来住。"

"哦？柏先生？"方丝萦惊跳了一下。

"我的意思是，请你住到我们这儿来，做亭亭的家庭教师。我猜，这孩子的功课并不太好，是吗？"

"她可以进步的——"

"但，需要一个好老师。"柏霈文接口说。

方丝萦不安地移动了一下身子。

"哦，柏先生……"她犹豫地说，"我不必住到你家来，一样可以给这孩子补习，事实上，现在每天……"

"是的，我知道。"柏霈文打断了她，"你每天给她补一小时，而且拒收报酬，你不像是在美国受教育的。"

方丝萦没有说话。

"我知道，"柏霈文继续说，"你并不在乎金钱，所以，我想，如果我告诉你，报酬很高，你一定还是无动于衷的。"

方丝萦仍然没有说话。

"怎样，方小姐？"柏霈文的身子向前倾了一些。

"哦，"方丝萦困惑地皱了皱眉头，"我不了解，柏先生，假若你觉得一个小时的补习时间不够，我可以增加到两小时或三小时，我每晚吃完晚饭到这儿来，补习完了我再回去，我觉得，我没有住到你这儿来的必要。"

柏霈文再掏出了一支烟，他的神情显得有些急切。

"方小姐，"他咬了咬嘴唇，困难地说，"我相信你听说过一些关于我的传说。"

方丝萦垂下了头。

"是的。"她轻声说。

"那么，你懂了吗？"他的神色黯然，呼吸沉重，"那是一个失去了母亲的孩子。"

"是的。"方丝萦也咬了咬嘴唇。

"所以，你该了解了，我不只要给那孩子找一个家庭教师，还要找一个人，能够真正地关切她、爱护她、照顾她，使她成为一个健康快乐的孩子。"

"不过，我听说……"方丝萦觉得自己的声音干而涩，"你已给这孩子找到了一个母亲了。"

柏霈文一震，一长截烟灰落在衬衫上了。他的脸拉长了，陡然间显得又憔悴又苍老，他的声音是低沉而压抑的。

"这也是我要请你来的原因之一，"他说，带着一份难以抑制的激动，"告诉你，那不是一个寻常的孩子，如果她受了什么委屈，她不会在我面前泄露一个字，哪怕她被折磨得要死去，她也会抱着我的脖子对我说：
'爸爸，我好快乐！'你懂了吗，方小姐？"

方丝萦倏然把头转向一边，觉得有两股热浪直冲进眼眶里，视线在
一刹那间就成为模糊一片。一种感动的、激动的、近乎喜悦的情绪掠过
了她。啊，这父亲并不是像她想象中那样懵懂无知，并不是不知体谅、
不知爱惜那孩子的啊！她闪动着眼睑，悄悄地拭去了颊上的泪，在这一
瞬间，她了解了，了解了一份属于盲人的悲哀！这人不只要给女儿找一
个保护者，这人在向她求救啊！

"怎样呢，方小姐？"柏霈文再迫切地问了一句。

"噢，我……"方丝萦心情紊乱，"我不知道……我想，我必须要考
虑一下。"

"考虑什么呢？"

"你知道，我是正心的老师，亭亭是我的学生，我现在再来做亭亭的
家庭教师，似乎并不很妥当，会招致别人的议论……"

"哼！才无稽呢！"柏霈文冷笑地说，"小学教员兼家庭教师的多的
是，你绝不是唯一一个。如果你真在乎这个，要避这份嫌疑的话，那
么，辞掉正心的职位吧！正心给你多少待遇，我加倍给你。"

方丝萦不禁冷冷地微笑了起来，心里涌上了一层反感，她不了解，
为什么有钱的人，总喜欢用金钱来达到目的，仿佛世界上的东西，都可
以用钱买来。

"你很习惯于这样'买'东西吧？"她嘲弄地说，"很可惜，我偏偏
是个……"

"好了，别说了。"他打断了她，站起身来，他熟悉地走到落地长窗
的前面，用背对着她。他的声音低而忧郁，"看样子我用错了方法，不

过，你不能否认，这是人类最有效的解决问题的方法。好了，如果我说，亭亭需要你，这有效吗？"

方丝萦的心一阵酸楚，她听出这男人语气里的那份无奈、请求的意味。她站起身来，不由自主地走到柏霈文的身边。落地长窗外，月色十分明亮，那些盛开的花在月色下摇曳，洒了一地的花影。方丝萦深吸了一口气，看着一株修长的花木说：

"多好的玫瑰！"

"什么？"柏霈文像触电般惊跳起来，"你说什么？玫瑰？在我花园中有玫瑰？"

"哦，不，我看错了。"方丝萦凝视着柏霈文那张突然变得苍白的脸孔，"那只是一株扶桑而已。我不知道……你不喜欢玫瑰吗？为什么？你该喜欢它的，玫瑰是花中最香、最甜、最美的，尤其是黄玫瑰。"

柏霈文的手抓住了落地窗上的门钮，他脸上的肌肉僵硬。

"你喜欢玫瑰？"他泛泛地问。

"谁不喜欢呢！"她也泛泛地回答。面对着窗外，她又站了好一会儿。然后，她忽然振作了。回过头来，她直视着柏霈文，用下定决心的声音说："我刚刚已经考虑过了，柏先生，我接受了你的聘请。但是，我不能放弃正心，所以，我住在你这儿，每天和亭亭一起去学校，再一起回来。我希望有一间单独的房间，每月两千元的待遇，和——全部的自由。"她停了停，再加了句，"我这个星期六搬来！"掉转身子，她走到沙发边去拿起了自己的手提包。

柏霈文迫切地回过头来，他的脸发亮。

"一言为定吗？"他问。

"一言为定！"

庭
院
深
深

伍

FIVE

"妈妈会回来，我和爸爸都在等，等她的鬼魂出现。"

　　星期六下午没课，方丝萦刚吃过午饭，柏亭亭就蹿进了屋里来，嚷着说：

　　"方老师！马上走吧，老尤已经开了车来接你了。"

　　"哦！"方丝萦轻蹙了一下眉梢，又微微一笑，"你爸爸记得倒挺清楚的。"

　　"你的箱子收拾好了吗？我去叫老尤来搬！"柏亭亭喊着，又一溜烟地跑出去了。

　　方丝萦站在室内。一时间，有份迷惘而荒谬的感觉。怎么回事？自己真的要搬到柏家去住吗？这好像是不可能的，是荒诞不经的，是缺乏考虑的。她还记得刘校长和李玉笙她们听到这消息后所露出的惊讶之色，她也体会出她们都颇不赞成。但是，没有人对她说什么。她知道，在刘校长她们的心目里，她始终是个怪异的、不可解的人物，是个让她们摸不清、想不透的人物。事实上，自己真的有些荒唐！搬到柏家去住，她每根神经都在向她提示，这个决定是不妥当的。那是个太复杂的家庭，她卷进去，必定不会有好结果！可是，她无法抵制那股强大的、要她住进去的诱惑力。那柏宅有些魔力，那含烟山庄、那废墟、那盲人、那孩子、那逝去的故事……处处都有着魔力，她抗拒不了！或者，有一天，她真会写下一本小说，像《简·爱》一般，有废墟、有盲人、有家庭教师……她猛地打了个冷战，多奇异的巧合！现在，所缺的是一个疯妇，那柏宅的大院落里，可真藏着一个疯妇吗？

柏亭亭跑回来了，来回的奔跑使她不住地喘着气，额上，一绺头发被汗水濡湿了，静静地贴在那儿。脸庞也因奔跑而红润，眼睛却兴奋地闪着光。在她后面，一个年约四十岁、瘦瘦高高的男人正站在那儿，穿着件整洁的白衬衫，灰色的西服裤，身子是瘦削而挺拔的。方丝萦接触了那人的眼光，她不禁瑟缩了一下，这眼光是锐利的。

"是方小姐吗？我是老尤，柏先生让我来接你。"

"哦，谢谢你。"方丝萦说，推了推鼻梁上的眼镜，她希望自己看起来威严一点儿，"箱子在那儿，麻烦你了。"

老尤拎起了箱子，先走出去了。方丝萦到校长室去，移交了宿舍的钥匙。然后，她坐进了汽车，挽着柏亭亭那瘦小的肩膀，她看着车窗外面，那道路两旁，全是飞快地后退的茶园。柏家的茶园！她的精神又恍惚了起来，自己到底在做些什么事呢？

这段路程只走了三分钟。亚珠跑来打开了大门，车子滑进柏家的花园，停在正房的玻璃门前面。柏亭亭首先钻出车子，嚷着说：

"方老师，我带你去你的房间，别管那箱子，老尤会拿上来的。"

牵着方丝萦的手，她们走进了客厅，柏亭亭的脚步是连跑带跳的。客厅中阒无一人，柏亭亭拉着方丝萦向楼上冲去。猛然间，她收住了脚步，仰头向上看，欢愉立即从她的脸上消失，那小小的嘴唇变得苍白了。方丝萦也诧异地站住了，跟着柏亭亭的视线，她也仰头向上看，然后，她和一个女人的视线接触了。

那是个相当美丽的女人，与方丝萦心中所想象的"后母"完全不同。她有张椭圆形的脸庞，尖尖的小下巴，一对又大又亮的眼睛，挺秀的眉毛和小巧的嘴。这张脸几乎没什么可挑剔的，如果硬要找毛病的话，只能说她的神情过于冷峻，过于严苛，过于淡漠。她的身材也同样美好，纤秾合度，高矮适中。她穿了件粉红色绲蓝边的洋装，宽袖口，小腰身，相当漂亮，相当时髦，也相当配合她。她的头发蓬蓬松松的，梳成了很多小鬈，给她平添了几分慵懒的韵致，缓和了她面部的冷峻。在她耳朵上，垂着两个粉红色的大圈圈耳环，摇摇晃晃的，显得俏皮，显得娇媚。她很会装扮自己，而且，她还很年轻，顶多三十而已。那身装束把她的年龄更缩小了一些。方丝萦很为她惋惜，如果柏霈文的眼睛没有失明，他怎可能冷淡这样一个年轻美貌的妻子！

在她打量这女人的同时，对方也在静静地打量着她。方丝萦猜想，自己给对方的印象，一定远不如对方给自己的。近视眼，梳着老式的发髻，穿着那样一身黑色的旗袍，该是个典型的教员样子吧！她在对方脸上看出了一抹隐约的、轻蔑的笑意。然后，那女人静静地说：

"欢迎你来，方小姐。"

"是柏太太吧？"她说，慢慢地走上楼去，仍然牵着柏亭亭的手。

"是的，"柏太太微笑了一下，那微笑是含蓄的、莫测高深的，"亭亭会带你去你的房间，"她说，适度地表示了她雇主的身份，"我很忙，不招待你了，希望你在我们家住得惯，更希望亭亭不会使你太麻烦。"

"她不会，"方丝萦微笑地说，迎视着对方的眼睛，这对眼睛多大，多美，多深沉！"亭亭是个乖孩子，我跟她已经很熟了。"

"是吗？"柏太太笑了笑，眼光从柏亭亭身上扫过去，方丝萦立即觉得那只抓住自己的小手痉挛了一下。出于下意识，她也立刻安慰地把那只小手紧握了一下。于是，在这一瞬间，一种奇异的、了解的情感联系了她和亭亭，仿佛她们成了联盟者，将要并肩对抗一些什么。柏太太扶着栏杆，开始走下楼梯，她的背脊挺直，步伐娴雅而高贵。方丝萦眩惑地望着她，觉得这走路的姿势、这神情都那么熟悉，一种典型的、贵妇人的样子。她一面下楼，一面说："那么，很好，让亭亭带你去吧。"她的眼睛已不再看方丝萦，而直视着那正拎着皮箱走上楼来的老尤说："老尤，准备车子，送我去台北。"

"是。"老尤应了一声，径自把箱子送到楼上去了。

方丝萦牵着柏亭亭继续上楼，她听到柏太太的声音，在楼下清晰地吩咐着：

"亚珠，不要等我吃晚饭，我不回来吃。"

一上了楼，亭亭又恢复了她的活泼，她高兴地指给方丝萦看，哪一间是她父亲的房间，哪一间是她母亲的，哪一间是她的。方丝萦发现这幢房子设计得相当精致，楼上有个小厅，陈设着一套很小的沙发，放了一个花架和电话机等，除了这小厅之外，只有四个房间，是两两相对的，中间是走廊。阳台呈环形，围绕着整栋房子，方丝萦猜想，每间房间一定都有门通向阳台。柏需文和他的妻子住面对面的两间，方丝萦和柏亭亭就住了剩下的面对面的两间，柏亭亭隔壁是柏太太，方丝萦隔壁是柏需文。

"你爸爸和妈妈怎么不住一间房？"方丝萦问。

"他们一直这样住的。"柏亭亭不以为然地说，一面告诉方丝萦，"你住的房间原来是客房，现在给你住，我们就没有客房了。"

"你们家常常有客人来住吗？"

"不常常，只有高叔叔，每年来住一两次。"

"高叔叔？"

"是的，高叔叔，他是爸爸的好朋友！"柏亭亭说，"他在南部开农场，不常来的。他来也没关系，可以睡楼下。"拉着她，柏亭亭一下子冲进了为方丝萦准备的房间，兴奋地喊，"你看！方老师，你喜欢吗？"

方丝萦有一阵眩晕，她必须扶住墙，以稳定自己。这是怎样一间房间！她置身在一座宫殿里了，一座梦寐以求的宫殿！她意乱神迷地打量着这房间，地上，铺着的是纯白的地毯，窗子上，垂着黑底金花的窗帘，一张有白色栏杆的、美丽的双人床，一个白色金边的梳妆台，一张小小的白色书桌……所有的颜色都是白、黑与金色混合的，但是，那张床上，却铺着一床大红色的床罩，因此，也缓和了黑白颜色所造成的那份"冷"的感觉，给整个房间增添了不少温暖。在墙上，有个很小的古董架，放了几件瓷器，架子的正中，是个长方形的格子，里面放着一个大理石的雕塑——希腊神话故事里的欧律狄刻和她的爱人俄耳甫斯，雕刻得十分精致和传神。这种种种，倒都也罢了，最让方丝萦激动的，是床边的一个白色金边的小床头柜上，放了盏有白纱灯罩的台灯，台灯旁边，有个黑色大理石的花瓶，里面插着一瓶鲜艳的黄玫瑰。

"你喜欢吗，方老师？你喜欢吗？"柏亭亭仍然在喊着，迫切地摇着方丝萦的胳膊。

"哦，我喜欢，真——喜欢。"方丝萦说，靠在墙上，觉得好乏力。她望着那两扇落地的玻璃窗，玻璃窗外，果然是阳台，那么，这阳台可以通往任何一个房间了。阳台上，放着好几盆菊花，这正是菊花初开的季节，那些黄色的花朵在阳光下绚烂地绽开着。越过这阳台再往外看，就是那高低起伏的山坡和那一片片的茶园了。

"老师，你一定不喜欢……"那孩子敏感地说。

"哦，不，不，我喜欢，真的。"方丝萦慌忙打断了她，把她揽在怀里，低低地问，"告诉我，亭亭，这房间本来就是这样子布置的吗？"

"当然不是。"那孩子笑了，"只有地毯没换，其他的家具都是新换的，爸爸指定的家具店里买的。"

"那座塑像呢？"方丝萦指着那个大理石的雕塑问。

"那是家里原来就有的，本来在爸爸房间里，爸爸说他反正看不见，叫我搬到你屋里来算了。"

"哦。"方丝萦的目光又落回到那瓶黄玫瑰上面，这玫瑰，显然也是让人去买来的了，因为柏家花园里没有玫瑰花。她走到床边去，在床沿上坐了下来，觉得精神恍惚得厉害。玫瑰花浓郁的香味弥漫在屋子里，初秋的阳光透过落地玻璃窗斜射进来，暖洋洋的。花和阳光，以及这屋子里的气氛，每一样都熏人欲醉。

"还满意吗，方小姐？"

一个低沉的、男性的声音使方丝萦吓了一跳。回过头去，她看到柏霈文瘦长的身子正斜靠在敞开的门框上，他那样无声无息地走来，使方丝萦怀疑他是否来了很久了，是否听到了她和亭亭的对白。她站起身来，虽然柏霈文看不见，她仍然下意识地维持着礼貌。

"这未免太考究了，柏先生。"她说。

"我不知道他们是否照我的意思配色的。"

"颜色配得很好。"方丝萦凝视着他，这盲人虽然看不见，对颜色却颇有研究呢！"我没想到你对配色也是个专家。"

"我学来的。"柏霈文慢吞吞地说，"我曾经和一个配色的专家一起生活过。"

"哦。"方丝萦应了一声，对屋内的一切再扫了一眼，"其实，你真不必这样费心。"她不安地说，"这使我很过意不去呢！"

"一个准作家应该住在一间容易培养灵感的房间里。"柏霈文笑了笑说。

"准作家？"

"你不是想要收集写作资料吗？"柏霈文的笑意更深，但是，忽然间，他的笑容又完全收敛了，"住在这儿吧，方小姐，"他深沉地说，"我答应你，你可以在这儿找到一篇写作资料，一部长篇小说！"

"我说过我要收集写作资料吗？"方丝萦有些啼笑皆非，"我……"

"别说！"柏霈文阻止了她下面的话，"我想，我知道你。"

方丝萦呆了一呆，这人多么武断！知道她！他真"知道"她吗？她扬了扬眉毛，不愿再和他争辩了。走到屋子中间，她打开了老尤早已拎进来的那只箱子，准备把东西收拾一下，那盲人敏锐地听着她的行动，然后说：

"我想，你一定希望一个人休息休息。亭亭！我们出去吧！"

"噢，"亭亭喊了起来，"我帮方老师收东西。好吗？"她把脸转向方丝萦，"我帮你挂衣服，好吗？"

"让她留下来吧，柏先生。"方丝萦说，"我喜欢她留在这儿帮我的忙，跟我说说话。"

"那么，好，等会儿见。"柏霈文点了一下头，转过身子，他走开了。

这儿，方丝萦从壁橱里取出了挂衣钩，让柏亭亭帮她一件件地把衣服套在钩子上，她再挂进壁橱里。亭亭一面忙着，一面不住地说着话，发表着她的意见：

"老师，你有很多很多漂亮的衣服，像这件红的，这件黄的，这件翠绿的……为什么你都不穿？你总是喜欢穿黑的、白的、咖啡的、深蓝的……为什么？"

"这样才像个老师呀！"方丝萦笑着说。

"你把头发放下来，不要戴眼镜，穿这件浅紫色的衣服，一定好看极了。"柏亭亭举起了一件紫色绲小银边的晚礼服说。

"哦，小丫头，你想教我美容呢！"方丝萦失笑地说。

"可是，你以前穿过这件衣服的，是吗？"

"当然。"

"为什么现在不穿呢？"

"没有机会，这是晚礼服，赴宴会的时候穿的，知道吗？"方丝萦把那件衣服挂进了橱里。然后，她忽然停下来，把那孩子拉到身边来，问："你喜欢漂亮的衣服吗？"

"嗯，"那孩子点点头，"妈妈有好多漂亮的衣服。"

"你呢？"方丝萦问，"我只看你穿过制服。"

柏亭亭低下了头，用脚踢弄着床罩上的穗子。

"我每天要上课，有漂亮衣服也没有时间穿……"她忸怩地、低声地说。

"哦。"方丝萦了解了，站直身子，她继续把衣服一件件地挂进橱里，一面用轻快的声音说，"快点儿帮我弄清楚，亭亭。然后，你带我去参观你的房间，好吗？"

"好！"柏亭亭高兴地说。

方丝萦的东西原本不多，只一会儿，一切都弄清爽了。跟着柏亭亭，方丝萦来到亭亭的房间。这房间也相当大，相当考究，深红色的地毯，深红色的窗帘，床、书桌、书橱都收拾得十分整洁，整洁得让方丝萦诧异，因为不像个孩子的房间了。在方丝萦的想象中，这房子的地上，应该散放着洋娃娃、小狗熊、小猫等玩具，或者是成堆的儿童读物。但是，这儿什么都没有，只是一间干干净净、整整齐齐的卧房。

"好了，亭亭，"方丝萦笑着说，"把你那些洋娃娃拿给我看看。"

"洋——娃——娃——"柏亭亭结舌地说。

"是呀!"方丝萦亲切地看着那孩子,"你的小黑炭啦,小丑啦,金鬓儿啦……"

柏亭亭的脸色发白了,笑容从她的唇边隐没,她僵硬地看着方丝萦。

"怎么,亭亭?"方丝萦不解地问。

那孩子的头低下去了。

"怎么回事,亭亭?"方丝萦更加困惑了。

那孩子抬起眼睛来,畏怯地看了方丝萦一眼,那张小脸更白了,那对大眼睛里已满盈着泪水。带着种哀恳的神色,她微微颤抖地、可怜兮兮地说:

"你一定知道的吧,老师?"

"知道?知道什么?"方丝萦把那孩子拉到自己面前,坐在床沿上,用手托起了她的下巴,仔细地注视着这张畏缩的小脸,"到底是怎么回事?"

柏亭亭又沉默了好一会儿,然后,她走开去,翻开了枕头,她从枕头下掏出了一件东西,怯生生地把这样东西捧到方丝萦的面前来。方丝萦诧异地看过去,不禁吃了一惊。在那孩子手中,是个布制的、最粗劣的娃娃。而且,是已经断了胳膊又折了腿的,连那个脑袋,都摇摇晃晃的,就剩下几根线连在脖子上了。不但如此,那个娃娃的衣服早已破烂,白布做的脸已经黑得像地皮,连眉毛眼睛都看不出来了。方丝萦接过了这个娃娃,目瞪口呆地说:

"这——这是什么?"

"我的娃娃,"那孩子喃喃地说,被方丝萦的神色伤害了,"我想,她不太好看。"

"可是，可是——你其他那些娃娃呢？"

柏亭亭很快地抬起头来了，她的眼睛勇敢地看着方丝萦，下决心地、一口气地说：

"没有其他的娃娃，我只有这一个娃娃，是我从后面山坡上捡来的。小黑炭、小丑、金鬈儿……都是它，我给它取了好多个名字。"

方丝萦瞪大了眼睛，看着那孩子无限怜惜地把娃娃抱回到手里，徒劳地想弄好娃娃那破碎的衣服。她张口结舌，一句话都说不出来。怎样一个富豪之家啊！她咬紧了嘴唇，觉得心情激动，眼眶潮湿，心底的每根神经都为这孩子而痉挛了起来。好半天，她才能恢复她的神志，抚摩着亭亭的头发，她用安慰的、真挚的声调说：

"这娃娃可爱极了，亭亭。我想，过两天，我们可以给她做一件新衣服穿。"

"真的？你会吗？"亭亭的眼睛发着光。

"我会。"方丝萦说，泪水几乎夺眶而出。她不想再参观亭亭的衣橱了，她可以想象衣橱里的情况。看着柏亭亭把娃娃收好，她拉着这孩子的手说："今天下午我们不做功课，晚上再做，现在，你愿不愿意陪我到外面去散散步？"

"好啊！"孩子欢呼着。

"那么，快！去告诉你爸爸一声，我们走！"

柏亭亭飞似的跑开了。

半小时之后，方丝萦和柏亭亭站在含烟山庄的废墟前面了。凝视着那栋只剩下断壁残垣的房子，柏亭亭用一种神往的神情说：

"他们说，我死去的妈妈一直到现在，还常常到这儿来。"

"什么？"方丝萦问，"谁说的？"

"大家都这么说。"柏亭亭仰视着那房子的空壳,"我希望我看到她,我不会怕我妈妈的鬼魂。"

方丝萦愣了一下。

"世界上没有鬼魂的,你知道吗?"

"有。"那孩子用坚定的语气说,"妈妈会回来,我和爸爸都在等,等她的鬼魂出现。"

"有人看到过她的鬼魂吗?"方丝萦深思地问。

"有。很多人都说看到过。上星期,有天晚上,亚珠从这儿经过,还发誓说看到一个女人的影子,在这空花园里走,吓得她飞快地跑回家去了。如果是我,我不会跑,我会过去和她谈谈。"

"噢,别胡思乱想了,"方丝萦不安地说,她最恨大人把鬼魂的思想灌输给孩子,"让我们走吧。"

"你怕?"柏亭亭问。

"我不怕!"

"你别怕我妈妈,"亭亭继续说,眼光热烈,"我妈妈是顶温和、顶可爱的人。"

"是吗?你怎么知道?"

"我爸爸说的!"

"哦!"方丝萦站住,她再看向含烟山庄,那幢残破的房子耸立在野草、荆棘和藤蔓之中。她幻想着它完整时候的样子,幻想着那个"温和、可爱"的女主人,和她那眼睛明亮的、多情的丈夫,在这儿怎样地生活着!她幻想得出神了,在她身边,那个小女孩也同样地出神地伫立着,幻想着她那逝去的母亲。

陆

SIX

"我还有什么可毁的？我的一切早就毁得干干净净了。"

到柏家的第一夜，方丝萦就失眠了。

躺在那张华丽的大床上，用手枕着头，方丝萦瞪视着屋顶上那盏小小的玻璃吊灯。床头的玫瑰花香绕鼻而来，窗外的月色如水，晚风轻拂着窗帘，整个柏宅静悄悄的，方丝萦一动也不动地躺着，虽然相当疲倦，却了无睡意，只觉得心神不定，思潮起伏。

回想这天的下午——这天下午做了些什么事呢？带着柏亭亭在山坡上的松林里散步，又到竹林里去采了两枝嫩竹子，然后，她们信步而行，走到松竹桥边，方丝萦问柏亭亭说：

"我们到桥下去捡小鹅卵石好吗？"

亭亭犹豫了一下，她对那河水憎恶地望着，脸色十分特别。方丝萦诧异地说：

"怎么，不喜欢鹅卵石吗？"

"不是，"亭亭摇了摇头，然后，她指着那河水说，"就是这条河，我的亲妈妈就是跳这条河死的。"

"噢。"方丝萦迅速地皱了一下眉，大人们为什么要让孩子们知道这些不幸！他们竟不顾那些小心灵是否承受得了？残忍啊，柏需文！

"他们说，那天河水涨了，因为头一天有台风，这座桥也被河水冲断了。所以，爸爸说，妈妈可能是不小心摔下去的，这儿没有路灯，晚上天又黑，她一定没看到桥断了。"

"你怎么知道那么多?"

"这是大家都知道的,他们背着我说,以为我听不到,他们还说……"那孩子猛地打了个冷战。

不要!难道他们连那孩子出身之谜也不保密吗?方丝萦一把拉住了亭亭的手,迅速地另外找出一个题目来:

"我们不谈这个了,亭亭。你带我去松竹寺玩玩好吗?我听说松竹寺很有名,可是我还一次都没去玩过呢!"

"好啊!我带你去!"

于是,她们去了松竹寺,沿着那松树夹道的小径,她们拾级而上,两边的松林绿茵茵的,静悄悄的。松树遮断了阳光,石级上有着苍苔,周围有份难言的肃穆和宁静。她们走了好久好久,上了不知道多少级石阶,然后,她们来到了那栋佛寺之前。佛寺前花木扶疏,前后是松林,左右都是竹林,这座庙就被包围在一片松竹之中。想必"松竹寺"也由此而得名。庙中供奉的是观音大士,神堂前香烟缭绕,在庙门前,还有个很大的铜鼎,里面燃着无数的香。站在庙门前,可以眺望台北市,周围风景如画。

她们在庙前站了好一会儿,亭亭摇着她的手说:

"老师,你去求一个签吧!"

抱着份无可无不可的心情,她真的燃上了一炷香,去求了一个签,签上的句子却隐约得出奇:

> 姻缘富贵不由人,心高必然误卿卿,
>
> 婉转迂回迷旧路,云开月出自分明。

亭亭在旁边伸长了脖子好奇地看着，一面问：

"它说什么，老师？你问什么？"

方丝萦揉皱了那签条，笑着说：

"我问我所问的，它说它所说的。好了，亭亭，天不早了，我们也该回去了。"

回到家里，已经是吃晚饭的时候了。柏太太还没有回来，柏霈文交代把他的饭菜送上楼去，于是，餐桌上只有方丝萦和柏亭亭。亭亭因为一个下午都在外面奔跑，所以胃口很好，一连吃了两碗饭，方丝萦却吃得很少。亭亭的好胃口使她高兴，看着亭亭，她说：

"平常是不是常常是这种局面，爸爸不下楼，妈妈出去，就你一个人吃饭？"

"是的。"亭亭说，"我就常常不吃。"

"不吃？"

"一个人吃饭好没味道，我就不吃，有的时候，亚珠强迫我吃，我就吃一点点。"

怪不得这孩子如此消瘦！方丝萦看着亭亭，心里暗暗地下着决心，她要让这孩子正常起来，快乐起来，强壮起来。至于功课，在目前，倒还成为其次的问题。因此，饭后，方丝萦监督着她把功课做完，又给她补了一会儿算术，就让她把她那个破娃娃拿来。然后，方丝萦整整费了一个半小时的时间，把那娃娃给重新缝缀起来。因为没有碎布，方丝萦竟撕碎了自己的一件衬裙，用那白绸子和衬裙上的花边，给那娃娃缝制了一件新衣。整个制作的过程中，亭亭都跪在方丝萦身边，满脸喜悦地看着她做，一面不住地帮着忙，一会儿递针，一会儿递线。等到那娃娃终于完工了，方丝萦从地毯上站起身来，笑着说：

"好了，你的娃娃好看多了。"

亭亭用一种崇拜的眼光，看了方丝萦一眼。然后她骄傲地审视着她那个娃娃，再把它紧紧地抱在胸前，喃喃地说：

"乖娃娃，我好可爱好可爱的娃娃。"

方丝萦颇受感动。接着，因为时间实在不早了，她逼着亭亭去洗澡睡觉，眼看着亭亭换上了睡袍，钻进被窝里，方丝萦弯下腰去，帮她整理着棉被。就在这一瞬间，那孩子忽然抬起身子来，用两只胳膊圈住了方丝萦的脖子，把她的头拉向自己，然后，她很快地用她那濡湿的小嘴唇，在方丝萦的面颊上吻了一下，一面急促地说：

"我好爱你，老师。"

说完，由于不好意思，她放松了方丝萦，一翻身把头埋进了枕头里，闭上眼睛装睡觉了。方丝萦呆立在那儿，好半天都没有移动，亭亭这一个突发的动作使她那样感动，那样激动，那样不能自已。她的眼睛濡湿，眼镜片上浮着一层雾气，她竟看不清楚眼前的东西了。许久之后，看到亭亭始终不再翻动，她俯身再看了一眼，原来这孩子在一日倦游之后，真的沉沉入睡了。她叹了口气，在那孩子的额上轻轻地吻了吻，低声地说：

"好好睡吧，孩子，做一个香香甜甜的梦吧。"

她再叹息了一声，悄悄地退出了亭亭的房间，并且带上了房门。于是，她发现柏霈文正站在那小厅与走廊的交界处，面向着自己。她知道他的耳朵是很敏锐的，她走过去，招呼着说：

"柏先生，还没睡吗？"

"到这儿来坐坐吧。"柏霈文说。

方丝萦走了过去，在小厅中的沙发上坐了下来。小厅里没有开大灯，只亮着一盏壁灯，光线是幽幽柔柔的。柏霈文斜倚在落地窗上，静静地说：

"你忙了一个下午。我看，你是真心在关怀着那个孩子，是吗？"

"我关怀她，因为她太'穷'了。"方丝萦说。

"穷？"柏霈文怔了一下，"你是什么意思？"

"我从没看过比她更贫乏的孩子！"方丝萦有些激动，"没有温暖，没有爱，没有关怀，没有一切！"

"你在指责我吗？"柏霈文问。

"我不敢指责你，柏先生。"方丝萦说，竭力缓和自己的情绪，"但是，多爱她一点儿吧，柏先生，那孩子需要你！"她的声调里竟带着点儿祈求的意味。

柏霈文为之一动。

"我知道，"他说，这次声音是恳切而真挚的，"你一定认为我是个不负责任的父亲。可是，你要知道，我一向不太懂孩子，而且，我不知该怎样待她，这孩子，她总引起我一些惨痛的回忆。咳，方小姐，我想你听说过她生母的事吧？"

"是的，一点点。"方丝萦轻声说。

"那是个好女人，值得终生回忆……"柏霈文陷入了沉思之中，"人，常常由于一时糊涂，造成一辈子不能挽回的错误，如果她还活着……"他深吸了一口气，用一种痛楚的、渴切的语气，冲动地说，"我愿牺牲我所有的一切，挽回她的生命！"

"哦，先生！"方丝萦不由自主地喊了一声，她被撼动了，她在这男人的脸上，看到了一份烧灼般的热情和痛苦，这把她击倒了。她感到迷茫，感到困惑，感到仓皇失措。

"噢，"柏霈文猛地醒悟了过来，一层不安的神色浮上了他的眉梢，他立即退缩了，一面支吾地说，"对不起，方小姐，请原谅我，我不该对你说这些，我有些失态，我想。"

"哦，不，柏先生，"方丝萦仓促地说，心情激荡得很厉害，她懊恼引起了柏霈文的这些话。站起身来，她匆匆地说："我很累了，柏先生，我想回房间去睡觉了，明天见，柏先生！"

"等一下，"柏霈文说，敏感地，"你似乎有些怕我，方小姐。"

"不。"方丝萦情不自禁地瑟缩了一下，觉得十分软弱。

"别怕我，方小姐，"那男人深沉地说，"如果我有什么失态和失礼的地方，请你原谅，那是因为我很少和别人接触，尤其是女性。我几乎已经忘记了礼貌，也忘记了该如何谈话。"

"哦，你很好，先生，"方丝萦有些生硬地说，"我并不怕你，从来没有。好，再见了，柏先生。"

转过身子，她匆促地回了自己的房间，她走得那么急，好像要逃避什么。

现在，她躺在床上，瞪视着天花板，无法让自己成眠。白天所经历的一切，都在她的脑海里重演，一幕一幕地，那样清晰，那样生动，她简直摆脱不开这父女二人的形象。那盲人的岁月堪哀，那小女孩的境况堪怜，怎样才能帮助他们呢？为他们找回那个死去的妻子和母亲吗？她猛地打了个寒战，带着秋意的晚风从纱窗外吹来，夜，已经深了。

她看了看手表，快一点钟了，四周那么安静，那个柏太太还没有回来。拿起一本英文版的《傲慢与偏见》，她开始心不在焉地阅读了起来。事实上，她的思绪一点儿都不能集中，她的目光也不能长久地停驻在书上。每看几行，她就会不知不觉地抬起眼睛来，对着那瓶玫瑰花，

或是那个欧律狄刻的雕塑，默默地出神。时间不知道过去了多久，一声
汽车喇叭声惊动了她，那个柏太太回来了。何必按喇叭，这样夜静更深
的时候！难道她没有带大门钥匙吗？她放下了书，下意识地倾听着。汽
车开进了花园，车门"砰"地关上，发出巨大的声响。接着，是高跟鞋
清脆地走进客厅的声音，然后，她走上楼来了，一面上楼，她在一面唱
着歌，声音唱得很高，她的歌喉倒相当不错。唱的并非时下流行的小曲
子，而是那支有名的旧诗，被谱成的歌：

　　　我住长江头，

　　　君住长江尾，

　　　日日思君不见君，

　　　共饮长江水……

　　她并没有唱完这支歌，她的歌声猛地中断了，似乎受到了什么打
扰。方丝萦没有听到隔壁房间门打开的声音，但是，现在，她听到柏霈
文那压抑的、恼怒的低吼：

　　"爱琳！"

　　爱琳？那么，这是那个柏太太的名字了？

　　"怎么？是你，柏霈文？"那女人的声调是高亢而富有挑战性的，"你
有什么事？"

　　"你能不能别吵醒整栋房子的人？"

　　"哦？你怕我吵醒了谁吗？你那个家庭教师吗？哈哈！"爱琳的笑声
尖锐，"你别怕吵醒她，假若你不是个瞎子，你就会发现她根本还没睡
呢！她的门缝里还有灯光，我打赌，她现在一定正竖着耳朵在听我们谈

话呢！"

"爱琳！"

"哈，我告诉你，柏霈文，你别在我面前捣鬼，我不知道你弄一个家庭教师到家里来做什么。但是，我不喜欢你那个家庭教师，她的眼睛有一股贼气，我告诉你，一股贼气！"

"爱琳！你疯了！你喝了多少酒？"柏霈文的声音里充满了愤怒和无奈，而且，多少还带着几分焦灼，"你能不能少说几句？"

"少说几句？我为什么要少说几句？是你拦在我面前惹我说话呀！现在你怕了？怕被她听到？那个你为她布置房间，你千方百计弄来的人？一个老处女！哈！瞎子主人和家庭教师，我等着看你们的发展！这是很好的小说资料啊！"

"住口！你这个卑鄙下流的东西！"柏霈文的声音颤抖，这几句话显然是从齿缝里迸出来的。

"什么？卑鄙下流？你说我卑鄙下流？"爱琳的声音更高了，"真正下流的是你那个跳了河的太太，我再下流，还没给你养出杂种孩子来啊！"

"啪"的一声，清脆而响亮，显然，是柏霈文挥手打了他的妻子。方丝萦预料下面将有一场更大的风暴，她提心吊胆地听着，但是，外面却反而沉寂了，好半天都没有声响，然后，仿佛已过了一个世纪，方丝萦才听到爱琳的声音，压低地、咬牙切齿地、充满了仇恨地说：

"柏霈文，如果你再对我动手的话，你别怪我做得狠毒，我要毁掉你所有的一切！"

"你毁吧！"柏霈文的语气却低沉而苍凉，"我还有什么可毁的？我的一切早就毁得干干净净了。"

一声门响，方丝萦知道柏霈文回到他自己屋里去了。屏住气息，方丝萦有好一会儿无法动弹，觉得自己浑身每块肌肉都是僵硬的，每根神经都是痛楚的。她所听到的这一篇谈话使她那样吃惊，那样不能置信，还有那样深重的、强烈的、一种受侮辱的感觉。瞪视着天花板，她是更加无法成眠了。她早就猜到柏霈文夫妇的感情恶劣，但还没料到竟然敌对到如此地步，这是怎样一个家庭啊！而她呢？她卷入这个家庭里来，又将扮演怎样的角色呢？一个单纯的家庭教师吗？听听爱琳刚刚的语气吧！

"方丝萦，你错了，你错了，你错了！"

她对自己一迭连声地说。然后，她猛地呆了呆，有个想法迅速地通过了她的脑海，撤退吧！现在离开，为时未晚，撤退吧！但是……但是……但是那无母的孩子将怎么办呢？

第二天早上，由于晚间睡得太晚，方丝萦起床已经九点多了，好在是星期天，不需要去学校。她梳洗好下楼，柏亭亭飞似的迎了过来，一张天真的、喜悦的、孩子气的脸庞。

"老师，你睡得好吗？"

"好。"她说，却忍不住打了个哈欠。

"我在等你一起吃早饭。"

"你爸爸呢？"

"他在楼上吃过了。"

"妈妈呢？"

"她还在睡觉。"

"哦。"方丝萦坐下来吃早餐，但是，她是神思不属的。柏亭亭用一种敏感的神情看着她，由于她太沉默，那孩子也不敢开口了。饭后，方丝萦坐在沙发里，把亭亭拉到自己的身边来，轻轻地说：

"亭亭，方老师还是住回学校去，每天到你家来给你补习吧。"

那孩子的脸色苍白了。

"为什么？是我不好吗？我让你太累了吗？"她忧愁地问，脸上的阳光全消失了。

"啊，不是，不是因为你的关系……"方丝萦说，精神困顿而疲倦。

"那么，为什么呢？"亭亭望着她，那对眼睛那么悲哀，那么乞求地、怯生生地望着她，这把她给折倒了，"老师，我乖，我听话，你不要走，好吗？"

"谁要走？"

一个声音问，方丝萦抬起头来，柏霈文正沿阶而下，他在自己的家里，行动是很熟练而容易的，他没有带拐杖。

"哦，爸爸，"亭亭焦虑地说，"你留一留方老师吧！她说要搬回学校去。"

柏霈文怔在那儿，他有很久没有说话。方丝萦也沉默着，一层痛苦的、难堪的气氛弥漫在空气中。然后，好一会儿，柏霈文才轻声地，像是自语似的说：

"她毕竟是厉害的，我连一个家庭教师都留不住啊！"

这语气刺伤了方丝萦。

"哦？先生！"她痛苦地喊，"别这样说！"

"还怎样说呢？"柏霈文的脸上毫无表情，声音空洞而遥远，"她一直是胜利的，永远！"

"可是……"方丝萦急促地说，"我并没有真的走啊！"

"那么，你是留下了？"柏霈文迅速地问，生气恢复到那张面孔上。

"我……啊，我想……"方丝萦结舌，但，终于，一句话冲口而出了，"是的，我留下了。"这句话一说出口，她心底就隐隐地觉得，自己是中了柏霈文的计了。但是，她仍然高兴自己这样说了，那么高兴，仿佛一下子解除了某种心灵的羁绊，高兴得让她自己都觉得惊奇。

庭
院
深
深

柒

SEVEN

"你在用这种方式来责备一个疏忽的父亲吗？"

从这一夜开始，方丝萦就明白了一件事实，那就是：她和这个柏太太之间是没有友谊可言的。岂止没有友谊，她们几乎从开始就成了敌对的局面。方丝萦预料有一连串难以应付的日子，头几日，她都一直提高着警觉，等待随时可能来临的风暴。但是，什么事都没有发生。方丝萦发现，她和爱琳几乎见不着面，每天早上，方丝萦带着亭亭去学校的时候，爱琳都还没有起床；等到下午，方丝萦和亭亭回来的时候，爱琳就多半早已出去了，而这一出去，是不到深夜，就不会回来的。

这样的日子倒也平静，最初走入柏宅的那份不安和畏惧感渐渐消失了，方丝萦开始一心一意地调理柏亭亭。早餐时，她让亭亭一定要喝一杯牛乳，吃一个鸡蛋。中午亭亭是带便当（饭盒）的，便当的内容，她亲自和亚珠研究菜单，以便增加营养和改换口味。方丝萦自己，中午则在学校里包伙，她是永远吃不惯饭盒的。晚餐，现在成为最慎重的一餐了，因为，不知从何时开始，柏霈文就喜欢下楼来吃饭了，席间，常在亭亭的笑语呢喃和方丝萦的温柔呵护中度过。柏霈文很少说话，但他常敏锐地去体会周遭的一切，有时，他会神往地停住筷子，只为了专心倾听方丝萦和亭亭的谈话。

亭亭的改变快而迅速，她的面颊红润了起来，她的身高惊人地上升，她的食量增加了好几倍……而最大的改变，是她那终日不断的笑声，开始像银铃一般流传在整栋房子里。她那快乐的本性充分地流露了出来，浑身像有散发不尽的喜悦，整日像个小鸟般依偎着方丝萦。连那好心肠的亚珠，都曾含着泪对方丝萦说：

"这孩子是越长越好了，她早就需要一个像方老师这样的人来照顾她。"

方丝萦安于她的工作，甚至沉湎在这工作的喜悦里。她暂时忘记了美国，忘记了亚力，是的，亚力，他曾写过那样一封严厉的信来责备她，把她骂得体无完肤，说她是个傻瓜，是个疯子，是没有感情和责任感的女人。让他去吧，让他骂吧，她了解亚力，三个月后，他会交上新的女友，他是不甘于寂寞的。

柏霈文每星期到台北去两次，方丝萦知道，他是去台北的工厂，料理一些工厂里的业务。那工厂的经理是个五十几岁的老人，姓何，也常到柏宅来报告一些事情，或打电话来和柏霈文商量业务。方丝萦惊奇地发现，柏霈文虽然是个残疾人，但他处理起业务来却简洁干脆，果断而有魄力，每当方丝萦听到他在电话中交代何经理办事，她就会感慨地、叹息地想：

"如果他没有失明啊……"

如果他没有失明，他没有失明时会怎样？方丝萦也常对着这张脸孔出神了。那是张男性的脸孔，刚毅、坚决、沉着……假若能除去眉梢那股忧郁，嘴角那份苍凉和无奈，他是漂亮的！相当漂亮的！方丝萦常会呆呆地想，十年前的他，年轻而没有残疾，那是怎样的呢？

日子平稳地滑过去了，平稳？真的平稳吗？

这是一个星期天的下午，方丝萦第一次离开柏亭亭，自己单独地去了一趟台北，买了好些东西。当她捧着那些大包小包回到柏宅，却意外地看到亭亭正坐在花园的台阶上，用手托着腮，满面愁容。

"怎么坐在这里，亭亭？"方丝萦诧异地问。

"我等你。"那孩子可怜兮兮地说，嘴角抽搐着，"下次你去台北的时候，也带我去好吗？我会很乖，不会闹你。"

"啊！"方丝萦有些失笑，"亭亭，你变得依赖性重起来了，要学着独立啊！来吧，高兴些，我现在不是回来了吗？我们上楼去，我有东西要给你看。"

那孩子犹豫了一下。

"先别进去。"她轻声说。

"怎么？"她奇怪地问，接着，她就陡地吃了一惊，因为她发现亭亭的脸颊上，有一块酒杯口大的淤紫，她蹲下身子来，看着那伤痕说，"你在哪儿碰了这么大一块？还是摔了一跤？"

那孩子摇了摇头，垂下了眼睑。

"妈妈和爸爸吵了一架，吵得好凶。"她说。

"你妈妈今天没出去？"

"没有，现在还在客厅里生气。"

"为什么吵？"

"为了钱，妈妈要一笔钱，爸爸不给。"

"哦，我懂了。"方丝萦了然地看着亭亭面颊上的伤痕，"你又遭了池鱼之灾了。她拧的吗？"

亭亭还来不及回答，玻璃门突然打开了，方丝萦抬起头来，一眼看到爱琳拦门而立，满面怒容。站在那儿，她修长的身子挺直，一对美丽的眼睛森冷如寒冰，定定地落在方丝萦的身上。方丝萦不由自主地站直了身子，迎视着爱琳的眼光，她一语不发，等着对方开口。

"你不用问她，"爱琳的声音冷而硬，"我可以告诉你，是我拧的，怎么样？"

"你——你不该拧她！"方丝萦听到自己的声音，愤怒的、勇敢的、战栗的、强硬的，"她没有招惹你，你不该拿孩子来出气！"

"嗬！"爱琳的眼睛里冒出了火来，"你是谁？你以为你有资格来管我的家事？两千元一月买来的家教，你就以为是亭亭的保护神了吗？是的，我打了她，这关你什么事？法律上还没有说母亲不可以管教孩子的，我打她，因为她不学好，她撒谎，她鬼头鬼脑，她像她死鬼母亲的幽灵！是的，我打她！你能把我怎么样？"说着，她迅速地举起手来，在方丝萦还没弄清楚她的意思之前，她就劈手给了柏亭亭一耳光。亭亭一直瑟缩地站在旁边，根本没料想这时候还会挨打，因此，这一耳光竟然结结实实地打在她的脸上，声音好清脆好响亮，她站立不住，踉跄着几乎跌倒。方丝萦发出一声惊喊，她的手一松，手里的纸包纸盒散了一地，她扑过去，一把扶住了亭亭。拦在亭亭的身子前面，她是真的激动了，狂怒了，而且又惊又痛。她喘息着，瞪视着爱琳，激动得浑身发抖，一面嚷着说：

"你不可以打她！你不可以！你……"她说不出话来，愤怒使她的喉头堵塞，呼吸紧迫。

"我不可以？"爱琳的眉毛挑得好高，她看来是杀气腾腾的，"你给我滚开！我今天非打死这个小鬼不可！看她还扮不扮演小可怜！"

她又扑了过来，方丝萦迅速地把亭亭推在她的背后，她挺立在前面，在这一刻，她什么念头都没有，只想保护这孩子，哪怕以命相拼。爱琳冲了过来，几度伸手，都因为方丝萦的拦阻，她无法拉到那孩子，于是，她装疯卖傻地在方丝萦身上扑打了好几下，方丝萦忍受着，依然固执地保护着亭亭。爱琳开始尖声地咒骂起来：

"你管什么闲事？谁请你来做保镖的啊？你这个老处女！你这个心理变态的老巫婆！你给我滚得远远的！这杂种孩子又不是你养的！你如果真要管闲事，我们可以走着瞧！我会让你吃不了兜着走！"

突然间，门口响起了柏霈文的一声暴喝：

"爱琳！你又在发疯了！"

"好，又来了一个！"爱琳喘息地说，"看样子你们势力强大！好一个联盟党！一个瞎子！一个老处女！一个小杂种！好强大的势力！我惹不起你们，但是，大家看着办吧！走着瞧吧！"说完，她抛开了他们，大踏步地冲进车房里去，没有用老尤，她自己立刻发动了车子，风驰电掣地把车子开走了。

这儿，方丝萦那样地受了刺激，她觉得无法控制自己的情绪，她甚至没有看看亭亭的伤痕，就自管自地从柏霈文身边冲过去，一直跑上楼，冲进了自己的房间，关上房门，她倒在床上，取下眼镜，就失声地痛哭了起来。

她只哭了一会儿，就听到有人在轻叩着房门，她置之不理，可是，门柄转动着，房门被推开了，有人跑到她的床边来。接着，她感到亭亭啜泣着用手来推她，一面低声地、婉转地喊着：

"老师，你不要哭吧！老师！"

方丝萦抬起头来，透过一层泪雾，她看到那孩子的半边面颊，已经又红又肿，她用手轻轻地抚摩着亭亭脸上的伤痕，接着，就一把把亭亭拥进了怀里，更加泣不可抑。她一面哭着，一面痛楚地喊：

"亭亭！噢，你这个苦命的小东西！"

亭亭被方丝萦这样一喊，不禁也悲从中来，用手环抱着方丝萦的腰，把头深深地埋在方丝萦的怀里，她"哇"的一声，也放声大哭了起来。

就在她们抱头痛哭之际，柏霈文轻轻地走了进来，站在那儿，他伫立了好一会儿，然后，他才深深地叹了口气。

"我抱歉，方小姐。"他痛苦地说。

方丝萦拭干了泪，好一会儿，她才停止了抽噎。推开亭亭，她细心地用手帕在那孩子的面颊上擦着。她已经能够控制自己了，擤擤鼻子，深呼吸了一下，她勉强地对亭亭挤出一个笑容来，说：

"别哭了，好孩子，都是我招惹你的。现在，去洗把脸，到楼下把我的纸包拿来，好吗？"

"好。"亭亭顺从地说，又抱住方丝萦的脖子，在她的面颊上吻了一下。然后她跑下楼去了。

这儿，方丝萦沉默了半晌，柏霈文也默然不语，好久，还是方丝萦先打破了沉默。

"这样的婚姻，为什么要维持着？"她问，轻声地。

"她要离婚，"他说，"但是要我把整个工厂给她，作为离婚的条件，我怎能答应？"

"你怎会娶她？"

他默然，她感到他的呼吸沉重。

"我是瞎子！"他冲口而出，一语双关。

她觉得内心一阵绞痛。站起身来，她想到浴室去洗洗脸，柏霈文恳求地喊了声：

"别走！"

她站住，愣愣地看着柏霈文。

"告诉我，"他的声音急促而迫切，带着痛楚，带着希求，"你怎么会走入我这个家庭？"

"你聘我来的。"方丝萦说，声音好勉强，好无力。

"是的，是我聘你来的，"他喃喃地说，"但是，你从哪儿来的？那个五月的下午，你从哪儿来的？另一个世界吗？"

"对了，另一个世界。"她说，背脊上有着凉意，她打了个寒战，"在海的那一边，地球的另一面。"

柏霈文还要说什么，但是，柏亭亭捧着那些大包小包的东西，喘着气走了进来，方丝萦走过去，接过了那些包裹，把它们放在床上。柏霈文不再说话了，但他也没有离去，坐在书桌前的椅子里，他带着满脸深思的神情，仔细地、敏锐地倾听着周围的一切。

"亭亭，过来。"方丝萦喊着，让她站在床旁边。然后，她一个个地打开那些包裹，她每打开一个，亭亭就发出一声惊呼，每打开一个，亭亭的眼睛就瞪得更大一些，等她全部打开了，亭亭已不大喘得过气来，她的脸涨红了，嘴唇颤抖着，张口结舌地说：

"老——老师，你买这些，做——做什么？"

"全是给你的，亭亭！"方丝萦说，把东西堆在柏亭亭的面前。

"老——老师！"那孩子低低地呼喊了一声，不敢相信地用手去轻触着那些东西。那是三个不同的洋娃娃，都是最考究的，眼睛会睁会闭的那种。一个有着满头金发，穿着华丽的、绉纱的芭蕾舞衣。一个是有着满脸雀斑、拿着球棍的男娃娃，还有个竟是个小黑人。除了这些娃娃之外，还有三套漂亮的衣服，一套是蓝色金扣子的裙子，一套是大红丝绒的秋装，还有一套是纯白的。亭亭摸了摸这样，又摸了摸那样，她的脸色苍白了。抬起头来，她用带泪的眸子看着方丝萦，低声地说：

"你——你为什么要买这些呢？"

"怎么？你不喜欢吗？"方丝萦揽过那孩子来，深深地望着她，"你看，那是金鬈儿，那是小丑，那是小黑炭，这样，你的布娃娃就不会寂寞了，是不是？至于这些衣服，告诉你，亭亭，我喜欢女孩子打扮得漂漂亮亮的，你可愿意拿到你房里去穿穿看，是不是合身？我想，一定没有问题的。"

"啊!"那孩子又喊了一声,终于对这件事有了真实感,泪水滚下了她的面颊,她把头埋进方丝萦的怀里,去掩饰她那因为极度欢喜而流下的泪,然后,她抬起头来,冲到床边,她拿起这个娃娃,又拿起那个娃娃,看看这件衣服,又看看那件衣服,嘴里不住地、一迭连声地嚷着:"哦,老师!哦,老师!哦,老师!哦,老师……"接着,她又拿着那金发娃娃,冲到她父亲身边,兴奋地喊着:"爸爸,你摸摸看!爸爸,方老师给我好多东西,好多,好多,好多!哦!爸爸!你摸!"

柏霈文轻轻地摸了摸那娃娃,他没说什么,脸色是深思而莫测高深的。

"噢,老师,我可以把这些东西拿到我房里去吗?"亭亭仰起她那发光的小脸庞,看着方丝萦。

"当然啦,"方丝萦说,她知道这孩子急于要关起房门来独享她这突来的快乐,"你也该把这些新娃娃拿去介绍给你那个旧娃娃了,它已经闷了那么久,再有,别忘了试试衣服啊!"

孩子捧着东西,冲进自己的屋子里去了。

方丝萦站在床边,慢慢地收拾着床上的包装纸和盒子绳子等东西。和柏霈文单独在一间房间里,使她有份紧张与压迫的感觉。尤其,柏霈文脸上总是带着那样一个深思的、莫测高深的表情,使她摸不透他心里在想些什么。

"你在用这种方式来责备一个疏忽的父亲吗?"他终于开了口。

"我没有责备谁的意思……"

"那么,你是在'惩罚'了?"他紧盯着问。

方丝萦站住了,她直视着柏霈文那张倔强的脸。

"倒是你的语气里，对我充满了责备和不满呢！"她说，微微有点儿气愤，"惩罚？我有什么资格惩罚人？两千元一月买来的家庭教师而已！"

"这样说太残忍！"

"这是你'太太'的话！"她加重了"太太"两个字，把床上的纸扫进了字纸篓中，"残忍？这原是个残忍的世界！最残忍的，是你们在戕害一个孩子的心灵。你们在折磨她、虐待她，如果不是为了这个孩子，我不会在你家多待一小时！"

"是吗？"柏霈文的声音好低沉，一层痛楚之色又染上了他的眉梢，"你以为我不疼爱那个孩子？"

"你疼爱吗？"方丝萦追问，"那么，你不知道她衣橱里空空如也，你不知道她唯一的玩具是从山坡上捡来的破娃娃，你不知道她生活在幻想中，一天到晚给自己编造关心与怜爱，你甚至不知道她又瘦又小又苍白！"

柏霈文打了个冷战。

"从没有人告诉我这些。"他说，声音是战栗的，"她像她的生母，忍辱负重，委曲求全……她完全像她的生母！"

方丝萦心底一阵收缩，又是那个"生母"！她怕听这两个字。

"你有个好孩子，"她故意忽略掉"生母"的话题，恳切地说，"好好地爱她吧！柏先生，她虽然没有母亲，她到底还有父亲呀！"

"她漂亮吗？"柏霈文问。

"是的，她长得像你。"

"像我？"柏霈文愣了一下，"我希望她像她的生母！她生母是个美人儿。"又是生母！方丝萦转开头去。忽然间，柏霈文从衣服口袋里掏出了一样东西，递给方丝萦说：

"打开它！"

　　方丝萦怔住了，她下意识地伸手接了过来，那是一个小小的金鸡心，由两枝玫瑰花合抱而成的心形，制作得十分考究。她慢慢地打开这鸡心，里面竟嵌着一张小小的照片，她瞪视着这早已变色的照片，呆立在那儿，她一动也不能动了。

　　这是一张合照，一男一女的合照，照片里的那男人，当然毫无问题地是柏霈文，年轻、漂亮，双目炯炯有神，充满了精神与活力、爱情与幸福。那女人呢？长发垂肩，明眸皓齿，一脸出奇地温柔，满眼睛梦似的陶醉，那薄薄的小嘴唇边，带着个好甜蜜好甜蜜的微笑。方丝萦注视着，眼眶不自禁地潮湿了。

　　"这是我唯一还保存着的一张照片，含烟不喜欢照相，这是仅有的一张了。"

　　"含烟？"她喃喃地念着这两个字。

　　"哦，我没告诉过你？那是她的名字，章含烟，我跟她结婚后，就把我们的房子取名叫含烟山庄。含烟！她的人像她的名字，飘逸、潇洒、雅致！"

　　"你还怀念她？"方丝萦有些痛苦地说。

　　"是的，我会怀念她一辈子！"

　　方丝萦震动了一下。合起了那个鸡心，她把它交还给柏霈文。忍不住地，她仔细地打量着这张脸，柏霈文似乎在幻想着什么，他的脸是生动而富于感情的。

　　"你相信鬼魂吗，方小姐？"他说。

　　"不，"方丝萦呆了呆，"我想我不信，起码，我不太信，我没看见过。"

　　"但是，她在。"

　　"谁在？"方丝萦吃了一惊。

"含烟!"

"在哪儿?"

"在我身边,在我四周,在含烟山庄的废墟里! 我感觉得到,她存在着!"

"哦,柏先生,"方丝萦睁大了眼睛,"你吓住了我!"

"是吗?"他的声调有些特别,他的思绪不知道飘浮在什么地方,"几天前的一个晚上,我曾到含烟山庄的废墟里去,我听到她走路的声音,我听到她的叹息,我甚至听到她衣服的细碎声响。"

"哦,柏先生!"

"我告诉你吧,她存在着!"柏霈文的语气坚定,面容热烈。方丝萦被他的神情眩惑了,迷糊了,感动了,她觉得说不出话来。

"她存在着!"他仍然继续地说,陷在他自己的沉思和幻觉中,"你相信吗,方小姐?"

"或者……"方丝萦吞吞吐吐地说,"你是思之心切,而……产生了错觉。"

"错觉!"柏霈文喊着,"我没有错觉! 我的感觉是锐利的,一个盲人,会有超过凡人的感应能力,我知道,她在我身边!"

方丝萦愕然地看着那张热烈的脸,那张被强烈的痛楚与期盼燃烧着的脸。一个男人,在等待着一个鬼魂,这可能吗? 她战栗了,深深地战栗了。然后,她走过去,站在柏霈文的面前,用手轻轻地按在柏霈文的肩上,诚心地说:

"上帝保佑你,柏先生。祝福你,柏先生。愿你有一天能找到你的幸福,柏先生。"

她含着泪,匆匆地走开,到亭亭房里去看她试穿那些衣服。

捌

EIGHT

她看到地上自己的影子，盖在那些砖瓦之上，长发轻拂，衣袂翩然。

　　应该是阴历十五六吧，月亮圆而大，月色似水，整个残破的花园、废墟、铁门和断墙都染上了一层银白，披上了一层虚幻的色彩，罩上了一层雾似的轻纱。那断壁、那残垣，在月光下像画，像梦，像个不真实的境界。但是，那一切也是清晰的，片瓦片砖，一草一木，都毫无保留地暴露在月光下。

　　方丝萦轻悄地走进了这满是荒烟蔓草的花园，她知道自己不该再来了，可是，像有股无形的力量在吸引她，推动她，左右她，使她无法控制自己，她来了，她又来了，踏着月光，踏着夜露，踏着那神秘的、夜晚的空气，她又走进了这充满了魔力的地方。

　　那幢房子的空壳耸立在月光之下，一段段东倒西歪的墙垣在野草丛生的地上投下了幢幢黑影，那些穿窗越户的藤蔓伸长着枝丫和卷须，像一只只渴求着雨露的手。那两株玫瑰仍然在野草中绽放，鲜艳的色彩映着月光，像两滴鲜红的血液。方丝萦穿着一双软底的鞋子，无声无息地走过去，摘下了一朵玫瑰，她把它插在自己风衣的纽孔中。她穿着件米色的长风衣，披着一头美好的长发，她没有戴眼镜，在这样的夜色里，她无须乎眼镜。

　　她从花园里那条水泥路上走过去，一直走到那栋废墟的前面，那儿有几级石阶，石阶上已遍布着绿色的青苔。两扇厚重的、桧木的、古拙的大门，现在歪倒地半开着。她走了进去，一层阴暗的、潮湿的、冷冷的空气对她迎了过来，她深吸了口气，迈过了地上那些残砖败瓦和横梁，月光从没有屋顶的天空上直射下来，她看到地上自己的影子，盖在那些砖瓦之上，长发轻拂，衣袂翩然。

她走过了好几堵断墙，越过了好些家具的残骸，然后，她来到一间曾是房间的房间里，现在，墙已塌了，门窗都已烧毁，地板早已尸骨无存，野草恣意蔓生在那些家具残骸的隙缝里。她抬起头，可以看到二楼的部分楼板，越过这楼板的残破处，就可直看到天空中的一轮皓月。低下头来，她看到靠窗处有个已烧掉一半的书桌，书桌那雕花的边缘还可看出是件讲究的家具。她走过去，下意识地伸手去拉拉那合着的抽屉。想在这抽屉里找到一些什么吗？她自己也不知道，抽屉已因为时光长久，无法开启了，但这整个书桌却由于她的一拉，而倾倒了下来，发出好大一声响声，她跳开，被这响声吓了一大跳。等四周重新安静了，她才惊魂甫定。于是，她忽然发现，在那书桌背后的砖瓦上，有一本小小的册子，她走过去，拾了起来，册子已被火烧掉了一个角，剩下的部分也潮湿而霉腐了。但那黑皮的封面还可看出是本记事册，翻开来，月光下，她看不清那些已因潮湿而漾开了的钢笔字，何况那些字迹十分细小。她把那小册子放进了风衣的口袋里，转过身子，她想离去，可是，忽然间，她站住了。

她听到一阵清晰的脚步声，向着她的方向走了过来，她的心脏加速了跳动，她想跑，想离开这儿，但她又像被钉死似的不能移动。她站着，背靠着一堵墙，隐藏在墙角的阴影里。她听到一个绊跌的声音，又听到一阵喃喃的自语，然后，她看到了他，他瘦长的影子挺立在月光之中，手杖上的包金迎着月光闪耀。她松出一口气，这不是什么怪物，不是什么鬼魅，这是他——柏霈文，他又来了，来找寻他妻子的鬼魂。她不禁长长地叹息了。

　　她的叹息惊动了他，他迅速地向前移动了两步，徒劳地向她伸出了手来，急迫地喊：

　　"含烟！你在哪儿？"

　　不，不，我不扮演这个！方丝萦想着，向另一堵已倒塌的断墙处移动，我要离去，我马上要离去，我不能扮演一个鬼魂。

　　"含烟，回答我！"他命令式地低喊，继续向前走来，一面用他那只没有握手杖的手，摸索着周遭的空气。他的声音急切而热烈，"我听到了你，含烟，我知道你在这儿，你再也逃不掉了，回答我，含烟，求你！"

　　方丝萦继续沉默着，屏住气息，她不敢发出丝毫的声响，只是定定地看着面前这个盲人。月光下，柏霈文的面容十分清晰，那是张被狂热的期盼烧灼着的脸，被强烈的痛苦折磨着的脸。由于没有回答，他继续向前移动，他的方向是准确的，方丝萦发现自己被逼在一个角落里，很难不出声息地离开了。

　　"含烟，说话！请求你！我知道这绝不是我的幻觉，你在这儿！含烟，我每根神经都知道，你在这儿！含烟，别太残忍！你曾经是那样温柔和善良的，含烟，我这样日日夜夜地找寻你，等待你，你忍心吗？"

　　他逼得更近了，方丝萦试着移动，她踩到了一块瓦，发出一声破裂声，柏霈文迅速地伸手一抓，方丝萦立即闪开，他抓了一个空。他站定了，喘息着，呼吸急促而不稳定，他的面孔被痛苦扭曲了。

　　"你躲避我，含烟？"他的声音好凄楚、好苍凉，"我知道，你恨我，你一定恨透了我，我能怎样说呢？含烟，我怎样才能得到你的原谅？这十年来，我也受够了，你知道吗？我的心和这栋烧毁的房子一样，成为一片废墟了，你知道吗？我拒绝接受眼睛的开刀治疗，只是为了惩罚我自己，我应该瞎眼！谁教我十年前就瞎了眼？你懂吗，含烟？"他的声调更加哀楚，"想想看，含烟，我曾经是多么坚强，多么自负的！现在呢？我什么志气都没有了，我只有一个渴望，一个祈求，哦，含烟！"

他已停到她的面前了，近得连他呼吸的热气，都可以吹到她的脸上。她不能移动，她无法移动，她仿佛被催眠了，被柏霈文那哀求的、痛楚的声音催眠了，被他那张受着折磨的面容催眠了。她怔怔地、定定地看着他，听着他那继续不停的倾诉：

"含烟，如果你要惩罚我，这十年，也够了，是不是？你善良，你好心，你热情，你从不肯让我受委屈，现在，你也饶了我吧！我在向你哀求，你知道吗？我在把一个男人的最骄傲、最自负的心，抖落在你脚下，你知道吗？含烟，不管你是鬼是魂，我再也不让你从我手中溜走了。再也不让！"

他猛地伸出手来，一把抓住了她。方丝萦发出一声轻喊，她想跑，但他的手强而有力，他抛掉了手杖，把她拉进了怀里，立刻用两只手紧紧地箍住了她。她挣扎，但他那男性的手臂那样强猛，她挣扎不出去，于是，她不动了，被动地站着，望着那张鸷猛的、狂喜的、男性的脸孔。

"哦，含烟！"他惊喊着，用手触摸她的脸颊和头发，"你是热的，你不像一般鬼魂那样冷冰冰。你还是那样的长头发，你还是浑身带着玫瑰花香，啊！含烟！"他呼唤着，是一声从肺腑中绞出来的呼唤，那样热烈而痛楚的呼唤，方丝萦的视线模糊了，两滴大粒的泪珠沿着面颊滚落。他立刻触摸到了。他喃喃地，像梦呓似的说："你哭了，含烟，是的，你哭吧，含烟，你该哭的，都是我不好，让你受尽了苦，受尽了委屈。哭吧，含烟，你好好地哭一场，好好地哭一场吧！"

方丝萦真的啜泣了起来，这一切的一切都使她受不了，都触动她那女性的、最纤弱的神经，她真的哭了，哭得伤心，哭得沉痛。

"哦，哭吧！含烟，我的小人，哭吧！"他继续说，"只是，求你，别再像一股烟一样从我手臂中幻灭吧，那样我会死去。啊！含烟啊！"他的嘴唇凑上了她的面颊，开始吸吮着她的泪，他的声音震颤地、压抑地、模糊地继续响着，"你不会幻灭吧，含烟？你不会吧？你不会那样残忍的。老天！我有怎样的狂喜，怎样的狂喜啊！"

于是，猛然间，他的嘴唇滑落到她的唇上了，紧紧地压着她，紧紧地抱着她，他的唇狂热而鸷猛，带着全心灵的需求。她无法喘息，无法思想，无法抗拒……她浑身虚软如绵，思想的意识都在远离她，脚像踩在云堆里，那样无法着力，那样轻轻飘飘。她的手不由自主地圈住了他的脖子，她闭上了眼睛，泪在面颊上奔流，她低低呻吟，融化在那种虚幻的、梦似的感觉里。

忽然间，她惊觉了过来，一阵寒战穿过了她的背脊，她这是在做什么？竟任凭他把她当作含烟的鬼魂？她一震，猛地挺直了身子，迅速地用力推开了他，她喘息着退向一边，接着，她摸到了一个断墙的缺口，她看着他，他正扑了过来，她立即翻出缺口，发出一声轻喊，就像逃避瘟疫一样没命地向花园外狂奔而去。她听到柏霈文在她身后发狂似的呼喊：

"含烟！含烟！含烟！"

她跑着，没命地跑着，跑了好远，她还听到柏霈文那撕裂似的狂叫声：

"含烟！你回来！含烟！你回来！含烟！你回来！"

她跑到了柏宅门口，掏出她自备的那份偏门的钥匙，她打开了偏门，手是颤抖的，心脏是狂跳着的，头脑是昏乱的。进了门，她急急地向房子里走，她走得那样急，差点儿撞在一个人身上，她站住，抬起头来，是老尤。他正弯下身去，拾起从她身上掉到地上的一朵红玫瑰。

"方小姐，你的玫瑰！"

老尤说着，把那朵玫瑰递给了方丝萦，方丝萦看了他一眼，他的眼光是锐利的、研究的。她匆匆接过了玫瑰，掩饰什么似的说：

"你还不睡？"

"我在等柏先生，他还没回来。"

"哦。"

她应了一声，就拿着玫瑰，急急地走进屋里去了，但她仍然感到老尤那锐利的眼光，在她身后长久地凝视着。

上了楼，一回到自己的屋子里，她就觉得浑身像脱力一般瘫软了下来。她关上房门，把自己的身子沉重地掷在床上，躺在那儿，她有好久一动都不动。然后，她坐起来，慢慢地脱掉了风衣和鞋子，衣服和鞋子上还都沾着含烟山庄的碎草，那朵玫瑰已经揉碎了。换上了睡衣，她躺下来，心里仍然乱糟糟的不能平静，柏霈文在她唇上留下的那一吻依旧鲜明，而且，她发现自己对这一吻并不厌恶，相反，她始终有份沉醉的、痛苦的、软绵绵的感觉。她不喜欢这种感觉，她心灵的每根纤维都觉得刺痛———一种压迫的、矛盾的、苦恼的刺痛。

她听不到柏霈文回房间的声音，他还在那废墟中徒劳地找寻吗？那阴森的、凄凉的、幽冷的废墟！她几乎看到了柏霈文的形状，那样憔悴地、哀苦无告地向虚空中伸着他那祈求的手，摸索又摸索，呼唤又呼唤，找寻又找寻……但是，他的含烟在何处呢？在何处呢？

　　她把脸埋进了手心里，痛苦的、恼人的关怀啊！他为什么还不回来呢？那儿苍苔露冷，那儿夜风侵人，为什么还不回来呢？

　　她忽然想起那本黑色的小册子，爬起身来，她从风衣口袋里摸出了那本又霉湿、又残破的小册子，翻过来，那些细小而娟秀的字迹几乎已不可辨认，在灯光下，她仔细地看着，那是本简简单单的记事册，记着一些零零星星的事情，间或也有些杂感，她看了下去：

　　六月五日

　　今日开始采茶了，需文终日忙碌，那些采茶的姑娘在窗外唱着歌，音韵极美。

　　六月八日

　　"她"又来找麻烦了，我心苦极。我不知该怎么办好，此事绝不能让需文知道。我想我……（下面烧毁）

　　六月十一日

　　我决心写一点儿什么，我常有不祥的预感，我该把许多事情写下来。

　　六月十二日

　　需文终日在工厂，"她"使我的精神面临崩溃的边缘，高目睹一切，他说要告诉需文，经我苦求才罢。

　　六月十五日

　　需文整日都在家，我帮他整理工厂的账目，我不愿他离开我，我爱他！我爱他！我爱他！

　　六月十七日

　　我必须要写下来，我必须。（下面烧毁）

六月十八日

高坚持说我不能这样下去，他十分激动，他说霈文是傻瓜，是瞎子。

六月二十二日

我要疯了，我想我一定会疯。"她"今日盘问我祖宗八代，我背不出，啊！

六月二十四日

我希望霈文不要这样忙，我希望！为了霈文，什么都可以牺牲，什么都可以！

六月二十五日

怎样的日子！霈文，你不该责备我啊，多少的苦都吃过了，你还要责备我吗？霈文，你好忍心，好忍心，好忍心哪，我哭泣终日，"她"说我……（下面烧毁）

六月二十六日

高陪伴我一整日，他怕我寻死。

六月二十九日

我决心写一点儿东西了，写一本小小的书，我要把我和霈文的一切都写下来。

六月三十日

着手写书，一切顺利。

七月五日

我想我太累了，今日有些发烧。

七月八日

风暴又要来临了，我感觉得出。霈文又不在家，我终日伏案写

稿，黄昏的时候，突然……（下面烧毁）

七月九日

果然！"她"又寻事了，天哪！今日豪雨，霈文去工厂，我不能忍受，我跑出去，淋湿了，高把我追了回来。

七月二十日

病后什么都慵慵懒懒的，霈文对我颇不谅解，我心已碎。

七月二十二日

浑身乏力，目眩神迷，虽想伏案写书，奈力不从心。高劝我休息，他说我憔悴如死。

七月二十五日

续写书，倦极。

七月二十六日

小生命将在八月中旬降生，连日腰酸背痛，医生说我体质太弱，可能难产。

七月二十七日

天气热极，烈日如焚，"她"要我为她念书，《刁刘氏演义》，我不知她是什么意思。（下面烧毁）

七月二十八日

晕倒数次，高找了医生来，我恳求他不要告诉霈文，霈文实在太忙了，一切事都不能怪他。

七月三十日

发热，口渴，我命将尽。我必须把书先写完，天哪，我现在还不想死。

七月三十一日

需文和高大吵，难道需文也相信那些话，我勉力起床写书，终不支倒下。

八月一日

我有怎样的眩晕，我有怎样的幻觉！需文，别离开我！需文，我的爱，我的心，我的世界！

……

她猛地合起了那本小册子，她不愿再读下去了。这些片片段段、残破不全的记载使她的内心绞痛，泪眼模糊。把小册子锁进了床头柜的抽屉，她躺回床上，侧耳倾听，柏需文仍然没有回来。只有山坡上的松涛和竹籁，发出低柔如诉的轻响。

玖

NINE

爱情，原是一株脆弱而娇嫩的花朵，它禁不起长年累月的干旱啊！

一清早，亭亭就告诉方丝萦说，柏霈文病了。方丝萦心头顿时掠过
了一阵强烈的惊疑和不安。病了？她不知道他昨夜是几点钟回来的，她
后来是太疲倦了而睡着了。可是，回忆昨夜的一切，她仍然满怀充塞着
酸楚的激情，她记得自己怎样残忍地将他遗弃在那废墟之中。病了？是
身体上的病呢，还是心里头的病呢？她不知道。而她呢，以她的身份，
她是多难表示适度的关怀啊！

"什么病呢？"她问亭亭。

"不知道。老尤已经开车去台北接刘医生了，刘医生这几年来一直是
爸爸的医生，也是我的。"

"你看到他了吗？"她情不自已地问，抑制不住自己那份忐忑、那份
忧愁和那份痛苦的关怀。

"谁？刘医生吗？"

"不，你爸爸。"

"是的，我刚刚看到他，他叫我出去，我想他在发烧，他一直在翻来
覆去。"

"哦。"方丝萦呆愣愣地看着窗外的天空，几朵白云在那儿浮游着。
人哪，你是多么脆弱的动物！谁禁得起身心双方面的煎熬？为什么呢？
为什么你要到那废墟中去寻觅一个鬼魂？你找着了什么？不过是徒劳地
折磨自己而已。她把手压在唇上，他梦寐里的章含烟！如今，他仍相信

昨夜吻的是含烟的鬼魂吗？她猜他是深信不疑的。噢，怎样一份纠缠不清的感情！

"方老师，你怎么了？"

亭亭打断了她的沉思，是的，她必须要摆脱这份困扰着她的感情，她必须！这样是可怕的，是痛苦的，是恼人的！方丝萦啊方丝萦，你是个坚定的女性，你早已心如止水，你早已磨炼成了金刚不坏之身，坚强挺立得像一座山，现在你怎么了？动摇了吗？啊，不！她打了个冷战，迅速地挺直了背脊。

"噢，快些，亭亭，我们到学校要迟到了。"

"我能不能不去学校？"亭亭问，担忧地看着她父亲的房门。

"中午我们打电话回来问亚珠，好吗？"方丝萦说，"我想，你爸爸不过是受了点儿凉，没什么关系的。"

她们去了学校。可是，方丝萦整日是那样地心神恍惚，她改错了练习本，讲错了书，而且，动不动就陷入深深的沉思里。她没有等到中午，已经打了电话回柏宅，对亚珠，她是这样说的：

"亭亭想知道她爸爸的病怎样了。"

"刘大夫说是受了凉，又受了惊吓，烧得很厉害，刘大夫开了药，已经买来了，他脾气很坏，不许人进屋子呢！"

"哦，"她的心一阵紧缩，"不要住医院吗？"

"刘大夫说用不着，先生也不肯进医院的。"

"哦，好了，没事了。"

挂断了电话，她的情绪更加紊乱了。昨夜！昨夜自己是万万不该到那废墟里去的！更不该沉默着，让对方认为自己是个鬼魂。那缠绵的、饥渴的一吻，那些掏自肺腑的心灵的剖白！还有那声嘶力竭的呼号：

"含烟！你回来！含烟！你回来！含烟！你回来！"

啊！自己到底在做些什么事呢？事情会越弄越复杂的。她早就警告过自己，不该走入这个家庭的啊！现在，自己还来得及摆脱吗？还能摆脱吗？还愿意摆脱吗？如果再不摆脱，以后会怎样呢？啊！这些烦恼的思绪，像含烟山庄那废墟里的乱藤，已经纠缠不清了。

下午放学之后，方丝萦带着亭亭回到柏宅，出乎意料地，爱琳竟在客厅中。燃着一支香烟，她依窗而立，呆呆地看着窗外的远山。这是方丝萦第一次发现，她原来是抽烟的。她没有浓妆，脸容看起来有些憔悴，眼窝处的淡青色表示出失眠的痕迹，短发也略显凌乱，穿了件家常的、蓝缎子的睡袍。

看到爱琳，亭亭就有些瑟缩，她不太自然地喊了一声：

"妈！"

爱琳回过头来，淡漠地扫了她们一眼，这眼光虽然毫无温情，可喜的是尚无敌意。她显然心事重重，竟一反常态地对她们点了点头，说："亭亭，去看看你爸爸，问问他晚上想吃点儿什么。"

方丝萦有一阵愕然，她忽然觉得需要对爱琳另行估价。她的憔悴是否为了柏霈文的病呢？她真像自己所认为的那样残酷无情，还是——任何不幸的婚姻，都有好几面的原因，把所有责任归之于爱琳，公平吗？

上了楼，亭亭先去敲了敲柏霈文的房门，由于没有回答，她就轻轻地推开了门。方丝萦站在门口，看着那间暗沉沉的屋子，红色的绒幔拉得密不透风，窗子合着。柏霈文躺在一张大床上。闭着眼睛，像是睡着了。方丝萦正想拉着亭亭退出去，柏霈文忽然问：

"是谁？"

"我。"方丝萦冲口而出，"我和亭亭。想看看你好些没有。"

床上一阵沉默，接着，柏霈文用命令的语气说：

"进来！"

她带着亭亭走了进来，亭亭冲到床边，握住了她父亲露在棉被外的手。立即，她惊呼着：

"爸爸，你好烫！"

柏霈文叹息了一声，他看来是软弱、孤独而无助的。方丝萦看到床头柜上放着药包和水壶，拿起纸包来，上面写着四小时一粒的字样，她打开来，药是二日份，还剩了十一粒，她惊问：

"你没按时吃药吗？"

"吃药？"柏霈文皱起了眉毛，一脸的不耐，"我想我忘了。"

方丝萦想说什么，但她忍了下去。倒了一杯水，她走到床边，勉强地笑着说：

"我想，我要暂充一下护士了。柏先生，请吃药。"

亭亭扶起了她的父亲，方丝萦把药递给他，又把水凑近他的唇边，立刻，他接过了杯子，如获甘霖般，他仰头将一杯水喝得涓滴不剩。然后，他倒回枕上，喘息着，大粒的汗珠从额上滚了下来，面颊因发热而呈现出不正常的红晕，他似乎有点儿神思恍惚。喃喃地，他呓语般地说：

"我好渴，哦，是的，我饥渴了十年了。"

方丝萦又觉得内心绞痛。她注视着柏霈文，后者的面容有些狂乱，那对失明的眸子定定地、呆怔地瞪视着，带着份无助的凄惶和绝望的恐怖。她吃惊了，心脏收缩得使她每根神经都疼痛起来，他病得比她预料的严重得多。她有些愤怒，对这家庭中其他的人的愤怒，难道竟没有一个人在床边照料他吗？他看不见，又病得如此沉重，竟连个招呼茶水的人都没有！想必，他也一天没有吃东西了。

"亭亭，"她迅速地吩咐着，"你下楼去告诉亚珠，要她熬一点儿稀饭，准备一些肉松。人不管病成怎样，总要吃东西的，不吃东西如何恢复元气？"

亭亭立刻跑下楼去了。方丝萦站在室内，环室四顾，她觉得房内的空气很坏，走到窗边，她打开了窗子，让窗帘仍然垂着，以免风吹到病人。室内光线极坏，她开亮了灯，想起这屋里的灯对柏霈文不过虚设，她就又涌起一股怆恻之情。回到床前面，她下意识地整理着柏霈文的被褥，突然间，她的手被一只灼热的手捉住了。

"哦，柏先生！"她低声惊呼，"你要做什么？"

"别走！"他喘息地说。

"我没走啊！"她勉强地说，试着想抽出自己的手来。

"不，不，别走，"他喃喃地说着，抓得更紧了，"含烟，你是含烟吗？"

啊，不，不，又来了！不能再来这一套，绝对不能了。她用力地抽回了自己的手，她听到自己的声音，冷冰冰地、生硬地响着：

"你错了，柏先生，我是方丝萦，你女儿的家庭教师，我不知道含烟是谁，从来不知道。"

"方——丝——萦——？"他拉长了声音念着这三个字，似乎在记忆的底层里费力地搜索着什么，他的神志仍然是紊乱不清的，"方丝萦是什么？"他说，困惑地、迷惘地，"我不记得了，有点儿熟悉，方丝萦？啊，啊，别管那个方丝萦吧，含烟，你来了，是吗？"他伸出手来，渴切地在虚空中摸索着。

方丝萦从床边跳开，她的心痛楚着，强烈地痛楚着，她的视线模糊了。柏霈文陡地从床上坐起来了，他那划动着空气的手碰翻了床头柜上的玻璃杯，洒了一地毯的水。方丝萦慌忙奔上前去扶起那杯子。柏霈文喘息得很厉害，在和自己的幻象挣扎着。由于摸索不到他希望抓到的那只手，他猛地发出一声裂人心肺的狂叫：

"含烟！"

这一声喊得那么响，使方丝萦吓了一大跳。接着，她一抬头，正好看到爱琳站在房门口，脸色像一块结了冻的寒冰。她的眼睛阴阴沉沉地停在柏霈文的脸上，那眼光那样阴冷，那样锐利，有如两把锋利的刀，如果柏霈文有视觉又有知觉，一定会被它刺伤或刺痛。但，现在，柏霈文是一无所知的，他只是在烧灼似的高热下昏迷着，在他自己蒙昧的意识中挣扎着，他的头在枕上辗转不停地摇动，汗水濡湿了枕套，他嘴里喃喃不停的，全是沉埋在内心深处的呼唤：

"含烟，含烟，我求你，请你求你求你含烟，含烟，看上帝的分儿上！救我……含烟！啊，我对你做了些什么，含烟？啊！我做了些什么……"

爱琳走进来了，她的背脊是挺直的，那优美的颈项是僵硬的，她那样缓慢地走进来，像个移动着的大理石像。停在柏霈文的床边，她低头看他，那冰冷的眼光现在燃烧起来了，被某种仇恨和愤怒燃烧起来，她唇边涌上了一个近乎残酷的冷笑。抬起头来，她直视着方丝萦，用一种不疾不徐、不高不低的声音，清晰地说：

"就是这样，含烟！含烟！含烟！日里，夜里，清醒着，昏迷着，他叫的都是这个名字。如果你的敌人是一个人，你还可以和她作战，如果是个鬼魂，你能怎么样？"

方丝萦呆呆地站着，在这一刹那间，她了解爱琳比她住在这儿两个月来所了解的还要深刻得多。看着爱琳，她从没有像这一瞬间那样同情爱琳。爱情，原是一株脆弱而娇嫩的花朵，它禁不起长年累月的干旱啊！她用舌尖润了润嘴唇，轻声地、不太由衷地说：

"柏太太，他在发热呢！"

"发热？"爱琳的眉毛挑高了一些，"为了那个鬼魂，他已经发热了十年了！"

像是要证实爱琳这句话，柏霈文在枕上猛烈地摇着头，一面用手在面前挥着，拂着，仿佛要从某种羁绊里挣扎出来，嘴里不停地嚷着："走开，走开，不要扰我，她来了，含烟，她来了！啊，不要扰我，不要遮住我，我看到她了，含烟！含烟！含烟！啊，这讨厌的雾，这雾太浓了，它遮着我，它遮着我，它遮着我……"他喘息得像只垂危的野兽，他的手在虚空中不住地抓着，捞着，挥着，"啊，不要遮着我，走开！走开！不要遮着我！哦，含烟！含烟！请你，求你，含烟！别走……"

爱琳愤怒地一甩头，眼睛里像要冒出火来，她的手紧握着拳，头高高地昂着，声音从齿缝里低低地迸了出来：

"你去死吧！柏霈文！你既爱她，早就该跟随她于地下！你去死吧！死了就找着她的魂了！你去死吧！"

说完，她迅速地掉转身子，大踏步地走出室外，一面抬高了声音，大声喊着说：

"老尤！老尤！准备车子！送我去火车站，我要到台中去！亚珠，上楼帮我收拾东西！"

方丝萦下意识地追到了房门口，她想唤住爱琳，她想请她留下，她觉得有许多话想对爱琳说……是，她什么都没做，什么都没说。折回到柏霈文的身边，看着那张烧灼得像火似的面庞，听着那不住口的呓语和呼唤，她感到的只是好软弱，好恐惧，好无能为力。

亭亭回到楼上来了，她父亲的模样惊吓了她，用一只小手神经质地抓着方丝萦，她颤颤抖抖地说：

"老——老师，爸爸——会——会死吗？"

"别胡说！"方丝萦急忙回答，"他在发烧，有些神志不清，烧退了就好了。"

从浴室弄了一盆冷水来，方丝萦绞了一条冷毛巾，盖在柏霈文的额上，一等毛巾热了，就换上另一条冷的。柏亭亭在一边帮忙绞毛巾。冷毛巾似乎使柏霈文舒服了一些，他的呓语减轻了，手也不再挥动了，一小时后，他居然进入了半睡眠的状态中。只是睡得十分不安稳，他时时会惊跳起来，又时时大喊着醒过来，每次，总是迷惘片刻，就又昏昏沉沉地再睡下去。

爱琳收拾了一个小旅行袋走了，方丝萦知道，她这一去，起码三天不会回来。她不知道下人们对于爱琳丢下病重的柏霈文，这时到台中去做何想法。好心的亚珠只悄悄地摇了摇头。老尤呢？他那深沉的脸上没有任何表情，他看起来是沉默寡言的，也是深不可测的。

晚饭之后，方丝萦和亭亭回到楼上来，方丝萦曾试着想给柏霈文吃点儿稀饭，但柏霈文始终没有清醒过来，热度也一直持续不退，她只有让亚珠把稀饭再收回去。到了九点多钟，她强迫亭亭先去睡觉，那孩子已经累得摇头晃脑的了。

孩子睡了，爱琳走了，下人们也都归寝，整栋房子显得好寂静。方丝萦仍然守在柏霈文身边，为他换着头上的冷毛巾。她用一个保温瓶，盛了一瓶子冰块，把冰块包在毛巾里，压在他发烫的额上。由于冰块融化得快，她又必须另外用一条干毛巾，时时刻刻去擦拭那流下来的水，以免弄湿棉被和枕头。高烧下的他极不安稳，他一直说着胡话，呻吟，挣扎，也有时，他会忽然清醒过来，用疲倦的、乏力的、沙哑的声音问：

"谁在这儿？"

"是我，方丝萦。"她答着，趁此机会，给他吃了药，在他昏迷时，她不知怎样能使他吃药。

他叹息，把头扭向一边，低低地说：

"让你受累了，是吗？"

她没有回答。他的清醒只是那样一刹那，转眼间，他又陷入呓语和噩梦里，一次，他竟大声惊喊了起来：

"不要走！不要走！水涨了，山崩了，桥断了！不要走！含烟哪！"

他喊得那样凄厉和惨烈，他的手在空中那样紧张地抓握，使她情不自已地用自己的双手，接住了他在空中的手，他一把就握住了她，紧紧地握住了她。他的声音急促地、断续地、昏乱地嚷着：

"你不走，你不走，是不，含烟？你不走……你好心……你善良……你慈悲……那水不会淹到你，它无法把你抢走，你是我的……你是我的……你是我的……"他用那发热的手摸索着她的面颊，摸索着她的头发。方丝萦取下了她的眼镜，放在床头柜上，她又被动地、违心地去迎合了他。她让他摸索，让他抓牢了自己。听着他那压抑的、昏乱的、烧灼着的低语，"我爱你，含烟。别离开我，别离开我，你打我、骂我、发脾气，都可以，就是别离开我。外面在下雨，你不能出去，你会受凉……别出去，别走！含烟……我最爱的……我的心，我的命！你在这儿，你在这儿，你说一句话吧！含烟，不，你别说……别说什么，你在这儿，在这儿就好……"他抓紧了她，抓得那样牢，仿佛一松手她就会逃掉，抓得她疼痛。她坐在床边的地毯上，让他紧握着自己的手，她的头伏在他的床上，让他摸索。她不想动，不想惊醒他的美梦。可是，眼泪却沿着她的眼角，无声无息地滑落在棉被上。她忍声地啜泣，让自己的心在那儿滴血。然后，她觉得他的抓握减轻了，他的呓语已变为一片难辨的呢喃。她慢慢地抬起头来，他的眼睛合着，他睡着了。

她拿开了他额上那滴着水的毛巾，用手轻按了一下他的额角，感谢天，热度退了。她抽开了他那个潮湿了的枕头，一时间，她找不到干的来换，只好到自己房里去，把自己的枕头拿来，扶住他的头，让他躺在干燥的枕头上，再用毛巾拭去了他额上的水和汗。一切弄清爽，他是那样地疲乏和脱力，她不敢马上离去，怕他还有变化。拉了一张躺椅，她在床边坐下来，自己对自己说：

"我只休息一会儿。"

她躺在椅子里，合上了眼睛，疲倦立刻对她四面八方地包围了过来。她发出一声低低的叹息，几乎是同时，陷入沉沉的睡乡了。

当她醒来的时候，已经满窗帘都映满了阳光，她惊跳起来，才发现自己身上盖着一床毛毯，谁给她盖的？她对床上看过去，柏霈文躺在那儿，他是清醒而整洁的，听到了她的声音，他立即说：

"早，方小姐。"

几点了？她看了看手表，十点过五分！自己是怎么回事？她错过早上的课了，她忍不住喊了一声：

"糟了！我迟到了。"

"我已经让亭亭帮你请了一天假。"柏霈文说，他虽憔悴，看来精神却已恢复了不少。

"噢，"她有些惭愧和不安，从床头柜上拿起了眼镜，她勉强地说，"很高兴看到你恢复了，你的病来得快，好得倒也快。想吃什么吗？"

"我已吃过一餐稀饭。"柏霈文说，"你昨天吩咐给我做的。"

方丝萦有点儿脸红，她的不安更重了，自己竟睡得这样熟呀！那
么，连亚珠、亭亭都看到她睡在这里了。她转身向室外走去，一面说：

"你记住吃药吧！又该吃了，药就在你手边的床头柜上面。"

"你如果肯帮忙，递给我一下吧。"他说。

她迟疑了一下，终于走了过去，倒了一杯水，拿了一粒药，她递给
他，他用手撑着身子坐起来，到底是高烧之后，有些头晕目眩。她又忍不
住扶了他一把。吃了药，看着他躺回枕头上，她转身欲去，他却喊了声：

"方小姐！"

她站住，瞪视着他。

"我希望夜里没有带给你太大的麻烦，尤其——我希望我没有什么失
礼的地方。"

她怔了片刻。

"哦，你没有，先生。"

"那么，在你走出这个屋子之前，"他又说，声音好温柔好温柔，温
柔得滴得出水来，"请你接受我的谢意和歉意，我谢谢你所有所有的一
切，如果我有什么错失，请你尽你的能力来原谅。"

"哦，"她有点儿惊愕，有点儿昏乱，"我已经说过了，根本没什么。
好，再见，先生。"

她匆匆地走出了这房间，走得又急又快。一直回到了自己房里，她
仍然无法了解，柏霈文的脸上和声音里，为什么带着那样一份特殊的激
动和喜悦？

庭院深深

拾

TEN

"他需要一对眼睛。"

洗了脸，漱了口，方丝萦站在镜子前面，仔细地打量着自己，隔夜的疲倦在脸上没有留下太多的痕迹。只是，眼底的困惑和迷惘却比往日更加深了一层。她叹口气，慢慢地用发刷刷着那头美好的长发，不自禁地想起亭亭所说的话：

"你把头发放下来，不要戴眼镜，穿这件紫色的衣服，一定漂亮极了。"

现在她就放下了头发，没有戴眼镜，漂亮吗？她在镜中顾盼自己。不，不，没有爱琳漂亮，爱琳是个名副其实的美人。但是……自己干吗要去跟爱琳比漂亮呢？她望着镜子，你疯了，你脑中在胡思乱想些什么？这儿的环境不适合你，你没看到吗？你消瘦而苍白，你现在根本就应该在美国，嫁给亚力，生一群活活泼泼的儿女，不该在这儿，瞪着一对迷惘的大眼睛跟自己发呆！你疯了！你是真的糊涂了，从那个五月的下午，你就失了魂了，你的魂被含烟山庄的废墟勾走了。从那个下午起，你就没有做过一件对的事情，那含烟山庄有些邪气，你是真的失了魂了。

她对自己喃喃地说着，刷子在头发上已刷了几百下了。她并不赞成柏霈文自作主张地帮她请这一天假，但也庆幸有一天的清闲。把刷子丢在梳妆台上，她又熟练地把头发盘在脑后，用几根长发针插好，再戴上眼镜，还是这样比较好，这样的打扮给她安全感。

有人轻叩着房门，她叫了声"进来"，门开了，亚珠拿着一大束黄玫瑰走了进来，笑吟吟地看着方丝萦。方丝萦愣了一下，惊奇地说：

"这是做什么呀，亚珠？"

"先生让我买菜的时候买来的，他要我放在方小姐房里。"亚珠笑着说，圆圆的脸上，一副心无城府的样子。走到架子边，她拿起了花瓶，装好了水，把玫瑰一朵一朵地插入瓶中。

"我来吧。"方丝萦接过了玫瑰，用剪刀修剪着长短，慢慢地插进瓶子里，她曾是个插花的好手，对插花一直有很高的兴趣。但是，今天她有些神思恍惚，有些心不在焉，还有种奇异的感觉。黄玫瑰！黄玫瑰！第一天她住进来，房里就有一瓶黄玫瑰，如今，又是黄玫瑰！柏需文眼睛虽瞎，心智却不瞎，他在玩什么花样？

亚珠没有立刻离去，站在一边，她笑嘻嘻地看着方丝萦剪花插花，对于方丝萦，她一直有种单纯的崇拜心理，她认为自从方丝萦走入了柏宅，这家庭里才有了几分"家"的气息，才有了生气，有了活力，因此，她喜欢这个方小姐，远胜于她的女主人。

"方小姐昨夜累了吧？"她好心地找着话来说。

"嗯，"方丝萦有些脸红，"总得有人照顾病人的，你知道。"

"是的，"亚珠完全同意，"方小姐，你来了之后真好，什么都变好了。"

"怎么说？"方丝萦不解地问。

"亭亭也长胖了，先生也有说有笑了，太太也不是那样天天吵架骂人了。"亚珠说，向门口走去，"我要到厨房去了，老尤说今天晚上有客人来吃饭。"

"有客人？"方丝萦一愣，"柏先生在生病，怎么还请客人来呢？柏太太又到台中去了。"

"我也不知道，是先生让老尤打电报去找他来的，今天一清早老尤就去打电报了。"

"哦？"方丝萦满心的疑惑，今天一清早发生的事可真不少，希望老尤不要也看到她在躺椅上睡熟的样子。打电报？什么客人如此重要？该是柏霈文商业上的朋友吧？亚珠下了楼，她把花插好了，洗干净了手，看了看窗外，秋日的阳光灿烂地照射着。她走出房间，想下楼到花园里去走走，经过柏霈文的房门口时，她看了一眼，门是开着的，柏霈文似乎睡着了，窗帘已经拉开，映了一屋子美好的阳光。她悄悄地走进去，想放下那帘子，或关上窗子，高烧后的人到底禁不起风吹。她才走到窗边，柏霈文就在床上安安静静地说：

"方小姐？"

她一惊，转过头来，瑟缩地说：

"我以为——我以为你睡着了。"

"我夜里已经睡够了。"柏霈文说，"你可愿意在床边坐一会儿？"

方丝萦有些迟疑。

"怕我？嗯？"柏霈文轻声地说，"我并不可怕，方小姐，为什么你常常想躲开我？"

"我没有。"方丝萦软弱地说。

"那么，关上房门，坐到这儿来，如果你肯帮我一个忙，我会十分感激。"方丝萦没有移动。

"怎么，方小姐？"柏霈文顿了顿，接着说，"我知道了，你一定很厌烦，一个磨人的瞎子，是吗？"

"哦，不。"方丝萦说，走到门边，她关上了房门，折回到床边来，"好了，先生。"

"你肯为我念一点儿东西吗？"

"念一点儿东西？"方丝萦困惑着说。

"是的。我的眼睛出事之后，我就再也无法看书，我觉得，我的心灵已经干涸了。假如你肯为我念一点儿东西，你就是做了件好事了。"

"你希望我为你念些什么呢？"

柏需文从枕头下面摸出一串钥匙来，递给方丝萦，在方丝萦的惊愕之下，他静静地说：

"用其中最小的那个钥匙，打开我床头柜下面的抽屉，里面有个木头盒子，请为我拿出来。"

方丝萦狐疑地看着他，这是做什么呢？她实在是被弄糊涂了，她希望柏需文的心智是健全的。拿着钥匙，她打开了那个抽屉，里面放着一个雕刻得十分精致的红木盒子，拿着这盒子，她不禁呆住了，因为，这盒子整个刻满了玫瑰花，一枝一枝，一朵一朵，刻得十分生动。把盒子放在床上，她说："哦？柏先生！"

"打开它！"柏需文的呼吸有些急促。

她有些畏缩，再看了柏需文一眼，她迟迟没有动手。柏需文有些不耐了，他急切地说："打开呀！"

她打开了盒子，好一阵眼花缭乱。盒子中分为两格，一格中全是女性的首饰、胸饰、手镯、项链、戒指……应有尽有，全是最上等的珠宝，另一格中，却是一个红丝绒封面，系着黑缎带的册子。柏需文低低地说：

"取出那个册子，关上盒子……哦，方小姐，你听到我说话吗？为什么你不动？"

"哦，我……是的。"方丝萦取出了册子，很快地把这盒子关起来，"把盒子放回抽屉吧，这是那次火灾中唯一抢救出来的东西。你收好了吗，方小姐？"

"是——的。"

"好，你坐下吧。"

她坐了下来。

"打开册子！开始吧，你念给我听。"

她深深地看了看柏霈文，然后，她慢慢地打开了册子的第一页。她的心一阵紧缩，眼前金星乱进，昨夜睡得太少，竟如此心浮气躁，头晕目眩。她深吸了一口气，定了定神，看着那第一页上的字迹：

爱妻章含烟遗稿

"怎样了，方小姐？"柏霈文催促着，"你没有不舒服吧？你在叹气吗？"

"哦，我有些累，我想我昨夜没有睡好。"方丝萦勉强地说，她想逃掉眼前这件工作。

"但是，你愿意为我念几段吧？"他固执地说。

她无可奈何地叹了口气。

"好吧，假若你一定要听。"

她低下头去，越过了这第一页，她从正文开始念起。这正文是用娟秀而细小的字迹，整齐地写在米色的、有玫瑰暗花的信笺上，再被细心而精致地装订了起来的。一上来，是一首极动人的小诗，她轻柔地念了起来：

记得那日花底相遇，
我问你心中有何希冀，
你向我轻轻私语：
"要你！要你！要你！"

记得那夜月色旖旎，
你问我心中有何秘密，

我向你悄悄私语：
"爱你！爱你！爱你！"

但是今夕何夕？
你我为何不交一语？
我不知你有何希冀，
你也不问我心底秘密，
只有杜鹃鸟在林中唏嘘：
"不如离去！不如离去！"

方丝萦轻轻地抬起头来，看了看柏霈文。他仰躺在那儿，双手手指
交叉着放在头底下，那对失明的眸子大大地瞪着，脸色是严肃的、深沉
的、全神贯注的。方丝萦心底的痛楚在扩大，扩大……变成一股强大的
压力，压迫着她的神经，这工作对于她是残忍而痛苦的。两滴泪沿着她
的面颊滚下来，她悄悄地拭去了它。再念下去的时候，她的声音颤抖：

我还能清晰地记得那个日子，那个酷热的下午，我站在那晒茶
叶的广场上，用蓝布包着头，用蓝布包着手和脚，站在那儿，看着
那些茶叶在我眼前浮动。那时候，我心里想的是什么呢？没有梦，
没有诗，没有幻想中的王子，我贫乏，我孤独，我就像一粒晒干了
的茶叶，早已失去了青翠的色泽。可是，就在那个下午，那个被太
阳晒得发烫的下午，我的一生完全转变了……

她忽然觉得自己念不下去了，最起码，是不愿意念下去了。她停住了，
抬起头来，她呆呆地看着柏霈文，柏霈文的身子动了动，他的脸转向她。
"怎么了？"他问。

她陡地站了起来，把那本册子抛在床上，她颤声地激动地说："对不起，柏先生，我不能为你继续念下去了，我很疲倦，我想去休息一下。"

说完，她不管柏霈文的反应和感想如何，就径直地走向门边，打开房门，她迅速地走出去，反手关上了门，背靠在门上，她闭上眼睛，站了好一会儿，心里却像一锅煮沸了的水，在那儿翻滚不已。好半天，她睁开了眼睛，却猛地大吃一惊，在她面前，老尤正静静地站着，注视着她。

"哦！"她惊呼了一声，"你做什么，老尤？你吓了我一跳！"

老尤对她弯了弯腰，他的态度恭敬得出奇。

"对不起，"他说，他手里握着一张纸，"有一封电报，我要拿进去给先生。"

"噢，"她慌忙让开，一面说，"你念给他听吗？"

"是的，"老尤说，敏锐地望着她，"或者方小姐拿进去念给他听吧。"

"哦，不。"方丝萦向楼下走去，"你去吧。"她说着，很快地下了楼，她不喜欢老尤看她的那份眼光，她觉得颇不自在。老尤，那是个厉害的角色，他对她有怎样的看法和评价呢？

午后，方丝萦决定还是去学校，她发现没有亭亭在她身边，柏宅对她就充满了某种无形的压力，使她的每根神经都像拉紧了的弦，再施一点儿力量就会断掉。她去了学校，才上了两节课，柏宅就打电话来找她，她拿起听筒，对方竟是柏霈文。

"方小姐？"他问，有些急迫。

"是的。"

"哦，"他松了口气，"我以为你……"

"怎样？"

"哦，算了。"他的声音中恢复了生气，是什么因素使他的语气中带着那么浓重的兴奋？"只是，下午早点儿回来，好吗？"

"我会和亭亭一起回来。有——有什么事吗？"

"哦，没有，没什么。"

挂上了电话，方丝萦心中好迷糊，好混乱，好忐忑。柏霈文在搞什么鬼吗？听他那语气，好像担心她是离家出走或不告而别了。但是，即使她是不告而别了，对他是件很重要的事吗？她坐在办公桌后面，瞪视着面前的练习本，她批改不下去了。那些字迹全在她眼前浮动，游移……浮动，游移……浮动，游移……最后，都变成了那首小诗：

> 记得那日花底相遇，
> 我问你心中有何希冀，
> 你向我轻轻私语：
> "要你！要你！要你！"
> …………

多么缠绵旖旎的情致，可是，也会有最后那"不如离去！不如离去！"的一日，噢，人生能够相信的是些什么呢？能够赞美的又是些什么呢？假如这世界上竟没有持久不变的爱，那么，这世界上还有些什么？看柏霈文那份痴痴迷迷、思思慕慕，那不是个寡情的人啊！章含烟泉下有知，是否愿意再续恩情？她想着，想着，于是，她拿起一支笔来，在一阵心血来潮的冲动下，竟学着章含烟的口气，把那首诗添了一段：

> 多少的往事已难追忆，
> 多少的恩怨已随风而逝，
> 两个世界，几许痴迷？

> 十载离散，几许相思，
> 这天上人间可能再聚？
> 听那杜鹃在林中轻啼：
> "不如归去！不如归去！"

　　写完，她感到一阵耳鸣心跳，脸孔就可怕地发起烧来了。她站起身，去倒了一杯水，慢慢地喝下水，心跳仍不能平静。把那首小诗夹在书本里，她缓缓地踱到窗前，极目远眺，校园外的山坡上，是一片片青葱的茶园，仿佛又快到采茶的时间了。

　　放学后，她牵着亭亭回到柏宅，一路上，她都十分沉默，她有一份特殊的、不安的感觉，她竟有些害怕柏宅那两扇红门了。她不知道自己为什么呼吸那样急促，也不知道自己为什么心跳那样迅速？会有什么事情发生吗？她咬着嘴唇，握着亭亭的手竟微微地出汗了。

　　走进了柏宅，老尤正在院子中洗车子，那辆雪佛兰上灰尘仆仆。看到了她们，老尤唇边涌上了一抹笑意，他那锐利的眼光是明亮而和煦的。

　　"亭亭，快上楼，你高叔叔来了，在你爸爸房里呢！"老尤说。

　　"高叔叔？"亭亭发出了一声欢呼，放开了方丝萦的手，她直冲进客厅里去，一面大声地喊着，"高叔叔！高叔叔！高叔叔！"

　　方丝萦心底一阵冰冷，高叔叔？天！这是个什么人？上帝知道！不要是……她僵住了，四肢瘫软得像一堆棉花，头脑中糊糊涂涂，她发觉自己不大能用思想，不，不是"不大能"，是"完全不能"！自己脑中那思想的齿轮已经完全停顿了。她机械化地迈进了客厅，呆呆地站在那儿，她可以听到楼上传来的笑语喧哗，在亭亭喜悦的笑声和尖叫声里，夹着一个男性的、爽朗的、热情的声浪：

"亭亭！你这个小东西！你越长越漂亮，越长越可爱了！来！你一定要带我去见见你那个方老师！她在楼下吗？"

方丝萦一惊，像闪电般，她的第一个意识是"走"！"马上离开这儿"！但是，来不及了，她刚转过身子，就听到一串脚步声奔下楼梯，和亭亭那喜悦的尖叫：

"方老师！这是我高叔叔！"

是的，她逃不掉了，她必须面对这份现实了。慢慢地，她转过头来，僵硬地正视着面前那个男人，高大的身材，微褐色的皮肤，一对炯炯有神的眸子。她走上前去，慢慢地对他伸出手来：

"你好，高先生，"她毫无表情地说，"很高兴认识你。"

"哦。"那男人怔住了，他直直地望着她，竟忽视了那对自己伸来的手。他们四目相瞩，好长的一段时间，谁也不开口。终于，他像猛然醒过来一般，笑容恢复到他的脸上，他握住了她的手，摇了摇，高兴地说："我也高兴认识你，方小姐。"说完，他掉头对站在一边的亭亭说："亭亭，你是不是该上楼陪你爸爸说说话？他在生病，还不能起床呢！还有，我有东西带给你，在你爸爸那儿，去问他要去！"

"好呀！"亭亭欢呼着，一口气冲上楼去了。

这位高先生迫近了方丝萦，笑容在他脸上隐没了，他的眼睛一眨也不眨地停在方丝萦的脸上，那目光是锐利的、深刻的、批判的，他慢慢地摇了摇头。

"我简直不敢相信。"他说。

"他打电报叫你来的，是吗？"她冷冷地说，"我应该猜到他是叫你，他并不像我想象的那样糊涂。"

"他需要一对眼睛。"

"所以他叫你来！事实上，他现在不需要眼睛，他需要眼睛的是十年前。"

他惊奇地望着她，接着，他开始上上下下地打量她，似乎要一直看进她的骨头里去，然后，他深吸了口气：

"你变了！你真变了。"

"从另一个世界里来的鬼魂，能不变吗？"她说，仍然是冷冰冰的。他继续打量她。

"可是，这对你并不合适。"

"什么？"

"这眼镜，这发髻，这服装……你无法伪装自己，随你怎样改变装束，见过你的人仍然会认出你来。除去眼镜吧！含烟。"

含烟？含烟？含烟？这名字一旦被正确肯定地唤出来，所有的伪装都随之而逝了。含烟！这湮没了十年的名字！这埋葬了十年的名字！这死亡了十年的名字！现在，她又复活了吗？复活了吗？复活了吗？她听到楼梯上有响声，抬起头来，她看到亭亭牵着柏霈文的手，正慢慢地走下楼来，柏霈文脸色是苍白而憔悴的，但他的神情是紧张而兴奋的，抓住楼梯的扶手，他颤声说：

"立德，你认出来了吗？是她吗？"

哦，不，不，高立德，你不能说！如果你说出来，一切就都完了！哦，不，不，高立德，你不能说！章含烟已经死了！十年前就死了！她抬起眼睛来，哀恳地看着高立德，再哀怨地看向柏霈文，她的嘴唇枯裂，她的喉咙干涩，她的声音凄厉：

"不！柏霈文！那不是她！章含烟已经在十年前，被你杀死了！"

说完，她的眼前一阵昏黑，她站立不住，地面在她脚下波动，她扑倒了下去，失去了知觉。

第二部

灰姑娘

那是一个灰姑娘，灰姑娘……住在啊，

住在啊——那庭院深深的含烟山庄！

庭院深深

拾壹

ELEVEN

"人生的债务很难讲，是不是？你常常分不清到底是谁欠了谁。"

太阳像一个巨大的火球，逼射着大地，台湾的仲夏，酷热得让人眩晕。柏霈文把车子停在工厂门口，钻出车子，一股热浪扑面而来，烈日闪烁得他睁不开眼睛。走进工厂，茶叶的清香就弥漫在空气中，再夹杂着茉莉花的香味，又甜净，又清新，这味道是柏霈文永远闻不厌的。深呼吸了一下，柏霈文觉得精神一振，好像那炙人的暑气都被这茶叶香驱散了不少。

经过了机器房，那烤炉的声音和搓茶机的声音札札地响着，好单调，好倦怠。炉边的烤茶帅傅抬起头来，对柏霈文点首为礼。火在机器下燃着，整个机器房都变成了烤箱，那些师傅和女工都汗流不已。柏霈文在机器房门口站了片刻，再继续往前走。晒茶场上正在晒着茶青，有三四个女工，戴着斗笠，用布包着手脚，站在烈日之下，拿着竹耙，不住地翻动那些茶青。看到了柏霈文，她们并没有停止工作，也没有加以注视，老板跟她们的距离很远，她们是由领班管理的。

穿过了晒茶场，柏霈文走进了自己的办公室，这是整个工厂中，除去了冷藏库，唯一有冷气的房间。柏霈文每天都要办六七小时的公。柏霈文不在的时候，这房间就是会客室。工厂中其他高级职员，像赵经理、张会计等的办公室就在隔壁一间。再过去，就是女工们的休息室、餐厅和宿舍。这一排房子，整整有五大间，和机器房、晾茶房、冷藏库等呈一个"凹"字形建筑的，在"凹"字形正中的空旷处，就成了晒茶场。以规模来论，柏需文这家茶叶加工厂已是台北最大的一家。别家工厂，搓茶、烤茶都还在用人工的阶段，柏需文则都用机器来取代了。因此，最近几年来，工厂扩张得非常厉害，业务的发展也极迅速，柏需文在做事及创业方面，是有他独到的见解和才干的。所以，这工厂虽然是柏需文父亲所创设，但是，真正发达起来，却是在老人逝世之后。在工厂中做了十几年的张会计，常对新任的赵经理说：

"别看我们小老板文质彬彬的，做起事来比他老子强多了！他接手才三年，业务扩张了十倍还不止！"

柏需文的哲学是：不断地投资。他们工厂赚的每一笔钱，再投资于工厂，买机器，修房舍，建冷藏库……他提高了产品的品质，因此，台北市的几家大茶庄，都成为他的固定主顾。接着，外国的订单也源源而来，他自己的茶园已供不应求，他就再买茶园，又改良种茶的方法，也不知他怎么处理的，别家的茶园顶多一年收五次茶，春茶三次，秋茶两次。他家的茶园，却常常收八九次茶，每次的品质还都不差。因此，"柏家茶"的名气在茶叶界中，几乎是无人不知的。

走进了房间，柏需文才坐下来，赵经理已拿着一大沓单据走来了。站在柏需文桌子前面，他说：

"日本的订单来了，指定要'雀舌'，我们恐怕怎么样也生产不了这么多。馨馨茶庄和清香茶庄也预订'雀舌'，今年，我们的雀舌好像大出风头呢！"

"雀舌"是一种绿茶，会品茶的人，就都知道雀舌，这种茶必须用茶叶心来做，叶片全不要，只要茶叶心，因此，许多茶叶心才能制出一点儿"雀舌"，这种茶也就特别名贵了。

"日本要订多少？"柏需文问。

"一千箱。"

"我们接下来！"柏霈文说。

"行吗？他们要三个月内交货，秋茶要十月才能收呢！如果不能按期交货，他们还要罚款。"

"你等一等，我打个电话问问。"

柏霈文拨了家里的电话号码，接电话的是用人阿兰，柏霈文问："高先生在不在？"

"刚从茶园里回来。"

"请他听电话。"

对方来了。柏霈文简洁明了地说：

"立德，茶园的情况怎样？我一个月之内要收一批茶，行吗？我接了日本的订单。"

"什么订单？"

"雀舌。"

"哈！"对方笑着，"我只好站在茶园里呼风唤雨，然后对着那些茶树，吹口仙气，叫：'长！长！长！'看它们长得出来不？"

"别说笑话，你倒说一句，行还是不行？"

"行！"对方斩钉截铁地、爽快利落地说。

"这可是你说的，立德，到时候采不来，我可要找你！"

"放心吧，霈文，什么时候误过你的事？"

"那么，晚上见！"

"等等！"

"怎么？"

"伯母叫你回家吃晚饭！"

"哦。"柏霈文挂断了电话，望着赵经理，点点头说，"就这样，我们接下了。"

"这位高先生，可真有办法啊！"赵经理忍不住地说，"茶树好像都会听他的话似的。"

"他是专家呀！"柏霈文说，"还有别的事吗？"

"这些合同要签字。胜大贸易行朱老板请你星期六吃晚饭，打过七八个电话来了。"

"胜大？销哪里？"

"东南亚。"

"我们原来不是包给宏记的吗？你把宏记的合同找出来给我看看再说。其实宏记也不坏，就是付款总是不干不脆，他上次付的是几个月的期票？"

"六个月。"

"实在不太像话，合同上订的是几个月？"

"好像是三个月。"

"你先把合同拿来，我看看吧。"柏霈文接过了单据，一张张看着，赵经理转身欲去，柏霈文又喊住了他，"等一下，赵经理。"

"柏先生？"

"我看到锅炉房里的工人好像苦得很，温度太高了，你通知张会计，给机器房装上冷气机，费用列在装置项内，马上就办，越快越好。"

"好的。"赵经理笑了笑，"不过这样一来，大家该抢机器房的工作了。"

赵经理退出了房间，柏霈文靠进椅子里，开始研究手里的几张合同，他勾出好几点要修改的地方。正要打电话找张会计来，忽然看到一群女工紧紧张张地从窗口跑过去，同时人声嘈杂。他吃了一惊，站起身来，他打开房门，看到大家都往晒茶场跑去，他顺着大家跑的方向看过去，只见一簇人拥在晒茶场中，不知道在看什么。他抓住了正往场中跑去的赵经理，问：

"怎么了？发生了什么事？"

"有个女工在晒茶场上晕倒了。"

"晕倒了？"他一惊，迅速地向晒茶场走去。烈日如火般地曝晒着，晒茶场的水泥地被晒得发烫，他从冷气间出来，更觉得那热气蒸人。这样的天气，难怪女工要晕倒，在晒茶场上的女工应该轮班的，谁能禁得起这样的大太阳曝晒？他冲到人群旁边，叫着说：

"大家让开！给她一点儿空气！"

工人们让开了，他走过去，看到一个女工仰躺在地上，斗笠仍然戴在头上。斗笠下，整个面部都包在一层蓝布中，只露出眼睛和鼻子，手脚也用蓝布包着，这是在太阳下工作的女工们的固定打扮，以防太阳晒伤了皮肤。柏霈文蹲下身来看了看她，又仰头看了看那仍然直射着的太阳。他知道，现在最要紧的是把她移往阴凉的地方，然后解除掉那些包裹物。毫不考虑地，他伸手抱起了这个女工，那女工的身子躺在他的怀里，好轻盈，他不禁愣了一下。把那女工抱进了自己的房间，他对跟进来的赵经理说：

"把冷气开大一点儿！快！"

赵经理扭大了冷气机，他把那女工平放在沙发上，然后，立即取下了她的斗笠，解开了那缠在脸上的布。随着那布的解开，一头美好而乌黑的头发就像瀑布般披泻了下来，同时，露出了一张苍白而秀丽的脸庞。那张脸那样秀气，柏霈文不禁怔住了，那高高的额，那弯弯的眉线，那合着的眼睑下是好长好长的两排睫毛，鼻子小而微翘，紧闭的嘴唇却是薄薄的，毫无血色的，可怜兮兮的。他怔了几秒钟，就又迅速地去掉她手腕上的布，再解开她衬衫领子上的衣扣，一面问赵经理：

"这女工叫什么名字？"

赵经理看了看她。

"这好像是新来的，要问领班才知道。"

"叫领班来吧，再拿一条冷毛巾来。"

领班是个三十几岁、名叫蔡金花的女工，她在这工厂中已经做了十几年了，看着柏霈文，她恭敬地说：

"她的名字叫章含烟，才来了三天，我看她的样子就是身体不太好，她自己一定说可以做……"

"章含烟？"柏霈文打断了蔡金花的话，这名字何其地雅，"怎么写的？"

"立早章，含就是一个今天的今字，底下一个口字，烟就是香烟的烟。"蔡金花笨拙地解释。

"她住在我们工厂的宿舍里吗？"

"不，宿舍没有空位了，她希望住宿舍，可是现在还没办法。"

"为什么不派她在晾茶室工作？"

"哦，柏先生，"蔡金花勉强地笑了笑，天知道领班有多难做，谁不抢轻松舒适的工作呢？谁又该做太阳下的工作呢！"都到晾茶室，谁到晒茶场呢？她是新手，别的工作还不敢叫她做。"

"哦。"柏霈文点了点头，看着躺在沙发上的章含烟，瘦瘦小小的个子，穿了件白底小红花的洋装，皮肤白而细腻，手指细而纤长。这不是一个女工的料，太细致了，"她住在哪里？"

"不知道。"蔡金花有些局促地说，"等会儿我问她。假如我早知道她吃不消……"

"好了，"柏霈文挥挥手，"你去吧！让她在这里休息一下，她今天恐怕没办法继续工作了，醒了就让她回去休息一天再说。你先去吧。"

蔡金花退出去了。章含烟额上盖着冷毛巾，又在冷气间躺了半天，这时，她醒转了过来。她的眉头轻蹙了一下，长睫毛向上扬了扬，露出一对雾蒙蒙的、水盈盈的眸子，就那样轻轻一闪，那睫毛又盖了下去，眉头蹙得更紧了。她试着移动了一下身子，发出一声低低的呻吟。

"她醒了。"赵经理说。

"我想她没事了，"柏霈文放下心来，"你也去吧，让她在这儿再躺一下。"

赵经理走出了房间。柏霈文就径直走到章含烟的面前，坐在沙发前的一张矮桌上，他双手交叉着放在胸前，静静地、仔细地审视着面前这张年轻的脸庞。那尖尖的小下巴，那下巴下颈项上美好的弧线，那瘦弱的肩膀……这女孩像个精致玲珑的艺术品。那轻蹙的眉峰是惹人怜爱的，那像扇子般轻轻扇动的睫毛是动人的，还有那小嘴唇，那低低叹息着的小嘴唇……她是真的醒了。她的长睫毛猛地上扬，大大地睁着一对受惊的眸子，那黑眼珠好大，好深，好黑，像两泓幽暗的深潭。

"我……怎么了？"她问，试着想坐起来，她的声音细柔而无力。

"别动！"柏霈文伸手按住了她的肩膀，"你最好再躺一躺，你晕过去了一段时间。"

她睁大了眼睛，疑惑地望着他，好半天，她才醒悟地"哦"了一声，乏力地垂下了睫毛。她的头倾向一边，眼睛看着地上，手指下意识地弄着衣角，发出一声好长好长的叹息。

"我真无用。"她自语似的说，"什么都做不好。"

这声低柔的自怨自艾使柏霈文心中掠过一抹奇异的、怜恤的情绪。她躺在那儿，那样苍白，那样柔弱，那样孤独和无助。竟使他情不自禁地涌起一股强烈的，要安慰她，甚至要保护她的欲望。

"你在太阳下工作得太久了，"他很快地说，"这样的天气谁都受不了，别担心，我可以让他们把你调到晾茶室或机器房去工作。"

她静静地瞅着他，眸子里有一丝研究的意味，那眉峰仍然是轻蹙着的。

"别为我费心，柏先生。"她轻声地说，有些惭愧，有些不安，最让她感觉惶然的，是自己竟这样躺在一个男人的面前。对于柏霈文，她在进工厂的第一天，就已经很熟悉了。她知道整个工厂的人对这位年轻的老板都又尊敬，又信服。在工人们的心目中，柏霈文简直是人与神的混合体：年轻、漂亮、有魄力、肯做、肯改进而又体谅下人。这时，她才领会到工人们喜欢他的原因，他是多么和气与温柔！ "晒茶场的工作不是顶苦的，我应该练习。"她说，"反正工作都要有人做，我不做，别人还不是一样要做。"

"谁介绍你来的？"

"你厂里的一个女工，叫颜丽丽，我想你并不认识她，她是我的邻居。"

他深深地看着她，这时，她已经坐起来了，取下了按在额上的毛巾，她长发垂肩，皓齿明眸，有三分瑟缩，有七分娇怯，更有十二分的雅致。他不禁看得呆住了。

"这工作似乎并不适合你。"他本能地说。

"我希望你的意思不是要开除我。"她有些受惊地说，大眼睛里带着抹忧愁，祈求地看着他。

"哦，不，我不是这个意思。"他急急地说，"我只是觉得，这工作对你而言太苦了，你看起来很文弱，恐怕会吃不消。"

她的睫毛垂下去了片刻，再扬起来的时候，她的眼睛显得更清亮了。她放开了蹙着的眉梢，唇边浮起一个可怜兮兮的微笑。这微笑竟比她的蹙眉更让柏霈文心动。她微笑着，自嘲似的说：

"我做过更苦的工作。"

"什么工作？"

她沉默了。半晌，她才重新正视他，她唇边依然带着笑，但脸上却有股难解的、鸷猛的神气。

"请不要问吧，柏先生。您必须了解，身体上的苦不算什么，在这儿工作，我精神愉快。我是很容易找到其他非常轻松的工作的，但是，我还不想在这么年轻的时候，就让自己的生命被磨蚀得黯然无光。"

柏霈文心里一动，这是一个女工的谈吐吗？他紧紧地看着她，问："你念过书吗？"

"高中毕业。"

高中毕业？想想看！她竟是一个高中毕业的女学生！却在晒茶场中做女工！他惊讶地瞪视着她，觉得完全被她搅糊涂了。这是怎样一个女孩呢？难道她仅仅是想在这儿找寻一些生活的经验吗？还是看多了传奇小说，想去体验另一种人生？

"既然你已经高中毕业，你似乎不必做这种工作，你应该可以找到更好的职业呀！"

"我找过，我也做过，柏先生。"她笑笑，笑得好无力，"正经的工作找不到，我没有人事关系，没有铺保，没有推荐，高中文凭不像你想象的那样值钱。另外，我也做过店员、抄写员、女秘书，结果发现我出卖的不是劳力、智力，而是青春。我还做过更糟的……最后，我选择了你的工厂，这是我工作过的，最好的地方了。"

他沉吟了一会儿，凝视着她那张姣好的脸庞，他了解了一个少女在这社会上谋职的困难，尤其是美丽的少女，陷阱到处都是，等着这些女孩跳下去。他在心底叹息，他惋惜这个女孩，章含烟，好雅致的名字！

"工作对于你是必需的吗？"

"是的。"

"为什么？"

"还债。"

"还债？你欠了债吗？你的父母呢？"

"我没有父母。"她颓丧了下去，坐在那儿，她用手支着颐，眼珠更深更黑了，"我从小父母就死了，我已经不记得他们是什么样子，我被一个远房的亲戚带到台湾，那亲戚夫妇两个，只有一个白痴儿子。他们抚养我，教育我，一直到我高中毕业，然后，他们忽然说，要我嫁给那个白痴……"她轻笑了一下，看着柏霈文，"就是这样一个故事，我不肯，于是，所有的恩情都没有了。我搬出来住，我工作，我赚钱，为了偿还十几年来欠他们的债。"

"这是没道理的事！"柏霈文有些愤慨地说，"你需要偿还他们多少呢？"

"二十万。"

"你在这儿工作一个月赚多少？"

"一千元。"

天哪！她需要工作多久，才能偿还这笔债务！他看着章含烟，后者显然对于这份命运已经低头了，她有种任劳任怨的神情，有种坦然接受的神态，这更使柏霈文由衷地代她不平。

"你可以不还这笔钱，事先他们又没说，抚养你的条件是要你嫁给那白痴！在法律上，他们是一点儿也站不住脚的。你大可不理他们！"

"在法律上，他们虽然站不住脚，在人情上，我却欠他们太多！"她叹了口气，眉峰又轻蹙了起来，"你不懂，我毁掉了他们一生的希望，在他们心目里，我是忘恩负义的……所以，我愿意还这笔钱，为了减轻我良心上的负荷。"抬起睫毛来，她静静地瞅着他，微向上扬的眉毛带着股询问的神情，"人生的债务很难讲，是不是？你常常分不清到底是谁欠了谁。"

柏霈文凝视着章含烟，他欣赏她！他每个意识，每个思想都欣赏她！而且，逐渐地，他心中涌起了一股强烈的、惊喜的情绪，他再也没有料到在自己的女工中，会有一个这样的人物！像是在一盘沙子里，忽然发现了一粒珍珠，他掩饰不了自己狂喜的、激动的心情。站起身来，他忽然坚决地说：

"你必须马上停止这份工作！"

"哦？先生？"她吃惊了，刚刚恢复自然的嘴巴又苍白了起来，"我抱歉我晕倒了，我保证……"

"你保证不了什么，"他微笑地打断她，眼光温柔地落在她脸上，"如果你再到太阳下晒上两小时，你仍然会晕倒！这工作你做不了。"

"哦？先生？"她仰视着他，一脸被动的、无奈的样子，那微微颤动着的嘴唇看来更加可怜兮兮的了。

"所以，从明天起，你调在我的办公室里工作，我需要一个人帮我做一些案头的事情，整理合同、拟订合同、签发收据这些。等会儿我让老张给这儿添一张办公桌，你明天就开始……"

她从沙发上跳了起来。出乎柏霈文的意料，她脸上丝毫没有欣喜的神情，相反地，她显得很惊惶，很畏怯，很瑟缩，又像受了伤害。"哦，不，不，先生。"她急急地说，"我不愿接受这份工作。"

"为什么？"他惊异地瞪着她。

　　她闭上了眼睛，低下了头，再抬起头来的时候，她眼里已漾满了泪，那眼珠浸在泪光中，好黑，好亮，好凄楚。她用一种颤抖的声音说：

　　"我抱歉，柏先生，你可以说我不识抬举。我不能接受，我不愿接受，因为，因为……"她吸了一口气，泪水滑下了她的面颊，一直流到那嚅动着的唇边，"我虽然渺小，孤独，无依……但是，我不要怜悯，不要同情，我愿意自食其力。我感激你的好心，柏先生，但请你谅解……我已一无所有，只剩下一份自尊。"

　　说完，她不再看柏霈文，就冲到门边。在柏霈文还没有从惊讶中回复过来之前，她已经打开门跑出去了。柏霈文追到了门边，望着她那迅速地消失在走廊上的小小的背影，他不禁呆呆地怔在那儿。他万万没有料到自己的提议，竟反而伤了那颗柔弱的心。可是，在他的心灵深处，他却被撼动了——有生以来的第一次，他是深深地、深深地、深深地被撼动了。

庭院深深

拾贰

TWELVE

"我越贫穷，我越该自重；我越微贱，我越该自珍；我越渺小，我越该自惜！"

含烟躺在她那间小屋的床上，用手枕着头，呆呆地看着天花板。蒸人的暑气弥漫在这小屋中，落日的光芒斜射在那早已褪色的蓝布窗帘上。空气中没有一丝风，室内热得像个大烤箱。她颈项后面已经湿漉漉的全是汗，额前的短发也被汗濡湿了。身子底下的棉被也是热的，躺在上面就像躺在一炉温火上。她翻了一个身，把颈后的长发撩到头顶上，呼出一口长气，那呼出的气息也是炙热的。凝视着窗外，那竖立在窗子前的是一家工厂的高墙，灰色而陈旧的墙壁上有着咖啡色的斑痕和雨渍——没有一点儿美感。这个午后是长而倦怠的，是被太阳晒干了的，是无臭、无味、无色的。

今天没有去上班，以后的日子又怎么办呢？不去上班，是的，柏霈文已经表示她不是个女工的材料，她再去只是给人增加负担而已。她绝不能利用一个异性对自己的好感来作为进身之阶，柏霈文给她的工作她无法接受，非但如此，那茶叶加工厂也不能再去了，她必须另谋出路。是的，出路！这两个字多不简单，她的出路在哪儿呢？横在门前的，只是一条死巷而已。

从床上坐起来，浑身汗涔涔的，说不出有多难受。她想起苏轼的词："冰肌玉骨，自清凉无汗。"想必那女孩不是关在这样一间闷腾腾的房里，否则，要冰肌玉骨也做不到了。她叹息了一声，什么诗情，什么画意，也都需要经济力量来维持啊！现实是一条残忍的鞭子，它可以把所有的诗情画意都赶走。

站起身来，她打开后门，那儿是个小小的天井，天井中有着抽水的泵，这儿没有自来水，只能用泵抽水。天井后面就是房东的家，她这间小屋是用每月二百元的价钱租来的。事实上，这小屋是房东利用天井的空间，搭出来的一间屋子，且喜有两个门，一个通天井，一个通一条窄巷，所以，她还能自由出入。到了天井里，她抽了一大盆水，拿到小屋中，把整个面孔浸在水中，再把手臂也浸在水里，那沁凉的水带来了丝丝凉意。她站直身子，室内没有穿衣镜，她拿起桌上的一个小镜子，审视着自己，那凌乱的头发下是张苍白的脸，失神的大眼睛里盛满了落寞，放下镜子，她长叹了一声。坐在桌前，她拿起一支笔来，在一张纸上写：

"我越贫穷，我越该自重；我越微贱，我越该自珍；我越渺小，我越该自惜！"

写完，她觉得心中舒畅了许多，连那份燥热感都消失了不少。梳了梳头发，换了件浅蓝色的洋装，她决心出去走走。可是，她还来不及出门，门上已传来一阵剥啄之声，她怔了怔，谁会来看她？她这小屋中是从没有客人的。

走到门边，打开了房门，她就更加惊讶了，门外，一个男人微笑地站在那儿，挺拔、修长、整洁……这竟然是柏霈文！

"哦，"她吃惊地说，"我没想到……我真没想到您会……"

"你这儿实在不大好找，"柏霈文微笑着说，不等含烟请他，他已经自顾自地走了进来，不经心似的打量了一下这间简单的房间，他继续说，"车子开不进来，我只好把它停在巷子口。"

"你怎么知道我的住址？"含烟问，关上了房门，走到桌边帮他倒了一杯白开水，"对不起，只有开水。"

"啊，是很不容易，"柏霈文说，斜靠在桌子上，注视着含烟，"我找蔡金花，蔡金花找颜丽丽……"他紧紧地盯着她，"为什么今天不来上班？"他的声音低而沉，那微笑从他脸上消失了，他的眼睛里闪烁着某种逼人的光芒，直射在她脸上。

"哦！"她有一种莫名其妙的心跳，他的眼光使她瑟缩，"我辞职了，先生。"她低低地说。

他瞅着她，没有说话，但他的目光里带着责备，带着研判，带着薄薄的不满。转过身子，他看到了桌上的纸张，拿起来，他注视着上面的字迹。好一会儿，他才放下那张纸，抬起头来，静静地看着她。

"我们谈一谈，好吗？"

"是的，柏先生。"她说，微微有些紧张。

他在桌边的椅子上坐了下来，望着她。她无奈地轻叹了一声，也在他对面的床沿上坐下了，因为这屋里只有一张椅子，抬起眼睑，她迎视着他的目光，她脸上的神情是被动的。

"为什么要辞职？"他问。

"你说过，那工作对我不适合。"

"我有适合你的工作。"

"先生！"她恳求地喊了一声。

他把桌上那张纸拿到手中，点了点头。

"就是这意思，是不是？"他问，盯着她，"你以为我是怎样一个人？把你弄到我的办公室里来做花瓶吗？你的自尊使你可以随便拒绝别人的好意吗？结果，我为了要帮助你，反而让你失业了，你这样做，不会让我难堪吗？噢，章小姐，"他逼视着她，目光灼灼，"你是不是太过分了一些？"

含烟瞪视着他，那对眸子显得好惊异，又好无奈。嚅动着嘴唇，她结舌地说：

"哦，柏先生，你——你不该这样说，你——你这样说简直是——是欲加之罪，何患无辞！"

"不是欲加之罪，"柏霈文正色说，"你使我有个感觉，好像我做错了一件事。"

"那么，我该怎样呢？"含烟望着他，那无可奈何的神态看起来好可怜。

"接受我给你安排的工作。"柏霈文一本正经地说，他努力克制自己，不使自己的声音中带出他心底深处那份恻然的柔情。

"哦，柏先生！"她的声音微颤着，"我不希望使你不安，但——但是，柏先生……"

"如果你不希望使我不安，"柏霈文打断了她，"那就别再说'但是'了！"

"但——但是——"

"怎么，马上就又来了！"他说，忍不住想笑，他必须用最大的力量控制着自己面部的肌肉，使它不会泄露自己的感情。

她凝视着他，有点儿不知该如何是好，这男人使她有种压迫感，她觉得喘不过气来。他是那样高大，他是那样充满了自信，他又那样咄咄逼人。在他面前，她变得渺小了，柔弱了，没有主见了。

"好了，我们就这样说定了，怎样？"柏霈文再紧逼了一句，"你明天来上班！"

"哦，先生，"她迟疑地说，"你是真的需要一个助手吗？"

"你是怕我没工作给你做，还是怕待遇太低？"他问，"哦，对了，我没告诉你待遇，你现在的身份相当于秘书，工资当然不能按女工算。我们暂定为两千元一月，怎样？"

她沉默着，垂下了头。

"怎样呢？"他有些焦灼，室内又闷又热，他的额上冒着汗珠。暮色从窗口涌了进来，她坐在床沿上，微俯着头，黄昏时分的那抹余光，在她额前和鼻梁上镶了一道光亮的金边，她看来像个小小的塑像——一件精工的艺术品。这使他更加恻然心动，更加按捺不住心头那股蠢动着的激情，于是，他又迫切地追问着：

"怎样呢？"

她继续沉默着。

"怎样呢？怎样呢？"他一迭连声地追问。

她忽然抬起头来，正视着他。她的眼睛发着光，那黑眼珠闪烁得像星星，整个脸庞都罩在一种特殊的光彩中，显得出奇地美丽。她以一种温柔的，而又顺从的语气，幽幽柔柔地说：

"你已经用了这么多言语来说服我，我除了接受之外，还能怎样呢？"

柏霈文屏息了几秒钟，接着，他的血液就在体内加速地奔窜了起来，他的心脏跳动得猛烈而迅速，他竟无法控制自己那份狂喜的情绪。深深地凝视着含烟，他有生以来第一次，发现自己面前坐着的是个百分之百的女性，而自己正是个百分之百的男人。他被吸引，被强烈地吸引着，他竟害怕她会从自己手中溜走。在这一刹那，他已下了那么大的决心，他将不放过她！她那小小的脑袋，她那柔弱的心灵，将是个发掘不完的宝库。他要做那个发掘者，他要投资下自己所有的一切，去采掘这个丰富的矿源。

接下去的日子里，柏霈文发现自己的估计一点儿也不错，这个女孩的心灵是个发掘不完的宝库。不只心灵，她的智慧与头脑也是第一流的。她开始认真地帮柏霈文整理起文件来，她拟的合同条理清楚，她回的信件简单明了，她抄写的账目清晰整齐……柏霈文惊奇地发现，她竟真的成了他的助手，而又真的有那么多的工作给她做，以前常常拖上一两个月处理不完的事，到她手上几天就解决了。他每日都以一种崭新的眼光去研究她，而每日都能在她身上发现更新的一项优点。他变得喜欢去工厂了，他庆幸着，深深地庆幸着自己没有错过她。

而含烟呢？她成为工厂中一个传奇性的人物，由女工的地位一跃而为女秘书，所有的女工都在背后谈论这件事，所有的高级职员，像赵经理、张会计等，都用一种奇异的眼光来看含烟。但是，他们并不批评她，他们常彼此交换一个会心的微笑，年轻的小老板，怎能抵制美色的诱惑呢？那章含烟虽不是个艳光照人的尤物，却轻灵秀气，婉转温柔，恰像一朵白色的、精致的、小巧玲珑的铃兰花。他们谁都看得出来，柏霈文是一天比一天更喜爱待在他的办公室里了，而他的眼光，总是那样下意识地追随着她。谁知道以后会发展成什么样子呢？看样子，这个在晒茶场中晕倒的女工，将可能成为童话中著名的灰姑娘，于是，私下里，他们都叫她灰姑娘了。尤其，在她那身女工的服装剥掉之后，她竟显出那样一份高贵的气质来，"灰姑娘"的绰号就在整个工厂中不胫而走了。

柏霈文知道大家背后对这件事一定有很多议论，但他一点儿也不在乎。含烟在最初的几天内，确实有些局促和不安，可是，接下来，她也就坦然了。她对女工们十分温柔和气，俨然仍是平等地位，她对赵经理等人又十分尊敬，因此，上上下下的人，对她倒都十分喜爱，而且都愿对她献些小殷勤。连蔡金花，都曾得意地对其他女工说：

"我早就知道她不是我们这种人，她第一天来，我就看出她不简单了。看吧，说不定哪一天，她会成为我们的老板娘呢！"

既然有这种可能性，谁还敢轻视她呢？何况她本人又那么温柔可爱，于是，这位灰姑娘的地位，在工厂中就变得相当微妙了。而柏霈文与含烟之间，也同样进入一种微妙的状态中。这天，厂里的事比较忙一些，下班时已经快六点钟了。柏霈文对含烟说：

"我请你吃晚饭，好吗？"

含烟犹豫了一下，柏霈文立即说：

"不要费神去想拒绝的借口！"

含烟忍不住笑了，说：

"你不是请，你是命令呢！好吧，我们去哪儿吃饭呢？"

"你听我安排吧！"

她笑笑，没说话。这些日子来，她已经对柏霈文很熟悉了，他是那种男人，无论在什么场合里，他都很容易变成大家的重心，而且，他会在不知不觉中，成为一个支配者，一个带头的人，一个"主人"。

他们坐进了汽车，柏霈文把车子一直往郊区开去，城市很快地被抛在后面，车窗外，逐渐呈现的是绿色的原野和田园。含烟望着外面，傍晚的凉风从开着的车窗中吹了进来，拂乱了含烟的头发，她仰靠在靠垫上，深呼吸着那充满了原野气息的凉风，半合着眼睛，她让自己松懈地沐浴在那晚风里。

柏霈文一面开着车，一面掉头看了她一眼，她怡然自得地仰靠着，一任长发飘飞。唇边带着个隐约的笑，长睫毛半垂着，在眼睑下投下了半圈阴影。那模样是娇柔的，稚弱的，轻灵如梦的。

"你不问我带你到哪里去吗？"他说。

"一定是个好地方。"她含糊地说，笑意更深。

他心中怦然而动。

"但愿你一直这样信任我，我真渴望把你带进我的领域里去。"

"你的领域？"

"是的，"他低声说，"每个人都有自己的领域，心灵的领域。"

"你自认你的领域是个好地方吗？"她从半垂的睫毛下瞅着他。

"是的。一块肥沃的未耕地。"他望着前面的道路，"所差的是个好的耕种者。"

"真可惜，"她咂咂嘴，"我不是农夫。如果你需要一个耕种者，我会帮你留意。"

"多谢费心。"他从齿缝中说，"你的领域呢？可有耕种者走进去过？"

"我没有肥沃的未耕地，我有的只是一块贫瘠的土壤，种不了花，结不了果。"

"是吗？"他的声音重浊。

"是的。"

"那么，可愿把这块土壤交给我，让我来试试，是不是真的开不了花，结不了果？"

"多谢费心。"她学着他的口气。

他紧盯了她一眼，她笑得好温柔。那半合的眼睛睁开了，正神往地看着车窗外那一望无垠的绿野。窗外的天边，已经彩霞满天，落日正向地平线上沉下去。只一忽儿，暮色就笼罩了过来，那远山远树，都在一片迷蒙之中，像一幅雾蒙蒙的泼墨山水。

他们停在一个郊外的饭店门口，这饭店有个很雅致的名字，叫作"村居"，坐落在北投的半山之中，是中日合璧的建筑，有曲折的回廊，有小小的栏杆，有雅致的、面对着山谷的小厅。他们选择了一个小厅，桌子摆在落地长窗的前面，落地窗之外，就是一段有着栏杆的小回廊，凭栏远眺，暮色溟蒙，山色苍茫，夕阳半隐在青山之外。

"怎样？"柏霈文问。

"好美！"含烟倚着栏杆，深深呼吸。她不自禁地伸展着四肢，迎风而立。风鼓起了她的衣襟，拂乱了她的发丝，她轻轻地念着前人的词句："柳烟丝一把，暝色笼鸳瓦，休近小阑干，夕阳无限山。"

柏霈文眼睛一眨不眨地看着她，这天，她穿着件纯白色的洋装，小腰身，宽裙子，迎风伫立，飘然若仙。这就是那个浑身缠着蓝布，晕倒在晒茶场上的女工吗？他觉得精神恍惚，神志迷离。听着她用那低柔清幽的声音，念着"休近小阑干，夕阳无限山"，他就更觉得意动神驰，站在她的身边，他不自禁地用手揽住她的腰，那小小的腰肢不盈一握。

"你念过许多诗词？"

"是的，我喜欢。"她说，"日子对于我，常常是很苦涩的，于是，我就念诗念词，每当我烦恼的时候，我就大声地念诗词，念得越多，我就越陷进那份优美的情致里，于是，我会觉得超然物外，心境空明，就一切烦恼都没有了。"

他深深地注视她，怎样一个雅致而动人的小女孩！她那领域会贫瘠吗？那将是块怎样的沃土啊！他一定得走进去，他一定要占有它，他要做这块沃土的唯一的主人！

"含烟！"他动情地低唤了一声。

"嗯？"

"你觉得我很鄙俗吗？"他问，自觉在她面前，变得伧俗而渺小了。

"怎会？你坚强，你细致，你有人世的生活，你有出世的思想，你是我见过的人里最有深度的一个。"

他的心被这几句话涨满了，充盈了，血液在他体内迅速地奔流，他的心神荡漾，他的呼吸急促。

"真的？"他问。

"真的。"她认真地说。

"那么，你可以为我把你那块领域的门打开吗？"他屏息地问。

"我不懂你的意思。"她把头转向一边，指着栏杆下那花木扶疏的花园说，"有玫瑰花，你闻到玫瑰花香了吗？我最喜欢玫瑰花，尤其是黄玫瑰。我总是梦想，自己有个种满玫瑰花的大花园。"

"你会有个大花园，我答应你。但是你别岔开我刚才的话题，你还没有答复我。"

她看了他一眼，眼光是古怪的。

"我说了，我不懂你的意思。"

"那么，让我说得更明白一点儿……"

他的话还没说完，侍者送菜来了，含烟迅速地转过身子，向落地窗内走去，一面说：

"菜来了，我们吃饭吧！我饿了。"

柏霈文气结地看着她，她却先坐回桌边，对着他巧笑嫣然。他从鼻子里呼出一口长气，只得回到桌前来。坐下了，他们开始吃饭，他的眼光一直盯在她脸上，她像是浑然不觉，只默默地、甜甜地微笑着。好半天，他才打破了沉默，忽然说：

"你喜欢诗词，知道一阕词吗？"

"哪一阕？"她问，扬着一对天真的眸子。

他望着她，慢慢地念了出来：

花丛冷眼，

> 自惜寻春来较晚，
>
> 知道今生，
>
> 知道今生那见卿。
>
> 天然绝代，
>
> 不信相思浑不解，
>
> 若解相思，
>
> 定与韩凭共一枝！

她注视着他，因为喝了一点儿酒，带着点儿薄醉，她的眼睛水盈盈的，微带醺然，面颊微红，嘴唇湿润而红艳。唇边依然挂着那个微笑，一种天真的、近乎孩子气的微笑。

"我不知道，它是什么意思？"

他瞪着她，有点儿生气。可是，她那模样是让人无法生气的。他吸了口气，说：

"你在捉弄我，含烟，我觉得，你是有意在欣赏我的痛苦，看不出来，你竟是这样一个残忍的小东西！"

她的睫毛垂下去了，笑容从她唇边缓缓地隐去，她看着面前的杯碟，好一会儿，她才慢慢地抬起头来，那脸上没有笑意了，也没有天真的神态了，取而代之的，是一种哀恳的、祈求的神色，那大眼睛里，竟蒙上了一层薄薄的泪光。

"我不想捉弄你，先生，我也不要让你痛苦，先生。如果你问我对你的感觉，我可以坦白说，我敬仰你，我崇拜你！但是，别和我谈别的，我们可以做朋友，有一天，你会遇到一个比我好的女孩……"

"你是什么意思？"他盯着她，突然恍然地说，"哦，我懂了，你以为我只是要和你玩玩，这怪我没把意思说清楚，含烟，让我坦白地问你一句，你有没有一些些喜欢我？"

她扭开了头，低声地说：

"求求你！我们不谈这个吧！"

"含烟！"他再紧紧迫了一句，"你一定要回答我！"

"不，柏先生，"她吃惊地猛摇着她那颗小小的头，"别逼我，请你！"

"含烟——"

"求你！"她仰视着他，那眼光里哀恳的神色更深了，这眼光逼回了他下面的话，他瞪视着那张因惊惶而显得苍白的面庞，那黝黑而凄凉的眼睛，那微颤的嘴唇……他不忍再逼迫她了，叹了口气，他废然地低下了头，说：

"好吧！我看我今天的运气不太好！我们就不谈吧，但是，别以为我会放过你，含烟，我这一生都不会放过你了。"

"先生！"她再喊了一声。

"够了，我不喜欢听这称呼，"他蹙着眉，自己对自己说，"仿佛她不知道你的名字。"转回头，他再面对含烟，"好，快乐起来吧，最起码，让我们好好地吃一顿吧！"

庭院深深

拾叁

THIRTEEN

"你太残忍，含烟。"

秋天来了。

柏霈文沉坐在沙发的一角中，用一张报纸遮住了脸，但是，他的目光并没有停在报纸上。从报纸的边缘上掠过去，他悄悄地注视着那正在书桌后面工作着的章含烟。她正在拟一封信稿，握着笔，她微俯着头，一边的长发从耳际垂了下来，脸儿半遮，睫毛半垂，星眸半掩，小小的白牙齿半咬着嘴唇……她的神情是深思的，专注的，用心的。好一会儿，她放下了笔，抬头看了看窗外，不知是哪一朵天际飘浮的云彩，或是那围墙外的一棵金急雨树上的花串，吸引了她的注意，她忽然出神了。那大眼睛里蒙上了一层迷离的薄雾，眉毛微微地扬着，她的思绪显然飘浮在一个不可知的境界里，那境界是旖旎的吗？是神秘的吗？是不为人知的吗？柏霈文放下了报纸，陡地站起身来了。

含烟被他惊动了，迅速地，那眼光从窗外收了回来，落在他的脸上，给了他一个匆促的笑。

"别写了，含烟，放下你的工作。"他说。

"干吗？"她怀疑地抬起眉梢。

"过来，到沙发上来坐坐。"

"这封信还没写完。"

"不要写完，明天再写！"

"是命令吗？"她带笑地问。

"是的。"

她走了过来，微笑地在沙发上坐下，仰头望着他，眼里带着抹询问的意味，却一句话也不说。那含笑的嘴角有个小窝儿，她抿动着嘴角，那小窝儿忽隐忽现。柏霈文走过去，站在她面前，用手撑在沙发的扶手上，他俯身向她，眼睛紧盯在她脸上，他压低了声音说：

"你要跟我捉迷藏捉到什么时候为止？"

"捉迷藏？"她闪动着眼睑，露出一脸天真的困惑，"什么意思呢？"

"你懂我的意思！"他的眼睛冒着火，"不要跟我装出这份莫名其妙的样子来！"

"哦？先生？"她睁大了那对惊惶的眸子，"别这么凶，你吓住了我。"

他瞅着她，那模样似乎想要吃掉她。好半天，他伸手托起了她的下巴，他的目光上上下下地在她脸上逡巡。她的眼睛大睁着，坦白、惊惶、天真，而又蒙蒙如雾的，承载着无数无数的梦与诗，这是怎样的一对眼睛，它怎样地绞痛了他的心脏，牵动了他的六腑。他觉得呼吸急促，他觉得满胸腔的血液都在翻腾汹涌，紧紧地盯着她，他冲口而出地说：

"别再躲避我，含烟，我要你！"

她吃惊地蜷缩在沙发里，眼光里露出了一抹近乎恐惧的光。

"不，先生。"她战栗地说。

"解释一下，'不，先生'是什么意思？"

她瑟缩得更深了，似乎想把自己隐进沙发里面去。

"我不愿，先生。"她清晰地说。

他瞪着她，沉重的呼吸扇动了他的鼻翼，他的眼睛里燃烧着两簇火焰，那火焰带着那么大的热力逼视着她，使她不自禁地战栗起来。

"你以为我在儿戏？"他问，声音低而有力，"我的意思是，要你嫁给我，懂吗？我要娶你，懂吗？"

她凝视着他，摇了摇头。

他的手落在她的肩上，握住了她的肩胛，那瘦弱的肩胛在他的大手掌中是不禁一握的，他微微用力，她痛楚地呻吟了一声，蜷曲着身子，她的大眼睛仍然一眨不眨地望着他，带着股坚定的、抗拒的力量望着他。

"他是谁？"他问。

"什么？"她不解。

"我那个对手是谁？你心目中那个男人！"

她摇摇头。

"没有。"她说，"没有人。"

"那么，为什么拒绝我？我不够好吗？不够你的理想？配不上你？"他咄咄逼人地说。

"是我不好，是我配不上你。"她轻声说，泪涌进了她的眼眶。

"你是什么意思？"

"饶了我，"她说，转过头去，"我又渺小，又卑微，你会遇到适合你的女孩。"

"我已经遇到了，"他急促地说，"除了你，我不要别人，你不渺小，你不卑微，你是我遇到的女性里最高贵最纯洁的。说，你愿嫁我！"

"不，先生。"她俯下头，泪流下了面颊，"别逼我，先生。"

他的手捏紧了她的肩膀，捏得她发痛。

"你不喜欢我？你不爱我？对吗？"他问。

"不，先生。"

"你除了'不，先生'，还会说别的吗？"

"哦，饶我吧！"她仰视他，带泪的眸子带着无尽的哀恳和祈求，那小小的脸庞苍白而憔悴，她脆弱得像是一根小草，禁不起一点儿风雨的摧折。但那个性里又有那样一股强韧的力量，柏霈文知道，即使把她捏碎，即使把她磨成了粉，烧成了灰，也拿她无可奈何的。他放松了手，站直了身子，愤愤地望着她说：

"我还没有卑鄙到用暴力来攫获爱情的地步，但是我不会饶你，我给你几天的时间去考虑我的提议，我建议你，认真地考虑一下。"

她不语，只是默默地望着他。

他转身走开，站到窗子前面，他燃上了一支烟。他平常是很少抽烟的，只有在心情不佳或极度忙碌的时候，才偶尔抽上一两支。喷出了一口烟雾，他看着那烟雾的扩散，觉得满心的郁闷，比那烟雾更浓更厚。但是，他心底的每根纤维，血管里的每滴血液，身体里的每个细胞，都比往日更强烈地在呐喊着：

"我要她！我要她！我要她！"

三天很快地过去，含烟却迅速地憔悴了。她每日来上班的时候，变得十分沉默，她几乎不开口说话，却总是用一对水蒙蒙的眼睛，悄悄地注视着他。柏霈文也不再提几天前的事，他想给她充分的、思考的时间，让她能够好好地想清楚这件事。他很知道，如果他操之过急，说不定反而会把事情弄糟，含烟并不像她外表那样柔弱，在内心，她是倔强而固执的。

可是，三天过去了，含烟仍然继续沉默着，这使柏霈文按捺不住了，每日面对着含烟那苍白的脸，那雾蒙蒙的眼睛，那柔弱的神情，他就觉得那股迫切地要得到她的欲望一天比一天强。现在，这欲望已变成一种烧灼般的痛苦，每日燃烧着他，折磨着他。因此，他也和含烟一样地憔悴而消瘦了，而且，变得暴躁而易怒。

这天下班的时候，含烟正急急地想离开工厂，摆脱开柏霈文那始终追踪着她的视线。柏霈文却在工厂门口拦住了她。

"我送你回去！"他简单地说。

"哦，不，柏先生……"

"上车！"他命令地说。

含烟看了他一眼，他的眼神固执而鸷猛，是让人不敢抗拒的。她顺从地上了车，沉默地坐在那儿，无助地在褶裙中绞扭着双手。

他发动了车子，一路上，他都一语不发，含烟也不说话，车子向含烟所住的地方驰去。车内，空气是僵持而凝冻的。

到了巷口，柏霈文刹住车子，熄了火，他下了车，锁上了车门。含烟不敢拒绝他送进巷子，他们走进去，到了门口，含烟用钥匙打开了房门，回头说：

"再见，柏先生。"

柏霈文握住了她的手腕，只一推，就把她推进了屋内，他跟着走了进来，反手关上了房门。然后，在含烟还没有弄清楚他的用意以前，他的胳膊已经强而有力地圈住了她。她吃了一惊，立即想挣扎出来，他却箍紧了她的身子，一面用手扶住了她的头，迅速地，他的头俯了下来，他的嘴唇一下子紧压住了她的。她喘息着，用手推拒着，但他的胳膊那样强壮而结实，她在他怀中连移动的能力都没有。而他的吻，那样热烈，那样狂猛，那样沉迷，那样辗转吸吮……她失去了反抗的能力，也失去了反抗的意识，她的手不知不觉地抱住了他，她的身子瘫软如绵，她不自禁地呻吟，不自禁地合上了眼睛，不自禁地回应了他：和他同样的热烈，同样的沉迷，同样带着心灵深处的需索与渴求。

"含烟。"他的声音压抑地透了出来，他的心脏像擂鼓似的撞击着胸腔，"说你爱我！说！含烟。"

她呻吟着。

"说！含烟！说！"他迫切地，嘴唇从她的唇边揉擦到她的面颊，耳垂，再滑下来，压在她那柔腻细致的颈项上，他嘴中呼出的气息，热热地吹在她的胸前，"说！含烟！说呀！"

"嗯，"她含糊地应着，"我不知道……"

"你知道的！"他更紧地圈住了她，"说！说你爱我！说！"他的嘴唇又移了上来，擦过她的颈项，擦过她的下巴，重新落在她的唇上。好一会儿，他才又移了开去，"说呀！含烟！这话如此难出口吗？说呀！含烟，说你爱我！说！"

"嗯。"她喘息着，神志迷离而恍惚，像躺在云里，踏在雾里，那么缥缥缈缈的。什么都不存在了，什么都融化成了虚无，唯一真实的，是他的怀抱，是他的吻，是他那迫切的言语，"嗯，"她本能地应着，"我爱你，是的，我爱你，我一直爱着你，一直爱着你。"

"哦。"他战栗着，他全心灵都因这一句话而战栗，而狂欢，"哦，含烟！含烟！含烟！"他喊着，重新吻她，"我等你这句话等了多久啊！含烟！你这个会折磨人的小东西，你让我受了多大的苦！哦，含烟！"他用双手捧着她的脸，把自己的额角贴在她的唇上，闭上眼睛，他整个身心都沐浴在那份喜悦的浪潮里，一任那浪潮冲击、淹没，"含烟，说你要嫁我！说！"

她猛地一震，像是从一个沉醉的梦中突然惊醒过来，她迅速地挣扎开他，大声地说：

"不！"

这是一个炸弹，骤然间在他们之间爆炸了，柏霈文挺直了身子，不信任似的看着含烟。含烟退后了两步，她的身子碰着了桌子，她就这样倚着桌子站在那儿，用一种被动的神态望着柏霈文。柏霈文逼近了两步，他的眼睛紧紧地盯着她，哑着声音问：

"你刚才说什么？"

"我不愿嫁给你，先生。"她清清楚楚地说。

他沉默了几秒钟，就再趋近了一步，停在她的面前，他的手伸上来，轻轻地拂开了她面颊上的发丝，温柔地抚摩着她的面颊，他的眼睛热烈而温和，他的声音低而幽柔：

"为什么？你以为我的求婚是不诚意的吗？"

"我知道你是诚心的，"她退缩了一下，怯怯地说，"但是我不能接受。"

他的手指僵硬。

"好吧！为什么？"他忍耐地问，眼光已不再温柔，而带着点儿凶猛的神气。

"我们结婚不会幸福，你不该娶你厂里的女工，我不愿嫁你，先生，我自惭形秽。"

"鬼话！"他诅咒着，"你明知道你在我心中的分量，你明知我对你几乎是崇拜着的，你这话算什么鬼借口？自惭形秽，如果你因为做了几天女工就自惭形秽，那你是幼稚！荒谬！是无知！真正该自惭形秽的，不是你，是我呢！你雅致，你纯洁，你高贵，你有思想，有深度，有能力……你凭哪一点要自惭形秽呢？"

"哦，不，不，"她转开了头，泪珠在眼眶里打转，"你不要把我说得那么好，一定不要！我不是那样的，不是的！我们不谈这个，好吗？请求你！"

"又来了，是不？"柏霈文把她的脸扳向了自己，他的眼睛冒火地停在她脸上，一直望进她的眼底，似乎想看透她，看穿她，"不要再对我来这一套，我今天不会放过你！"他的声音低沉而有力，固执而专横，"我要你！你知道吗？从你晕倒在晒茶场的那一天起，我就确定了这一点！我就知道你是我的，一定是我的，你就是我寻访了多年的那个女孩子！如果我不是对婚姻看得过分慎重，我不会到三十岁还没结婚，我相信我的判断力，我相信我的眼光，我相信我轻易不动的那份感情！你一定要嫁给我！含烟，你一定要！"

她看着他，用一种痛楚的、哀愁的、祈求的眼光望着他。这眼光使他心痛，使他满胸怀涨满了迫切的柔情，使他更迫不及待地想把她揽进自己的怀里，想拥有她，想占有她，想保护她。

"不要，柏先生……"

"叫我霈文！"

"是的，霈文，"她柔顺地说，"我爱你，但我不愿嫁给你，你也不能娶我，别人会议论，会说话，会影响你的声誉！"

"胡说！"他嚷着，"即使会，我也不在乎！"

"我在乎，霈文。"她幽幽地说。

"我不知道你从哪里跑来这么多顾忌！"他有些被激怒了，"含烟，含烟，洒脱一些吧！结婚是我们两个人的事，不是全世界的事，你知道吗？"

"我……"她瑟缩着，哀恳地把她那只战栗的手放在他的手臂上，"原谅我，霈文，原谅我，我不能嫁你，我不能。"

他瞅着她，开始怀疑事情并不像表面那样简单，他把她推往床边，让她坐下去，拉了一把椅子，他坐在她的对面。紧握住了她的双手，他克制了自己激动的情绪，忍耐地说：

"含烟，你讲不讲理？"

"讲。"她说。

"那么，你那些拒绝的理由都不能成立，你知不知道？"

她垂下了头。

"抬起头来！看着我！"

她勉强地抬起睫毛，泪水却沿着那大理石一样苍白的面颊滚落了下来，她开始低低地啜泣，泪珠一粒粒地滚落，纷纷地击碎在衣襟上面。柏霈文的心脏绞痛了起来，他慌乱地摇撼着她的手，急切地说：

"别哭吧！求你别哭！含烟，我并不是在逼迫你，我怎忍心逼迫你？我只是太爱你了，不能忍受失去你，你懂吗？含烟，好含烟，别哭吧！求你，你再哭下去，把我的五脏六腑都揉碎了。"

她哭得更厉害，柏霈文坐到她身边，把她揽进了自己的怀里，他拍抚着她的背脊，抚摩着她的头发，吻着她的面颊，嘴里喃喃地安慰着她，求她不哭。好半天，她终于止住了泪，一面抽噎着，她一面说：

"如果……如果我嫁给了你，将来……你再不爱我，我就会……就会死无葬身之地了。"

"你怎会这样想？"柏霈文喊着，"我会不爱你吗？我爱你爱得发狂，我为什么要不爱你呢？"

"因为……因为我并不像你想象的那么好，那么……那么……"她碍口地说，"那么纯洁。"

"怎么说？"

"你并不了解我的过去。"

他抱着她的胳膊变得僵硬了。

"说下去!"他命令。

"别逼我说! 别逼我说!"她喊着,用手遮住了脸,"求求你! 别逼我!"

他把她的手从脸上拉下来,推开她的身子,使自己能正视她,紧盯着她的脸,他说:

"说下去! 我要知道是怎么回事!"

她仰视着他,哀求着。

"说!"他的语气强硬,是让人不能抗拒的。

她闭上了眼睛,心一横,她像背书似的说:

"到你工厂之前,我是 × × 舞厅的舞女。我在舞厅做了五个月,积蓄了五万元,还给我的养父母,如果不是发生了一件意外,我可能还会做下去。"

她张开了眼睛,注视着他。她已经冷静了,而且,事已如此,她决心要面对现实,把自己最见不得人的一段历史抖出来。虽然,她深深明白,只要自己一说出来,她就要失去他了。她太了解他,他是如此迷信地崇拜着"完美"。

"说下去!"他催促着,那眼光已变得森冷了,那握着她的手臂的手指,也同样变得冰冷了。

"有一天晚上,有个客人请我吃消夜,他灌了我很多酒,我醉了,醒来的时候,我不在自己的家里。"她哀愁地望着他,"你懂了吗? 我失去了我的清白,也就是那一天,我发现我自己是堕落得那么深了,人格、尊严、前途……全成了空白,我哭了一整天,然后,我跳出了那个灯红酒绿的环境,搬到这简陋的小屋里来,决心重新做起。这样,我才去了你的工厂。"

他凝视着她，好一会儿，两人都没有说话。暮色早已充盈在室内，由于没有开灯，整个房间都暗沉沉的。她看不清他的表情，但是，她的心脏已随着他的沉默而痛楚起来，可怕地痛楚起来，她的心发冷，她的头发昏，她的热情全体冻结成了冰块。

时间不知道过去了多久，他终于站起身来，走到窗边，他用颤抖的手，燃起了一支烟。面向着窗子，他大口大口地喷着烟雾，始终一语不发。一直到整支烟吸完了，他才忽然转过身来，走到她的身边。他站在那儿，低头看她，用一种低低的、受伤的、沉痛的声音说：

"你不该告诉我这些，你不该。"

她不语，已经干涸的眼睛重新又被泪浪淹没了。

"我但愿没有听到过这番话，我但愿这只是个噩梦，"他继续说，痛楚地摇了摇头，"你太残忍，含烟。"

说完，他走到桌子旁边，拿起他放在桌上的汽车钥匙，走向门口。他没有说再见，也没有再说任何一句话，就这样走了出去。房门合上的那一声响声，震碎了含烟最后的心神和意识，她茫茫然地倒向床上，一任泪水像开了闸的洪水般泛滥开来。

庭院深深

拾肆

FOURTEEN

哦，含烟！我白白耽误了三天的时间，把彼此陷入痛苦的深渊，我是个傻瓜！

天下最大的傻瓜！

夜深了。

柏霈文驾着车子，向乌来的山路上疾驰着。山风迎面扑来，带着仲秋时节的那份凉意，一直灌进他的衣领里。那条蜿蜒的山路上没有一个行人，也没有一辆车子，夜好寂静，夜好冷清，夜好深沉，只有那车行时的轮声轧轧，碾碎了那一山夜色。

从含烟家里出来，柏霈文就这样一直驾着车子，无目的地在市区内以及市区外兜着圈子。他没有吃晚饭，也不觉得饥饿，他的意识始终陷在一种痛楚的绝望里。他的头脑昏沉，他的神志迷惘，而他的心，却在一阵阵地抽搐、疼痛，压榨着他的每一根神经。现在，他让车子向乌来山顶上驰去，他并不明确地知道自己要到乌来山顶上来做什么，只觉得那满心翻搅着的痛楚和那发热的头脑，必须要到一个安静的地方，去冷静一下。

车子接近了山顶，他停下来，熄了火。他走下车子，站在那山路边的草丛里，眺望着那在月光下，隐约起伏着的山谷。山风从山谷下卷了上来，那声音籁籁然，幽幽然，带着股怆恻的、寂寞的味道，在遍山野中回响、震动。一弯上弦月，在浮云掩映下忽隐忽现，那山谷中的层峦叠嶂，也跟着月亮的掩映而变幻，时而清晰，时而模糊，时而明亮，时而朦胧。

他倚着一株桉树，燃上了一支烟。喷着烟雾，他对着那山谷默默地出神。他满脑子盘踞着的，仍然是含烟的脸，和含烟那对如梦如雾、如怨如艾、如泣如诉的眸子。他无法从含烟那篇真实的剖白给他的打击中恢复过来。从他二十岁以后，他就曾接触过许许多多的女孩子，其中不乏名门闺秀、侯府娇娃，但是，他始终把爱情看得既慎重，又神圣，因此，他宁可让婚姻一日日耽延下去，却不肯随便结婚。他的父母因为他这份固执，不知生过多少次气，尤其父亲去世以后，母亲对他的婚事更加积极，老人对传宗接代的传统观念仍然看得十分重，柏霈文又是独子，所以，他母亲不止一百次严厉地问：

"你！千挑万挑，到底要挑一个怎样的才满意？"

"一个最纯洁，最脱俗，最完美的。"他神往地说，脑中勾画出的是一个人间所找寻不到的仙子。于是，为了寻找这仙子，他迟迟不肯结婚，但，他心目中这个偶像，岂是凡俗所有的？他几乎失望了。柏老太太给他安排了一大串的约会，介绍了无数的名媛，他在她们身上找到的只是脂粉气和矫揉造作，他叹息地对柏老太太说：

"灵气！妈！我要一个有灵气的！"

"灵气是什么东西？"柏老太太生气地说，"我看你只是要找一个有狐狸味的！"

柏霈文从小事母最孝，任何事都不肯违背母亲的意思，只有这件事，母子间却不知怄了多少气。柏霈文固执地等待着，等待着那个可遇而不可求的机会，然后，他终于碰到了章含烟。他曾有怎样的狂喜？他曾有多少个梦寐不宁、朝思暮想的日子？整日整夜，他脑中萦绕着她的影子，她的一颦一笑，她的轻言细语，她的娇怯温柔和她那份弱不胜衣、楚楚动人的韵致。他不能自已地追逐在她身边，迫切而渴望地想得到她，那份渴望的急切，像一团火，燃烧着他，使他时时刻刻都在煎熬之中。含烟，含烟，含烟……他终日咀嚼着这个名字，这名字已成为一种神像的化身，一切最完美、最纯洁、最心灵、最超凡脱俗的代表！那个灰姑娘，那个辛德瑞拉！他已急于要把那顶后冠加在她头上了，可是，今天的一席谈话，却粉碎了他对她那份完美的幻想，像是一粒钻石中有了污点，他怀疑这污点是否能除去。含烟！他痛苦地望向天空，你何必告诉我这些？你何必？你把一切美好的东西都破坏了，都打碎了，含烟！

夜越来越深了，深山的风凉而幽冷，那松涛与竹籁的低鸣好恻恻，好凄凉。在远处的树林内，有一只不知名的鸟在不住地啼唤，想必是只失偶的孤禽吧！他就这样站着，一任山风吹拂，一任夜露沾衣，一任月斜星坠……直到他的一包烟都抽完了，双腿也站得酸麻而僵直。丢掉了手中最后的一个烟蒂，他钻进了车子，他必须回去了，虽然他已三十岁，柏老太太的家规仍不能违背，他不愿让母亲焦灼。发动了车子，他自己对自己说：

"就是这样，把这件事当一个噩梦吧！本来，她从舞女做到女工，这样的身份，原非婚姻的对象，想想看，母亲会怎么说？算了吧！别再去想它了！就当它是个噩梦，是生命里的一段插曲，一切都结束了。"

驾着车子，他开始向归途中驶去。这决定带给他内心一阵撕裂般的刺痛，他知道，这刺痛还会继续一段很长的时间，他无法在一时片刻间就把含烟的影子摆脱。车子迅速地在夜色中滑行，驶过了那道木板的"松竹桥"，家门在望了。

这是一栋新建筑的房子，建筑在一片茶园之中，房子是柏霈文自己设计的，他在大学本来念的就是建筑系。他一直想给这房子题一个雅致的名字，却始终想不出来。车子停在门口，他怕惊醒了老太太，不敢按喇叭叫园丁老张来开门，只好自己用钥匙打开了门，开了进去。

客厅中依然亮着灯光，他愣了愣，准是高立德还没睡！他想着，停好了车，他推开客厅的门，却一眼看到柏老太太正端坐在沙发里，眼睛一眨不眨地望着他。

"哦，妈，还没睡？"他怔了一下说。

"知道几点了吗？"柏老太太问。

"是的，我回来晚了。"他有些不安地说，到柜子边去倒了一杯水。

"怎么回事？"柏老太太的眼光锐利地盯着他。

"没怎么呀，有个应酬。"他含糊地说。

"应酬？"她紧紧地望着他，"你直说了吧，你从来没有事情瞒得过我的！你最近到底是怎么回事？一天到晚魂不守舍。恋爱了，是吗？"

柏霈文再度怔了一下。望着柏老太太，他知道自己在母亲面前是没有办法保守什么秘密的，柏老太太是个聪明、能干、敢作敢为的典型。年轻时，她是个美人，出身于望族，柏霈文父亲一生的事业，都靠柏老太太一手扶持出来。所以，在家庭里，柏老太太一向是个权威性的人物，柏霈文父子，都对她又敬又畏又爱又服。柏霈文从小是独子，在母亲身边的时间自然长一些，对母亲更有一份近乎崇拜的心理，因为柏老太太是高贵的、严肃的，而又有魄力有威严的。

"恋爱？"他把茶杯在手里旋转着，"没有那么严重呢！"

"那是怎样一个女孩？"

"别提了，已经过去了。"他低低地说，望着手里的杯子，觉得心中那份撕裂般的痛楚在扩大。

"哦。"老太太紧盯着他，她没有忽略他眉梢和眼底的那份痛苦，"怎么了呢？你失恋了吗？"

"不。"他很快地说。

"那么，一定是那个女孩不够好！"

"不！"他更快地说，反应的迅速使他自己都觉得惊奇，"她很好！她是我碰到过的最好的女孩子！"

"哦？"柏老太太沉吟地、深思地望着面前这张被苦恼盘踞着的脸庞，"她是你在应酬场合中遇到的吗？"她小心地问。

"不是。"

"她家里是做什么的？经商吗？"

"不，不是。"他再说，把杯子放了下来，那杯水他根本一口也没喝，"别问了，妈，我说过，这件事已经过去了，已经结束了。我累了。"他看了看楼梯，"您还不睡吗？"

"你去睡吧！"柏老太太说，注视着他的背影，目送他那沉重、疲惫而无力的脚步，一步步地踏上楼去。站起身来，她走到窗前，望着窗外的满园花影，她点点头，喃喃地自语着说："过去了？结束了？不，这事没有过去，也没有结束，他是真的在恋爱了。"

是的，这事没有过去，也没有结束。第二天，当柏霈文去工厂办公的时候，他脑中一直在盘算着，见了含烟之后，他该怎么说。怎样说才能不伤她的心，而让她明白一切都结束了。当然，她也不能再留在工厂里，他可以给她一笔钱，然后再写封介绍信，把她介绍到别的地方去工作。以他的社会地位，他很容易给她找到一个适当的工作。无论如何，她自己并没有什么大过失，即使他们之间的事是结束了，他也不忍让她再沦为舞女，或是女工，他一定要给她把一切都安排好。

驾着车子，他一路上想着的就是这问题，他觉得自己已经冷静下来了。可是，当车子越来越接近工厂，他的心就越来越跳得猛烈，他的血液也流得越来越迅速。而且，在他的潜意识中，他开始期盼着见到她的一刻，她的面庞又在他的眼前浮移，他似乎看到她那对哀愁的眼睛对他怔怔地凝视着。他喘了口气，不知不觉地加快了车行速度。

走进了工厂，他一直冲进自己的办公室内，今天他来晚了，含烟一定早就到了。可是，一进了门，他就愣住了，含烟的座位上空空如也，迎接他的，是一屋子冷清清的寂静，含烟根本没有来。

他呆立在门口，有好几秒钟，他都一动也不动。然后，一阵强烈的、失望的浪潮就对他卷了过来，迅速地淹没了他。好半天，他才走向自己的书桌后面，在椅子上沉坐了下来，用手支着头，他闭上眼睛，陷入一种深深的落寞和失意之中。

有人敲门，他抬起头来，一时间，血液涌向他的头脑，她来了！他想，几乎是紧张地盯着房门口。门开了，进来的却是领班蔡金花。他吐出一口长气，那层乏力的、软弱的感觉就又笼罩了他。他闷闷地问："有什么事？"

"颜丽丽交给我这封信，要我交给你。是章小姐托她拿来的。"

"章小姐？"他一愣，这才会过意来是含烟，接过了信，他又抑制不住那阵狂猛的心跳。蔡金花退出了屋子，一面对他好奇地注视着。他关好了房门，坐在沙发上，立即迫不及待地拆开了信封，抽出信笺，含烟那娟秀的笔迹就呈露在他的眼前：

"柏先生……"

这称呼刺痛了他，使他不自禁地狠狠地咬了一下嘴唇，这才重新看下去，信写得十分简短：

柏先生：

我很抱歉带给了你许多困扰，也很感激这几个月以来，你对我的诸多照顾。我想，在目前这种情形下，我不便再到你的工厂来办公，所以，我辞职了。相信没多久，你就可以找到人来顶替我的位置。

别为我担心，我不过再为命运捉弄一次。命塞时乖，时也运也，我亦无所怨。从今以后，人海茫茫，随波浮沉而已。

祝福你！深深地。愿你找到你的

幸福和快乐！

含烟于灯下

放下了信笺，他心中充塞着一片苦涩和酸楚。她竟不等他向她开口，就先自引退了。这本解决了他的一项难题，可是，他反而有股说不出的惆怅和难受。拿起信笺，他又反复地看了好几次。含烟，你错了，他想着，你不必随波浮沉，我总会给你一个好安排的。站起身来，他在室内来来回回地踱着步子，从房间的这一头一直走到那一头，这样起码走了几百次，然后，他坐回桌子前面，拿了一个信封，封了五千块钱，再写了一个短笺：

含烟：

五千元请留下度日，数日内将对你另有安排，请等待，并请万勿拒绝我的一番好意。总之，你是我所遇到的最好的女孩，我永不会，也永不能忘记你，所以，请别拒绝我的友谊。

祝

好

霈文

封好了信笺和钱，他叫来了蔡金花，要她立即把钱和信送到含烟家里去。蔡金花用一种惊奇的眼光望着他，但是，她顺从地去了。两小时后，蔡金花回到柏霈文的面前，把那五千块钱原封不动地放到柏霈文的书桌上。柏霈文瞪视着那笔钱，紧锁着眉头说：

"她不收吗？"

"是的。"

"她怎么说？"

"她什么都没说，就叫我带回来给你。"

"没有回条吗？"

"没有，什么都没有。"蔡金花看着柏霈文，犹豫了一会儿，似乎想说什么又咽住了，只是呆呆地看着他。

"怎样？"柏霈文问，"你想说什么？"

"你辞退了章小姐吗，柏先生？"她终于问了出来。

"嗯，"他支吾着，"是她不想做了。"

"哦，"蔡金花垂下头，"我想她是愿意做的，要不然，她不会对着你的信淌眼泪。"

柏霈文震动了一下。

"你是说，她哭了吗？"他不安地问。

"哭得好厉害呢！先生。"

柏霈文咬紧了牙，心脏似乎收缩成了一团。蔡金花退出了房间，他一动也不动地坐在那儿，瞪视着书桌上那沓钞票。一时间，他有个冲动，想拿着钱开车到含烟家里去。但是，他克制了自己，这样做的后果是怎样呢？除非他仍然准备接受含烟……不，不，他不行！在知道她那段历史之后，一切只能结束了，他不能漠视那件事！他用手蒙住了脸，痛苦地在掌心中辗转地摇着他的头。他不能漠视那件事！他不能！

　　他没有去找含烟；第二天，他也没有去；第三天，他仍然没有去。可是，他变得暴躁而易怒了，变得不安而憔悴。他拒绝了生意，他和员工发了过多的脾气，他无法安下心来工作，他不愿走进自己的办公室，因为怕见含烟留下的空位子……第四天，他一早就到了工厂，坐在书桌后面，他出奇地沉默。一整天，他没有说一句话，没有处理任何一件公事，甚至没有出去吃午饭，只是呆呆地在那儿冥想着，面对着含烟的位子。然后，当黄昏来临的时候，他忽然跳了起来，走出了工厂，他大踏步地冲向了汽车，打开车门，他迅速地钻了进去，迫不及待地发动了车子。经过了一日的沉思，他想通了，他终于想通了！摆脱开了那份对"处女"的传统的看法，他全部心灵，全部意志，全部情感，都在呼唤着含烟的名字。含烟！我多傻！他在心底叫着。这何尝损坏了你的完美？你那样真，你那样纯，你那样善良，你那样飘逸，你那样高高在上，如一朵白云……什么能损坏你的完美呢？而我竟把社会的罪恶记在你的身上！我真傻，含烟，我是世界上最愚蠢的傻瓜！最愚蠢的、最不可原谅的、最狠心的、最庸俗的！我竟像一般冬烘那样重视着"处女"！哦，含烟！我白白耽误了三天的时间，把彼此陷入痛苦的深渊，我是个傻瓜！天下最大的傻瓜！

　　车子在大街小巷中飞驰着，一直向含烟住的地方开去。他的心跳得比汽车的引擎还要猛烈，他急于要见到含烟，他急于！在那小巷门口停住了车子，他跳下了车，那样快地冲进巷子中，他在心中不住地祷告着：别出去，含烟，你必须在家！我有千千万万句话要对你说，你一定得在家！但是……他又转回头想，你即使不在家也没关系，我将站在你的房门口，一直等到你回来为止，我今天一定要见到你！一定！

停在含烟的房门口，他刚举起手来，门上贴着的一张大红字条"吉屋招租"就触目惊心地呈现在他眼前，他大吃了一惊，心头迅速地祈祷着：不不，含烟，你可不能离去，你绝不能！敲了门，里面寂然无声。一层不祥的预感使他的心发冷，他再重重地敲门，这次，有了回声了，一阵拖板鞋的声音来到门口。接着，门开了，那不是含烟，是个梳着发髻的老太婆。

"先生，你要租房子吗？"老太婆问。

"不，我找一位小姐，一位章小姐。"他急切地说。

"章小姐搬家了。"

"搬家了？"他的头涔涔然，四肢冰冷，"什么时候搬的？"

"昨天晚上。"老太婆转过身子，想要关门，他迈前一步，急急地挡在门前："请问，你知道她搬到哪里去了吗？"

"不知道。"

"你知道她养父母的家在哪儿吗？"他再问，心底有份近乎绝望的感觉。

"不知道，都不知道。"老太婆不耐烦地说，又想要关门。

他从口袋里掏出一百块钱，塞进那老太婆的手中，几乎是祈求似的说：

"请让我在这屋子里看看，好吗？"他心中还抱着一线希望，她既然昨天才搬走，这屋子里或多或少会留下一些东西，一个地址，一个亲友的名字，或是其他的线索，他必须要找到一点儿东西，他必须要找到她！

老太婆惊喜交集地握着那些钞票，一百元，半个月的房租呢！这准是个有钱的疯子！她慌忙退后，把房门开得大大的，一迭连声地说：

"你看吧！随你怎么看！随你看多久！"

他走了进去，环室四顾，一间空空的屋子，收拾得十分整洁，床和桌子都是房东的东西，仍然留在那儿没有搬走。房内依稀留着含烟身上的衣香，他也恍惚看到含烟的影子，坐在床沿上，眉梢轻颦，双眸脉脉。他重重地甩了一下头，走到书桌前面，他拉开了抽屉，里面留着几个没用过的空白信封，一个小小的案头日历，他翻了翻日历，希望上面能留下一些字迹，但是，上面什么都没有。其他几个抽屉根本就是空的。他再对四周望了望，这屋子中找不出什么痕迹来。低下头，他发现桌下有个字纸篓，弯下身子，他拉出那个字纸篓，里面果然有许多废纸，他一张张地翻阅着，一些账单，一些文艺作品的剪报，一些包装纸……然后，他看到一个揉皱的纸团，打开来，却是他写给她的那个短笺，上面被红色铅笔画了无数个"×"号，画的人那么用力，纸都划破了，在信后的空白处，他看到含烟的笔迹，凌乱地写着一些句子：

柏霈文，你多残忍！你多现实！

你不必用五千元打发我走，我会好好地离去，我不会纠缠你。但是，我恨你！

哦，不不，霈文，我不恨你，只要你肯来，我求你来，来救救我！我不再要孤独，我不再要漂泊，我爱你，霈文，如果你肯来，如果你不追究我的既往，我将匍匐在你的脚下，终身做你的女奴！你不知道吗？你不知道我期盼你的殷切，我爱你的疯狂，柏霈文！柏霈文！柏霈文！霈文！……救我吧！霈文！救我吧！否则我将被打进十八层地狱！否则我将沉沦！救救我！霈文！

可是，你为什么不来呢？两天了，你真的不来了！你像一般世俗的人那样摒弃我，鄙视我，轻蔑我，你是高贵的先生，我是污秽的贱货！

我还能期望什么？我不再做梦了，我多傻！我竟以为你会回心转意。我再不做梦了，我永远不再做梦了，毁灭吧！沉沦吧！堕落吧！嫁给那个白痴吧！还有什么关系呢？含烟，含烟，你只是别人脚下的一块污泥！

需文，我恨你！恨你！恨你！恨你！恨你！……

在无数个"恨你"之后，纸已经写完了，柏需文颤抖地握着这张纸，冷汗从他的额上沁了出来，直到这一刻，他才明白自己对含烟做了些什么，他才知道自己怎样侮辱和伤害了那颗脆弱的心灵，他也才知道那女孩是怎样痴情一片地爱着他。她把一切告诉他，因为不愿欺骗他，她以为他能谅解这件事，能认识她那纯真的心与灵，而他呢？他却送上了五千元"分手费"！

他跟跄地在书桌前的椅子上坐了下来，用手捧住他那昏昏沉沉的头颅，再看了一遍那张信笺上的字迹，他的心脏紧缩而痛楚，他的喉咙干燥欲裂，他的目光模糊，他的心灵战栗，他看出那字条中所显示的途径——她将走回地狱里去了。她在绝望之中，天知道她会选择哪一条路！他多恨他自己，恨他为什么不早一天想明白，为什么不在昨晚赶来！现在，她在何处？她在何处？

"我要找到你！含烟，我要找到你！"他咬着牙喃喃地说，"哪怕你在地狱里，我也要把你找回来！"

庭院深深

拾伍

FIFTEEN

在那缥缥纱纱的烟雾中，他似乎又看到含烟的脸，
隐现在那层烟雾里，柔弱、飘逸而虚幻。

一个月过去了，含烟仍然如石沉大海。柏霈文用尽了一切可以用的方式去找寻，他询问了颜丽丽，他在报上登了寻人启事，他甚至托人去派出所调查户口的登记，但是，含烟像是消失在大海中的泡沫，一点儿踪迹都找寻不出来。

他懊恼往日从没有问过含烟关于她养父母的姓名地址，如今，他失去了一切的线索，报上的寻人启事由小而扩大，连续登了一星期，含烟连一个电话都没有。柏霈文迅速地消瘦和憔悴了，他食不知味，寝不安席，终日惶惶然如一只丧家之犬。他在家里一分钟都待不住，他怕含烟会有电话打到工厂里，但是，在工厂中，他同样一分钟也坐不住，随时随刻，他就会在一种突来的惊惧中惊跳起来，幻想她已经结婚了，嫁给了那个白痴。于是，他会周身打着寒战，全身心都痉挛起来。

这一切逃不过柏老太太和高立德的眼光。高立德，这是个苦学出来的年轻人，只身来台，在大学中念农学院，和柏霈文是同学。由于谈得投机，两人竟成莫逆之交。因此，高立德毕业之后，就搬到柏宅来住，柏霈文把整个的茶园，都交给高立德管理。高立德学以致用，再加上他对茶园有兴趣，又肯苦干，竟弄得有声有色，柏家茶能岁收七八次，都是高立德的功劳。柏霈文为了感激高立德，就算了他股份，每年赋予高额的红利。因此，高立德在柏家的地位非常特殊，他是柏霈文的知己、兄弟及助手。这天晚上，高立德和柏老太太都在客厅中，柏霈文又在室内来来往往地走个不停，最近，几乎每天晚上，他都是这样走来走去，甚至深夜里，他在卧室中，也这样走个不停，常常一直走到天亮。

"霈文，"柏老太太忍不住喊，"你怎么了？"

"哦？"柏霈文站住了，茫然地看了母亲一眼。

"一个小女工，就能把你弄得这样神魂不属吗？"柏老太太盯着他。

"哦？妈？"他惊异地说，"你怎么知道——"

"我都知道，"柏老太太点点头，"霈文，我劝你算了吧！她不适合你，也不适合我们这个家庭，她是在吊你胃口，你别上这个女孩的当！"

"妈！"柏霈文反抗地说，"你根本不知道！你根本不认得她！你这样说是不公平的！"

"我不知道？"柏老太太挑了挑眉毛，"这种女孩子我才清楚呢，我劝你别执迷不悟吧！瞧她把你弄成什么样子了！你去照照镜子，还有几分人样没有？你也真奇怪，千挑万选，多少名门闺秀都看不中意，倒看上了厂里一个女工！"

"人家也是高中毕业呢！"柏霈文大声说，"当女工又怎样呢，多少大人物还是工人出身呢！"

"当然，"柏老太太冷笑了一声，"这个女工也已经快成为老板娘了！"

"别这样说，妈，"柏霈文站在母亲的面前，像一尊石像，脸色苍白，眼光阴郁，"她并不稀罕嫁给我，她已经失踪一个月了。"

"她会出现的，"柏老太太安静地说，"她已经下了钓饵，总会来收竿子的。不过，霈文，我告诉你，我不要这样的儿媳妇。"

柏霈文僵立在那儿。老太太说完，就自顾自地站起身来，径自走上楼去了。柏霈文仍然站在那儿发愣，直到高立德走到他的面前来，递给他一支燃着了的烟。

"我看你需要一支香烟。"高立德微笑地说。

柏霈文接过了烟，长叹一声，废然地坐进沙发里，把手指深深地插进头发中。高立德也燃起一支烟，坐在柏霈文的对面，他静静地说："到底是怎么回事？说出来让我帮你拿拿主意。"

柏霈文抬起头来，看了高立德一眼，高立德的眼光是鼓励的。他又叹了口气，深深地吸了一口烟，那浓浓的烟雾在两个男人之间弥漫。高立德交叠着腿，样子是闲散而潇洒的。柏霈文紧锁着眉，却是满脸的烦闷和苦恼。

"妈怎么知道含烟的事？"柏霈文问高立德。

"她打电话给赵经理问的。"高立德说，"怎么，真是个女工吗？"

"女工！"柏霈文激动地喊着，"如果你看到过这个女工！如果你看过！"

高立德微微一笑。

"怎会失踪的呢？"他问。

柏霈文垂下了头，他又沉默了，好半天，他们两人都没有说话，高立德也不催促他，只是自顾自地喷着烟雾。过了好久好久，柏霈文才慢吞吞地说：

"我第一次注意到她是四个月之前。"他喷出一口烟，注视着那烟雾的扩散，在那缥缥缈缈的烟雾中，他似乎又看到含烟的脸，隐现在那层烟雾里，柔弱、飘逸而虚幻。他慢慢地叙述出他和含烟的故事，没有保留地、完完全全地。在高立德面前，他没有秘密。叙述完了，他仰靠在沙发里，看着天花板，呆愣愣地睁着一对无神的眸子，轻轻地说：

"我愿用整个世界去换取她！整个世界！"

高立德沉思不语，他是个最善于用思想的人。好一会儿，他才忽然说：

"你有没有去各舞厅打听一下？"

"舞厅?"柏霈文一怔。

"你看,她原来在舞厅做过,因为想新生,才毅然摆脱舞厅去当女工。可是,你打击了她,粉碎了她的希望。一个在绝望中的女孩子,她既然发现新生不能带给她尊敬和荣誉,甚至不能使爱她的人看得起她,她会怎样呢?"

"怎样呢?"柏霈文的额上沁出了冷汗。

"自暴自弃!所以,她说要'随波浮沉',所以,她说要毁灭,要沉沦,因为她已经心灰意冷。现在,她有两个可能性,一个是她已经嫁给那个白痴了,另一个可能性,就是回到舞厅去当舞女,所以,我建议你,不妨到舞厅去找找看!"

柏霈文深深地看着高立德,半晌不言也不语。然后,他就直跳了起来,抓起椅背上搭着的一件夹克,他向屋外就走,高立德惊讶地喊:"你到哪里去?"

"舞厅!"

"什么舞厅?你一点儿线索都没有怎么行?"

"我一家家去找!"冲出了屋外,高立德立即听到汽车发动的声音,他站起身来,走到窗口,目送柏霈文的车子如箭离弦般驶出去。他扬了扬眉,微微侧了一下头,把双手插在夹克的口袋里,自言自语地说:"嗯,我倒真想见见这个章含烟呢!"

又是三天过去了,柏霈文跑了总有十几家舞厅,但,含烟的踪迹仍然杳不可寻。一来,柏霈文不知含烟在舞厅中所用的名字,二来,他手边又没有含烟的照片,因此,他只有贿赂舞厅大班,把舞女们的照片拿给他看。不过,这样并不科学,因为许多舞女,并没有照片,于是,他常默默地坐在舞厅的角落里,猛抽着香烟,注视着那些舞女,再默默地离去。

可是，这天晚上，他终于看到含烟了！

那是个第二三流的舞厅，嘈杂，凌乱，烟雾腾腾。一个小型乐队，正在奏着喧闹的音乐，狭小的舞池，挤满了一对对的舞客，在跳着吉特巴。含烟就在一个中年人的怀抱中旋转，暗沉沉的灯光下，她耳际和颈项上的耳环项链在迎着灯光闪亮。虽然灯光那样幽暗，虽然舞池中那样拥挤，虽然含烟的打扮已大异往日……但是，柏霈文仍然一眼就认出她来了。他走进舞厅的一刹那就认出来了！他心跳，他眩晕，他震动而战栗，在一个位子上坐了下来，他对舞女大班说了几句话，指指在舞池中的含烟，然后，他开出一张支票给舞女大班。那大班惊异地望着他，走开了。他叫了一瓶酒，燃起一支烟，就这样静静地坐在那儿等待着，一面把酒一杯杯地倾入腹中。

然后，不知过了多久，一阵阴暗罩住了他，有个人影遮在他的面前，他慢慢地抬起头来。一件黑丝绒的洋装，裹着一个怯弱纤小的身子，敞开的领口，露出修长秀气的颈项，那瘦弱的肩膀是苍白而楚楚可怜的，那贴肉的发亮的项链一定冰冻着那细腻的肌肤。他的目光向上扬，和她的眼光接触了。

她似乎受了一个突如其来的大震动，血色迅速地离开了她的面颊和嘴唇，她用手扶着桌子，身子摇摇欲坠。他站起身来，一把扶住了她，然后，他让她在椅子里坐了下来。他用颤抖的手，给她倒了一杯酒，递到她的面前。她端起杯子，很快地把它一口喝干。他坐在她的对面，在一层突然上涌的泪雾中凝视着她。她更瘦了，更憔悴了，脂粉掩饰不住她的苍白和疲倦，她的眼睛下有着明显的黑圈，长睫毛好无力地扇动着，掩映着一对蒙眬而瑟缩的眸子。他咬住了嘴唇，他的心在绞紧，绞得好痛好痛。

"含烟！"他轻唤着，把一只颤抖的手盖在她放在桌上那只纤小的手上，"你让我找得好苦！"

她轻轻地抽出了自己的手来，抬起眉毛，她的眼光是今晚第一次正视他，带着一层薄薄的审判意味，和一份淡淡的冷漠。

"你要跳舞吗，先生？"她问，那张小脸显得冷冰冰的，"谢谢你捧我的场！"

"含烟！"他喊着，急切中不知该说些什么，含烟那张毫无表情的脸刺痛了他，他慌乱了，紧张了，在慌乱与紧张之余，他五脏六腑都可怕地翻搅痛楚了起来，"含烟，别这样，我来道歉，我来接你出去！"他急急地说，手心被汗濡湿了。

"接我出去？"她喃喃地说，"对了，你付了带出场的钱，你可以带我出场。"她站起身来，静静地望着他，"现在就走吗，先生？"

他看着她，那憔悴的面庞，那疲倦的神色，那冷漠的表情，好像他只是一个普通的舞客，距离她很遥远很遥远的一个陌生人。他的心被撕裂了，被她的神态撕裂了。他知道了一件事：她不愿再继续那段感情了，他失去了她！他曾把握在手中的，但是，现在，他失去了她！

"怎样呢？"她问，"出去，或者是跳舞？"

他咬咬牙，然后，他突然地站起身来。

"好，我们先出去再说！先离开这个鬼地方！"

含烟取来了她的风衣，柏霈文帮她披上，揽住她的腰，他们走出了那家舞厅。含烟并没有拒绝他揽住自己，这使他心头萌现出一线希望，从睫毛下凝视着她，他发现她脸上有种无所谓的、不在乎的神情，他重新被刺痛了。

"到哪儿去？"她问他。

"你现在住在什么地方？"

"就在附近。"

"能到你那儿去坐坐吗？"

"可以。"她扬扬眉毛，"只要你高兴。"

她不再说话了，只是往前走着，深秋的风迎面扑来，带着深深的凉意，她有些瑟缩，他不自禁地揽紧了她，她也没有抗拒。这是中山北路，转入一条巷子，他们走进了一家公寓，上了二楼，含烟从手提包里取出了钥匙，打开房门。柏需文置身在一间小而精致的客厅中了，这是一个和以前的小屋完全不能相比的房间，墙上裱着壁纸，屋顶上垂着豪华的吊灯，有唱机，有酒柜，柜中陈列着几十种不同的酒，一套雅致的沙发，落地窗上垂着暗红色的窗帘……柏文环室四顾，心中却在隐隐作痛，他看到了一个典型的欢场女人的房间，而且，他知道，这儿是常有客人来的。

"房间布置得不错。"他言不由衷地说。

"是吗？"她淡淡地问，"租来的房子，连家具和布置一起租的，我没再变过，假如是我自己的房子，我会选用米色和咖啡色布置客厅，白色、金色和黑色布置卧室，再加个红床罩什么的。"她指指沙发，"请坐吧！"打开了小几上的烟罐，她问，"抽烟吗？"

"不。"

"要喝点儿什么酒吗？"她走到酒柜前面，取出了酒杯，"爱喝什么？白兰地还是威士忌？"

"不，什么都不要。"他有些激动地说，他的眼光紧紧地盯着她。

"那么，其他的呢？橘子汁？汽水？可乐？总要喝点儿东西呀！你为我花了那么多钱，我总应该好好地招待你才对！"她说，故意避开了他的眼光。

他走到她的面前，他的手一把握住了她的手臂，把她的身子扭转过来，他强迫她面对着自己。然后，他深深地望着她的脸，他的眼睛里布满了红丝，他的头发蓬乱，他的呼吸急促，他的脸色苍白而憔悴。

"够了！"他哑着嗓子说，"别折磨我了，含烟。我错了，我错了，我错了，你别折磨我了吧！"他控制不住自己，他紧紧地把她揽进怀里，就痛苦地把脸埋进她的衣领中，"你发脾气吧！你打我骂我吧，你对我吼对我叫吧，你告诉我我是最大的傻瓜吧，但是，别这样用冷淡来折磨我！别这样！你知道这一个月以来，我除了找寻你，什么事都没有做，你给我的惩罚已经够了，已经够了！含烟，你饶了我吧！"

她挣扎着跳了开去，背靠在墙上，她睁一对大大的眼睛，瞪视着他。她的脸色苍白如死，她的神情瑟缩而迷惘。

"你——你要做什么，先生？"她问，好像他仍然是个陌生人。

"我要向你求婚。"他急促地说，"我请求你做我的妻子，我爱你，我要你。"

她望着他，脸色更苍白了，一层疲倦的神色浮现在她的眼底，她慢慢地转开了头，垂下了眼睑。

"如果你是在向我求婚，那么，我拒绝了，先生。"她说，声音平淡而无力。

"含烟！"他嚷着，冲到她的面前，握住了她的双手，"我知道，你在生我的气，你恨我，我知道，我都知道。但是，不要说得这样决绝，你再给我一个机会，再考验我一次，请求你，含烟！"

"不，"她轻声地说，她的眼睛空空洞洞地看着窗外，脸上一无表情，"你轻视我，你认为我是污秽的，我不能嫁给一个轻视我的人。不，不行，先生，我早就说过，我配不上你！"

"不，不，含烟，不是这样的。是我配不上你，我庸俗，我狭小，我自私，现在，我想通了，那件事一点儿也不损你的清白和美好，我太愚蠢，含烟！现在没有什么可以阻碍我们了，我不介意你的出身，我不介意你的过去，你在我的心目中永远完美，我请求你，含烟，嫁我吧！嫁我吧！含烟，别拒绝我！"

她战栗了一下，她的眼睛仍然看着窗外，但是，一层泪浪涌了上来，那对黑蒙蒙的眸子浸在水雾之中了。她的嘴唇轻轻地嚅动着，唇边浮起一个无力的微笑。

"如果一个月以前，你肯对我说这几句话，"她幽幽地说，"我会跪在你的脚下，吻你的脚。可是，现在，没有用了，我已经重回舞厅，我已经不再梦想了。我不嫁你，柏先生。不过，你可以到舞厅里来，你有钱，你可以买我的钟点，或者带我出场。"

"不！含烟！"他喊，迫切地摇撼着她，抚摩她的面颊、头发，他的眼光烧灼般地落在她的脸上，"我不会让你留在舞厅，我不会！我一定要娶你！随你怎么说！别对我太残忍，含烟……"

"是你残忍，柏先生！"她说，眼光终于从窗外掉了回来，注视着他，泪水滑下了她的面颊，滴落在她的衣服上，"请你放了我吧，别再缠绕我。"她说，开始轻轻地、忍声地啜泣起来。

她的啜泣使他心碎，使他心痛。他捧起她的脸，用嘴唇吻去了她的泪，恳求地说：

"饶恕我，饶恕我，含烟。我错了，我像一头蠢驴，我让你白白受了许多苦，受了许多委屈。我错了，含烟，给我机会，给我机会来赎罪，我要弥补我的过失，我向你保证，含烟，你这一生苦难的日子已经结束了，我要给你一份最甜蜜、最幸福的生活。含烟，答应我，嫁给我！含烟，答应我！"

"你……你会后悔，"她哭泣地说，"你终究有一天会嫌弃我……"

"我不会，绝对不会！"

"你会，你已经嫌弃过我一次，以后你还会嫌弃我，我怕那一天，我不敢接受你，我不敢！"她用手蒙住脸，哭泣使她的双肩抽搐，泪水从她的指缝中流出来，"我说过，我自惭形秽，我卑贱，我渺小……我不愿嫁你，我不愿！当有一天，你不再爱我，那时你会诅咒，你会后悔……啊，不，不，"她在掌心中摇着头，"你放了我吧！让我去吧！我那么卑微，你别寻我的开心……"

她说不下去了，她已经泣不成声。柏霈文把她的手用力地从脸上拉下来，看着那张泪痕狼藉的小脸，那份委屈的、瑟缩的神色，他的心脏抽搐痉挛起来。他明白了，明白自己怎样伤害了这颗脆弱的心，伤害得这样严重，使她已不敢再相信或再接受爱情了。他注视着她，深深地、长久地注视着她，然后，他喊了一声，惶悚地把她拥进了怀里，战栗地紧抱着她的头，喊着说：

"哦，含烟！我对你做了些什么？我该死，该进入十八层地狱！哦，含烟！你打我吧，你骂我吧！"

托起她的头来，他把嘴唇紧压在那两片颤抖的唇上。含烟仍然在哭泣，一边哭泣，她一边用手环抱住了他，紧紧地环抱住了他，啜泣着说：

"你……你……你真……真要我吗？"

"是的，是的，含烟！我每根骨头，每条纤维都要你！我要你！要你！含烟！我们明天就结婚，我会帮你还掉欠养父母的那笔债，我会代你结束舞厅里的合同。含烟，你再也没有困苦的日子了！我保证。我将保护你，今生，今世，来生，来世！"

"你……不是真心……"

"是真心，是真心！"他一迭连声地说。

"你知道我……不是好女孩，我不纯洁，不……"

他用手蒙住了她的嘴。

"你是好女孩，你纯洁！你完美，你像一块璞玉！你是我梦寐所求的
那个女孩子！"

含烟抬起头来了，闪动着那满是泪雾的眸子，她望着柏霈文，好一
会儿，她就这样望着他，然后，她怯怯地、柔弱地说：

"你——不会——后悔？"

"后悔？"他凝视着她，"是的，我后悔我耽误了一个月的时间，我
后悔让你受了这么多苦！"

她垂下了眼睑，一动也不动地站着。

"含烟，"他轻唤着，"你原谅我了吗？"

她什么话都没有说，只是轻轻地用手抱住了他，轻轻地倚进了他的
怀里，再轻轻地把面颊靠在他那坚强而宽阔的肩上。

庭院深深

拾陆

SIXTEEN

——————

这是你一生也不容易碰到的那类女孩子，这是可遇而不可求的。

　　那个早晨像个梦，一清早，窗外的鸟啼声就特别地嘹亮。睁开眼睛来，含烟看到的是满窗的秋阳，那样灿烂地、暖洋洋地投射在床前。她看了看手表，八点三十分！该起床了，柏霈文说十点来接她去法院，她还要化妆，还要换衣服。可是，她觉得浑身都那样酥软，那样腾云驾雾一样的，她对于今天要做的事，还没有百分之百的真实感，昨晚，她也一直失眠到深夜。这是真的吗？她频频地问着自己，她真的要在今天成为柏霈文的新娘吗？这不是一个梦，一个幻想吗？

　　床前，那件铺在椅子上的新娘的礼服像雪一样地白，她望着那件礼服，忽然有了真实感了。从床上直跳起来，她知道这将是个崭新的、忙碌的一天。梳洗过后，她站在镜子前面，打量着自己，那焕发着光彩的眼睛也看不出失眠的痕迹，那润滑的面庞，那神采飞扬的眉梢，那带着抹羞涩的唇角……噢！这就是那个晕倒在晒茶场上的小女工吗？她深深地叹息，是的，像霈文说的，苦难日子该结束了！以后，迎接着她的该是一串幸福的、甜蜜的、梦般的岁月！

　　拿起发刷来，她慢慢地刷着那垂肩的长发，镜子里浮出来的，不是自己的形象，却是霈文的。霈文，这名字甜甜地从她心头滑过去，甜甜的。她似乎又看到霈文那热烈而渴望的眸子，听到他那急切的声音：

　　“我们要马上结婚，越快越好。我不允许有任何事件再来分开我们！”

"会有什么事能分开我们呢？"她说，她那一脸的微笑像个梦，她那明亮的眼睛像一首诗。他望着她，陡地打了个冷战。

"我要你，我要马上得到你，完完全全的！"他嚷着，紧紧地揽住她，"我怕失去你，含烟，我们要立刻结婚。"

"你不会失去我，需文，你不会，除非你赶我走！"她仍然在微笑着，"要不然，没有力量能分开我们。"

"谁知道呢？"他说，眼底有一抹困惑和烦恼。然后，他捧住她的脸说："告诉我，含烟，你希望有一个怎样的婚礼？很隆重的？很豪华的？"

"不。"她说，"一个小小的婚礼，最好只有我和你两个人，我不要豪华，我也不要很多人，那会使我紧张，我只要一个小小的婚礼。越简单越好。"

"你真是个可人儿。"他吻着她，似乎解除了一个难题，"你的看法和我完全一样。那么，你可赞成公证结婚？"

"好的，只要你觉得好。"

"你满了法定年龄吗？"

"没有，我还没有满十九岁呢！"

"啊，"他怜惜地望着她，"你真是个小新娘！"

她的脸红了，那抹娇羞使她更显得楚楚动人。柏需文忍不住要吻她，她那小小的唇湿润而细腻。抚摩着她的头发，柏需文说：

"你的监护人是你的养父吗？"

"是的。"

"你想他会不会答应在婚书上签字？"

"我想他会，他已经收了你的钱。"

"那么，我们在一个星期之内结婚！"他决定地说，"你什么都不要管！婚礼之后，我将把你带回家，我要给你一点儿小意外。"

"可是……"她有些犹豫，"我还没见过你母亲。"

"你总会见到她的，急什么？"他很快地说，站起身来，"我要马上去筹备一切！想想看，含烟，一星期之后，你将成为我的妻子了！噢，我迫切地希望到那一天！"

现在就是那一天了。含烟望着镜中的自己，这一个星期，自己一直是昏昏沉沉、迷迷糊糊的。她让柏霈文去安排一切，她信任他。她跟着他去试婚衣，做新装，她让霈文帮她去选衣料，跟裁缝争执衣服的式样，她只是微笑着，梦似的微笑着。当霈文为她花了太多的钱时，她才会抓着霈文的手说：

"别这样，霈文，你会宠坏我呢！"

"我要宠坏你，"他说，"你生来就该被宠的！"

这是怎样的日子？充满了怎样甜蜜的疯狂！她一生没有这样充实过，这样沉浸在蜜汁之中，晕陶陶地不知世事。她不问霈文如何布置新居，不问他对婚礼后的安排，她对他是全面地依赖和信任，她已经将她未来的一生，都捧到了他的面前，毫无保留地奉献给了他。

如今，她马上要成为霈文的新妇了。刷着头发，她就这样对着镜子朦胧地微笑着，不知过了多久，她才惊觉到时间已经不早了，如果她再不快一点儿，她会赶不上行婚礼的时间。放下发刷，她开始化妆。霈文原想请几个女伴来帮她化妆，但她拒绝了，她怕那些女伴带来的只是嘈杂与凌乱，她要一个真正的、梦似的小婚礼。

她只淡淡地施了一些脂粉，没有去美容院做头发，她一任那长发自然地披垂着。然后，她换上了那件结婚礼服，戴上了花环，披上了婚纱，站在镜子前面，她不认识自己了，那白色轻纱裹着她，如一团白云，她也正如置身云端，那样轻飘飘的，那样恍恍惚惚的。

门外响起了一阵汽车喇叭声，他来了！她喜悦地站着，等待着，今天总不是他自己开车了吧？没有一个新郎还自己做司机的，她模糊地想着，奇怪自己在这种时候，还会想到这种小事。一阵脚步声冲到了门口，几乎是立刻，门开了，柏霈文举着一把新娘的花束冲了进来，一眼看到披着婚纱的含烟，他怔住了，站立在那儿，他眼睛一眨不眨地瞪视着她，然后，他大大地喘了口气。

"含烟，"他眩惑地说，"你像个被白云烘托着的仙子！"

"我不是仙子，"她喃喃地说，微笑着，"我只是你的新妇。"

"哦！我的新妇！"他嚷着，冲过来，他吻了她，"你爱我吗，含烟？你爱我吗？"

"是的，"她说，仍然带着那个梦似的微笑，"我爱你，我要把自己交给你，整个的人，整个的心，整个的灵魂！"

他战栗了，一种幸福的极致的战栗。他从含烟的眼底看出了一项事实，这个小女人已经把她的一生托付给他了。这以后，他将主宰着她的幸福与快乐！他必须要怎样来保护她，来爱惜她啊！

"感谢天！"他说，带着一脸的严肃与庄重，紧握着她的双手，"这是它在我这一生中，赐给我最珍贵的一项礼物，穷此一生，我将感恩。"他那庄重的神情感染了她，她的脸色也变得严肃而郑重了，在这一瞬间，他们两人都陷入一种崇敬的情绪之中，对那造物者的撮合感恩，对那命运的安排感动。

"噢，"他忽然醒悟过来，"我们要赶快了，但是，在走以前，你先看看你的婚戒吧。"

他从口袋里取出一个小盒子，打开那个盒子，含烟看到的是一个光彩夺目的大钻戒，那粒大而灿烂的钻石镶嵌在无数小钻石之中，迎着阳光闪烁。含烟呆住了，微笑从她唇边隐去，她看来十分不安。

"你花了许多钱。"她喃喃地说，"这是钻石吗？"

"是的，三克拉。"

她扬起睫毛来望着他。

"你不该花那么多钱……"她说，"钻石对我是太名贵了。"

"钻石配你最合适，"他深深地望着她，"你就像一粒钻石，一样璀璨，一样晶莹，一样坚定。"他再吻了吻她，"好吧！我们得走了！立德要在车里等急了。"

"立德？"她怔了怔。

"高立德！我跟你提过的。他将做我们的结婚证人。"他看了看室内，"你的东西都收拾好了吗？房东的账也结清了吗？"

"是的，"她指指门口的两只皮箱，"东西都在那儿，我没有太多的东西。"

"好，我们走！"他们走到了门口，他忽然站住了，郑重地望着含烟说，"希望你不要嫌婚礼太简陋，我没有请客，没有通知任何人，我不想惊动亲戚朋友。但是，我想，你不会认为我不重视这个婚礼，对于我，它是严肃的，神圣的，慎重的。"

"我知道，"她轻声说，"对于我，它也是。"

他们下了楼，柏霈文把她的两只箱子也带了下去。好在含烟租房子都是连家具一起租的，只要把衣服收拾好，就没有什么可搬动的。到了楼下，高立德已含笑迎了上来，帮着柏霈文把箱子放进后备厢内，他打开车门，笑嘻嘻地说：

"新娘赶快进车子吧，路上的人都在看你呢！"

含烟的脸上飞起了两朵红晕，她下意识地看了高立德一眼，这是她第一次看见高立德，那个黝黑、挺拔、高大、漂亮而风趣的年轻人。在这一刹那，她做梦也不会料到，这个年轻人日后竟会成为她婚姻上的礁石。

坐进了车子，含烟才知道今天开车的是高立德，车子发动以后，柏霈文猛地惊觉过来，说：

"瞧我多糊涂，我竟忘了给你们介绍！"

"免了吧！霈文，"高立德回过头来，对着含烟嘻嘻一笑，"我想我们都早就认识了，是不，章小姐？记住，我可能是最后一个喊你章小姐的人！"

含烟的头垂得更低了，羞涩从她的眼角眉梢漾了开来，遍布在整个的面颊上。

到了法院，张会计早已等在那儿了，看到柏霈文和含烟，他笑吟吟地走上来鞠躬道贺。含烟才知道他是另一个证人，她奇怪柏霈文不找赵经理，而找张会计，大概因为张会计是厂里的老人吧！

这是个名副其实的小婚礼，除了一对新人、两个证婚人和法院里的法官书记等人之外，没有一个观礼者，婚礼在一种宁静、庄重、肃穆的气氛下完成了。当司仪最后宣告了礼成，一对新人相对注视，都有种恍然如梦的感觉。含烟的眼眶潮湿了，霈文的眼光却带着无限的深情和痴迷，落在含烟的脸上，他轻轻地说：

"你终于是我的了，含烟。"

说完，他就不管法官还没有退席，不管张会计和高立德依然站在旁边，他就一把把含烟拥进了怀里，对她唇上深深地吻下去。含烟惊呼着用手去推他，高立德却在一边拊掌大笑。走上前来，他推开柏霈文，笑着说：

"按外国规矩，我有权吻新娘。"

站在那儿，他的目光笑嘻嘻地紧盯着含烟，面对着含烟那张娟秀的脸，他明白柏霈文之所以如此着迷的原因了。这小新娘清灵如水，温柔如梦，美丽如春花初绽，娇怯如弱柳临风。这是你一生也不容易碰到的那类女孩子，这是可遇而不可求的。

"算了吧！立德，"柏霈文来解围了，挽住含烟的手，他说，"我们这儿是中国，没有外国规矩。"

"哈！"高立德笑得开心，"你真吝啬啊，你连吻新娘都舍不得呀！"

"是舍不得！"柏霈文也笑着说，"她是我的，谁也不许碰她！"

"听到没有，柏太太？"高立德转向含烟，"你刚刚嫁了一个专制的丈夫！你猜怎么，他在你们行婚礼之前，都不许我见你，就怕你被我抢了去！"

"越来越胡说八道了！"柏霈文笑着，挽紧了含烟，"别听他鬼扯，我们该回家了。"

家！含烟心头掠过了一阵奇妙的感觉，她还不知道她的家是什么样子，霈文对于这个总是神秘兮兮的。但她并不在意，只要有一间小屋，就会成为他们的安乐窝，她确信这一点。家！她一直渴望着的一个字啊！她多么迫切地想躲到那里面去，休憩下那十九年来疲倦的身心！

到了法院门口，柏霈文转头对张会计说：

"你去告诉工厂里所有的人，我已经在今天和章小姐结婚了，同时，放所有员工一天假，以资庆祝。"

"好的，柏先生。"张会计微笑着说，转身走了。

高立德把车子开了过来，他们上了车，含烟仍然穿着新娘的礼服，捧着新娘的花束，带着那梦似的微笑。柏霈文紧挽着她那小小的腰肢，他的目光不能自已注视着她，带着无限的深情和无尽的喜悦。

车子离开了市区，驶过了松竹桥，那迎面吹来的秋风中就带着松树与竹子的清香，再驶过去，车子两边就都是茶园了。高立德把车子驶往路边，然后，他刹住了车子，熄了火，他转过头来。他脸上那份戏谑的神色没有了，取而代之的，是一份庄重与沉着。

"柏太太，看看你的周围，这都是柏家的茶园。他在五年之内，把茶园扩大了一倍，你嫁了一个能干的丈夫。"

"因为他有一个能干而忠诚的朋友！"柏霈文接口说，对高立德微笑。

含烟左右望着，她惊讶于这茶园面积的辽阔，同时，她也惊讶于柏霈文和高立德之间那份深挚的友谊，她觉得颇为感动，不自禁地也对高立德微笑着。

"好了，霈文，"高立德望着柏霈文，"婚礼已经举行过了，我这个诸葛亮已经尽了我的本分。现在，在到家之前，你不给你的太太一点儿心理上的准备吗？"

柏霈文的眉头紧蹙了起来。含烟狐疑地看看高立德，又看看柏霈文，她不知道他们两人在捣什么鬼。然后，霈文转向了她，握住了她的双手，他显得很沉重。

"含烟，我很抱歉，有件事我必须告诉你。"

"什么事？"含烟的脸色变白了，她受到了惊吓，"你别吓我。"

"不不，你不必恐慌，"柏霈文安慰地拍着她的手背，"我只是要坦白告诉你，我之所以必须秘密和你结婚，不敢通知任何亲友，是因为怕一份阻力——我母亲。"

她的脸孔更白了，她的黑眼睛睁得好大好大。

"你——居然是——"她嗫嚅地说，"瞒着她结婚的吗？"

"是的，知道这个婚礼的，只有我、你、立德和张会计。"

　　她的嘴唇微微地颤抖着，她的睫毛垂了下去。

　　"你——你的意思是说，如果你母亲知道你和我结婚，她一定会反对，是吗？"

　　霈文战栗了一下，他发现这柔弱而敏感的小女孩又受伤了。他抓住了她的手臂，迅速地托起了她的下巴，望着她的脸说：

　　"你知道老人家的看法总和年轻人不太一样的，我又是个独子，她就总把我的婚事看成了她自己的事情。我并不是说她一定会反对，但是，只要有这份可能性，我就不容许它发生，所以，我瞒着她做了。"

　　含烟的心沉进了一个深深的冰窖里，她瞪视着霈文，焦灼而烦恼地说：

　　"你错了，霈文，你太操之过急了。你这样突然地把一个新娘带到她面前，你让她如何接纳我？你又让我如何拜见她？你坑了我了，霈文。"

　　"别急，含烟，到家之后，我会先上楼对她说明一切的。她会接纳你，含烟，没有人能不接纳你的，她会接纳你，而且，她会喜欢你！何况，"他微笑着，想使含烟重新快乐起来，"到底娶太太的是我，不是她呀！"

　　但愿你的说法是对的！含烟想着，低下了头，现在只结婚了一小时，她不愿露出自己对这事的不满来，而且，霈文这样不顾一切的做法，还是因为怕失去她呀，她咬了咬嘴唇，朦胧地感到，前途绝不像自己预料的那样光明了。看到他们的谈话已经结束了，高立德重新发动了车子，随着车子前进的速度，含烟也在迅速地盘算着，她的思想比车轮转得还快。当车子在那两扇铁门前刹住时，含烟也抬起她那对坚定、勇敢、而充满希望的眼睛，望着柏霈文说：

　　"你是对的，霈文，你放心，她会喜欢我的！"

高立德冷眼旁观，他在这小女人的脸上看到了一份坚定的决心，他知道，她将用尽她的方法，来准备博取婆婆的欢心了，那张燃烧着光彩的小脸是使人心折的。他真有些嫉妒霈文了。咳了一声，他说：

"柏太太，你不看看你的家吗？"

"你最好叫她含烟，别左一声柏太太，右一声柏太太，真别扭！"柏霈文说。

含烟望向外面，触目所及的，是铁门前竖着的一块簇新的木牌，上面雕刻着四个精致的字：

含烟山庄

她惊喜交集地回过头来望着柏霈文，张口结舌地说：

"怎么——怎么——"

"这是你的！含烟。"柏霈文深深地看着她，"你的家，你的房子，你的花园，你的我。"

"哦！"含烟闪动着眼睑，蕴蓄了满眼眶的泪。然后，她闻到了花香，那绕鼻而来的紫丁花香。铁门打开了，她看到柏霈文塞了一个红包在那开门的男工手上，一面说：

"这是赏给你的，老张，我刚刚结婚了。"

她顾不得那男工惊讶的目光，她已经眼花缭乱了，她发现自己置身在一个像幻境般的花园里，有葱茏的树木，有深深的庭院，还有成千上万朵玫瑰，那一簇簇的玫瑰，那整个用黄玫瑰做出的圆形花坛！她钻出了车子，呆立在那儿，惊异得说不出话来了。

"你梦想的玫瑰花园，"柏霈文在她身边说，"这是立德和我，费尽心力，把原来的花园改成这样的。我答应过你的，不是吗?"

含烟转过身子来，这次，是她不顾一切了，不顾那旁边的男工，不顾高立德，不顾从客厅门口伸出头来的女佣，她用手环抱住了柏霈文的颈项，很快地吻了他。

"谢谢你，谢谢你给我的家!"她说，泪水在眼眶中闪烁，这家中会有阴影? 不! 那是不可能的!

庭院深深

拾柒

SEVENTEEN

—————

爱情是一杯经过特别酿制的醇酒,

喝它吧! 别皱眉头!

把含烟留在客厅中，柏霈文就跑上了楼梯，一直停在柏老太太的门前，在门外停立了几秒钟。呼吸了好几下，他终于甩了甩头，举起手来敲了敲门。门内，柏老太太那颇具威严的声音就传了出来：

"进来！"

他推开门，走了进去，一眼看到柏老太太正在敞开的窗前，那窗子面对着花园，花园内的一切都一览无遗。他的心跳加速了，那么，一切不用解释了，柏老太太已经看到他和含烟在花园中的一幕了。他注视着柏老太太，后者的脸色是铁青的。

"你要告诉我什么吗？"柏老太太问，声音冰冷而严厉。

柏霈文把房门在身后合拢，迈前了几步，他停在柏老太太的面前，低下头，他说：

"我来请求您的原谅。并请您接受您的儿媳妇。"

"你终于娶了她了！"柏老太太低声地说，"甚至不通知你的母亲。"她咬了咬牙，愤怒使她的身子颤抖，"你不是来让我接受她的，你简直是要我去参见她呢！"

"妈！"柏霈文惶悚地说，"我知道我做错了，但是，请你原谅我！"他抬起头来，看着柏老太太，他的眼睛好深好沉，闪烁着一种奇异的光芒。柏老太太不禁一凛，她忽然觉得自己不认识这孩子了，他不再是那个依偎在她膝下的小男孩，他长大了，是个完完全全的、独立的男人了。他身上也带着那种独立的、男性的、咄咄逼人的威力。他的声调虽然温柔而恭敬，却有着不容人反驳的力量。"妈，你不能了解，她对于我已经比世界上任何东西都更重要，我不能允许有任何事情发生，我害怕失去她，所以，我这样做了！我宁愿做了之后，再来向您请罪，却不敢冒您事先拒绝的险！"

柏老太太瞪视着柏霈文，多坦白的一篇话！却明显地表示出了一项事实，他可以失去母亲，却不能失去那个女人！这就是长成了的孩子必走的一条路吗？有一天，你这个母亲的地位将退后，退后，一直退到一个角落里去……把所有的位置都让给另一个女人！在他的生命里，你不再重要了，你不再具有权威了，你失去他！如今，这孩子用这样一对坦白的眸子瞧着你，他已经给你下了命令了：你无可选择！你只有接受一条路！

"她比世界上任何东西都重要，甚至比你的母亲更重要！"她喃喃地说，"你已经不考虑母亲的地位和自尊了！你真是个好儿子！"

"妈！"柏霈文喊了一声，"只要你接受她，你会喜欢她的，你会发现，你等于多了一个女儿！"

"我没福气消受这个女儿！"柏老太太冷冷地说，"或者我该搬出去住。她叫什么名字？"

"含烟。"

"是了，含烟山庄！你在门口竖上了这么一个牌子，这儿成了她的天地，我会尽快搬走！免得成为你们之间的绊脚石！"

柏霈文迈前了一步，他的手紧紧地握住了母亲的手，他那对漂亮的眼睛和煦、温柔而诚恳。他的声音好亲切，好郑重。

"妈，您一向是个好母亲，我不相信您没有接受一个儿媳妇的雅量！

爸当初和您结婚以后，他的世界也以您为重心的，不是吗？您了解爱情，妈！您一向不是个古板顽固的女人。您何不先见见她？见了她，您就会了解我！至于您说要搬走，那只是您的气话。妈，别和我生气吧！"

"我不是生气，霈文，我只是悲哀。"她望着他，"我从没有反对过你娶妻，相反地，我积极地帮你物色，帮你介绍。你现在的口气，倒好像我是个典型的和儿媳妇抢儿子的女人！我是吗？"

"你不是。"柏霈文说，"那么，你也能够接受含烟了？虽然她不是你选择的，她却是我所深爱的！"

"一个女工！"柏老太太轻蔑地说。

"一个女工！"柏霈文有些激动地说，"是的，她曾是女工，那又怎样呢？总之，现在，她是我的妻子了！"

"她终于争到了这个地位，嗯？"柏老太太盯着柏霈文，"你仿佛说过她并不稀罕这地位！怎会又嫁给了你呢？"

"她是不稀罕的！妈！"柏霈文的脸色发白了，"你不知道我用了多少工夫来说服她，来争取她。"

"是的，我想是的。"柏老太太唇边浮起了一个冷笑，"你一定得来艰巨！这是不用说的。好吧，看来我必须面对这份现实了，带她上楼吧！让我看看她到底是怎样一个东西！"

柏霈文深深地望着他的母亲，他的脚步没有移动。

"怎么还不去？我说了，带她上楼来吧！难道你还希望我下楼去参见她吗？"

"我会带她上楼来，"柏霈文说，他的眼光定定地望着母亲，他的声音低沉而有力，"可是，妈，我请求你不要给她难堪。她细微而脆弱，受不了任何风暴，她这一生已吃了许多苦，我希望我给她的是一个避风港，我更希望，你给她的是一个慈母的怀抱！她是很娇怯的，好好待她！妈，看在我的面子上，我会感激你！妈，我想你是最伟大的母亲！"

柏老太太呆立在那儿，柏霈文这一篇话使她惊讶，她从没看过她儿子脸上有这样深重的挚情，眼睛里有那样闪亮的光辉。他爱她到怎样的程度？显而易见，他给了她一个最后的暗示：好好待她，否则，你将完完全全地失去你的儿子！她咬了咬牙，心里迅速地衡量出了这之中的利害。沉吟片刻，她低低地说：

"带她来吧！"

柏霈文转身走出了房间，下了楼，含烟正站在客厅中，焦灼地等待着，她头上依然披着婚纱，裹在雪白的礼服中，像个霓裳仙子！看到柏霈文，她担忧地说：

"她很生气吗？"

"不，放心吧！含烟，"柏霈文微笑地挽住她的手，"她会喜欢你的，上去吧，她要见你！"

含烟怀疑地看了柏霈文一眼，后者的微笑使她心神稍定。依偎着柏霈文，她慢慢地走上楼梯，停在柏老太太的门前。敲了敲门，没等回音，柏霈文就把门推开了，含烟看了进去，柏老太太正坐在一张紫檀木的圈椅中，背对着窗子，脸对着门，两个女人的目光立即接触了，含烟本能地一凛，好锐利的一副眼光！柏老太太却震动了一下，怎样的一对眼睛，轻灵如梦，澄澈似水！

"妈，这是含烟！"柏霈文合上了门，把含烟带到老太太的面前。含烟垂着手站在那儿，怯怯地看着柏老太太，轻轻地叫了一声："妈！"

柏老太太再震动了一下，这声音好娇柔，好清脆，带着那样一层薄薄的畏惧，像是个怕受伤害的小鸟。她对含烟伸出手来，温和地说：

"过来！让我看看你，孩子！"

含烟迈前了一步，把双手伸给柏老太太，后者握住了她的两只手，这手不是一个女工的手，纤细、柔软，她没做过几天的女工！她想着。仔细地审视着含烟，那白色轻纱裹着的身子娇小玲珑，那含羞带怯的面庞细致温柔……是的，这是个美丽的女孩子，但是，除了美丽之外，这女孩身上还有一些东西，一些特殊的东西。那对眼睛灵慧而深湛，承载了无数的言语，似在祈求，似在梦幻，恳恳切切地望着她。柏老太太有些明白这女孩如何能如此强烈地控制住柏霈文了，她有了个厉害的对手！

"你名叫含烟，是吗？"她问，继续打量着含烟。

"是的。"含烟恭敬地说，她望着柏老太太，那锐利的目光，那坚强的脸，那稳定的、握着她的双手，这老太太不是个等闲人物啊！含烟注视着她的眼睛，那略带灰暗的眼睛是深沉难测的，含烟无法衡量，面前这个人将是敌是友。她看不透这老太太，她判断不了，也研究不出，这老太太显然对她是胸有成竹的。

"你知道，含烟，"她说，"你的出现对我是一个大大的意外，我从没料到，我将突然接受一个儿媳妇，所以你得原谅我毫无心理准备。"

含烟的脸红了。低下头，她轻轻地说：

"对不起，妈，请饶恕我们。"

饶恕"我们"？她已经用"我们"这种代名词了！她唇边不自禁地浮起一丝冷笑，但是，她的声音仍然温柔慈祥。

"其实，你真不用瞒着我结婚的，我不是那种霸占儿子的母亲！假若我事先知道，你们的婚礼绝不至于如此寒碜！孩子，别以为所有的婆婆都是《孔雀东南飞》里那样的，我是巴不得能有个好媳妇呢！"

含烟的头垂得更低了，她没有为自己辩白。

"不管怎样，现在，你是我们家的人了。"老太太继续说，"我希望，我们能够相处得很好，你会发现，我不是十分难于相处的。"

"妈！"含烟再轻唤了一声。

妈？妈？她叫得倒很自然呢！柏老太太难以觉察地微笑了一下。

"好吧，现在去吧！霈文连天在收拾房子，又换地毯，又换窗帘的，我竟糊涂到不知道他在布置新房！去吧，孩子们，我不占据你们的时间了，我不做那个讨厌的、碍事的老太婆！"

"谢谢你，妈！"柏霈文嚷着，一把拉住了含烟的手，迫不及待地说，"我们去吧！"

"等会儿见，妈！"含烟柔顺地说了一句，跟着霈文退出了房间。柏老太太目送他们出去，她的手指握紧了那圈椅上的扶手，握得那样紧，以致那扶手上的刻花深深地陷进她的肉里，刺痛了她。她的脸色是僵硬而深沉的。

这儿，霈文一关好母亲的房门，就对含烟急急地说：

"怎样？我的母亲并不像你想象的那样可怕吧！"

含烟软弱地笑了笑，她什么话都没有说。霈文已经把她带到了卧房的前面，那门是合着的，霈文说：

"闭上眼睛，含烟！"

含烟不知道他葫芦里在卖什么药，但她顺从地闭上了眼睛。她听到房门打开的声音，接着，她整个的身子就被腾空抱起来了，她发出了一声惊呼，慌忙睁开眼睛来，耳边听到霈文笑嘻嘻的声音：

"我要把我的新娘抱进新房！"

把含烟放了下来，他再说：

"看吧！含烟，看看你的家，看看你的卧房吧！"

含烟环室四顾，一阵喜悦的浪潮窒息了她，她深吸着气，不敢相信地看着这间房子：纯白色的地毯，黑底金花的窗帘，全部家具都是白色金边的，整个房子的色调都是由白、黑与金色混合的，只有床上铺着一床大红色的床罩，在白与黑中显得出奇地艳丽与华贵。另外，那小小的床头柜上，在那白纱台灯的旁边，放着一瓶鲜艳的黄玫瑰，那梳妆台上，则放着一个大理石的雕塑——一对拥抱着的男女。

"那是希腊神话故事里的人物，"柏霈文指着那塑像说，"欧律狄刻和她的爱人俄耳甫斯。他们是一对不怕波折的爱侣，我们也是。"他拥着她，吻她，"这房间可合你的胃口吗？"

"是的，是的，"她喘息地说，"你怎么知道……"

"你忘了？你告诉过我，你希望用白色、金色与黑色布置卧房，以米色和咖啡色布置客厅。"

她眩惑地望着他。

"你都记得？"

"记得你说的每一句话，每一个字！"他说，用手捧着她的脸，他的眼光深深切切地望着她，低低地、痴痴地、战栗地说，"我终于，终于，终于得到了你！我所挚爱的、挚爱的、挚爱的！"俯下头来，他吻住了她。她闭上眼睛，喉中哽着一个硬块，那层喜悦的浪潮又淹没了她，她陶醉，她眩晕，她沉迷。两滴泪珠滑下了她的面颊，她在心中暗暗地发着誓言：

"这是我献身、献心的唯一一个人，以后，无论遭遇到怎样的风暴，我将永远跟随着他，永不背叛！"

她的手臂环绕住了他。那黑底金花的窗帘静静地垂着，黄玫瑰绽放了一屋子的幽香。

新婚的三天过去了，这三天对于含烟和需文来说，是痴痴迷迷的，是混混沌沌的，是恍恍惚惚的，是忘记了日月和天地的。这三天需文都没有去工厂，每天早晨，他们被鸟啼声唤醒，含烟喜欢踏着朝露，去剪一束带着露珠的玫瑰，需文就站在她身边，帮她拿剪刀，帮她拿花束，有时，她会手持一朵玫瑰，笑着对需文说：

"含笑问檀郎，花强妾貌强？"

她那流动着光华的明眸，她那似笑还颦的娇羞，她那楚楚动人的韵致，常逗引得需文不顾一切地迎上去，在初升的朝阳下拥住她，在她那半推半就的挣扎下强吻她……然后，她会跺跺脚又笑又皱眉地说：

"瞧你！瞧你！"

他们撒了一地的玫瑰花瓣。

早餐之后，高立德总要去茶园巡视一番，有时带着工人去施肥除草。他们就跟了去，含烟常常孩子气地东问西问，对那茶叶充满了好奇。有一次，她问：

"你们为什么一定要用茉莉花做香片茶呢？为什么不做一种用玫瑰花的香片？"

柏需文和高立德面面相觑，这是一项好提议，后来，他们真的种植了一种特别的小玫瑰花，制造了玫瑰红茶和玫瑰香片，成为柏家茶园的特产。不过，由于成本太高，买的人并不多，但这却成为含烟独享的茶叶，她终日喝着玫瑰茶，剪着玫瑰花，浑身永远散放着玫瑰花香。

跟高立德去巡视茶园只是他们的借口，只一会儿，高立德就会发现他们失踪了。从那茶园里穿出去，他们手携手，肩并着肩，慢慢地走往那山坡的竹林和松林里。含烟常摘一些嫩竹和松枝，她喜欢把玫瑰花和竹子松枝一起插瓶，玫瑰的娇艳欲滴，松竹的英挺修伟，别有风味。依偎在那松竹的阴影下，含烟常唱着一支美丽的小歌：

> 我俩在一起，
> 誓死不分离。
> 花间相依偎，
> 水畔两相携。
> 山前同歌唱，
> 月下语依稀。
> 海枯石可烂，
> 情深志不移！
> 日月有盈亏，
> 我情曷有极！
> 相思复相恋，
> 誓死不分离！

含烟用那样柔美的声音婉转地轻唱着，她的眼睛那样深情脉脉地停驻在他的身上，她的小脸上绽放着那样明亮的光辉……他会猛地停住步子，紧握着她的手喊：

"噢！含烟！我的爱，我的心，我的妻子！"

在那郊外，在那秋日的阳光下，他们常常徜徉终日。松竹桥下，流水潺潺，那道木桥，有着古拙的栏杆，附近居民常建议把它改建成水泥的或石头的，因为汽车来往，木桥年代已久，怕不稳固。含烟却独爱木桥的那份"小桥、流水、人家"的风味。坐在那栏杆上，他们曾并肩看过落日。在桥下，他们也曾像孩子一般，捡过小鹅卵石，因为含烟要用小鹅卵石去铺在花盆里种水仙花。在那流水边，长着一簇簇的芦苇，那芦花迎风飘拂，有股遗世独立的味道。含烟穿梭在那些芦花之中，巧笑倩兮，衣袂翩然，来来往往像个不知倦的小仙子。

他们也去了松竹寺，在那庙中郑重地燃上一炷香，许下多少心愿。跪在那观世音菩萨的前面，他低俯着头，合着手掌，那长睫毛静静地垂着。她用那么动人的声音，低而清晰地祝祷着：

"请保佑天下所有有情的人，让他们和我们一样快乐；请保佑天下所有的少女，都能得到一份甜蜜的爱情！并请保佑我们，保佑我们永不争吵，永不反目；保佑我们恩恩爱爱，日久弥深！"

她站了起来，他握住了她的手，郑重地说：

"我告诉你，含烟，神灵在前，天地共鉴，如果有一天我亏负了你，天罚我！罚我进十八层地狱！"

她用手堵住他的嘴，急急地说：

"我相信你，不用发誓啊！"

那观音菩萨俯视着他们，带着那慈祥的微笑。他们都不是宗教的信徒，可是，在这时候，他们都有种虔诚的心情，觉得冥冥之中，有个神灵在注视着他们。

晚上，是情人们的时间，花园里，他们一起捕捉过月光，踏碎了花影，两肩相依，柔情无限。她痴数过星星，她收集过夜露。他笑她，笑她是个夜游的小女神。然后，他捉住她，让月光把两人的影子变成一个。看着地上的影子重叠，他说：

"瞧，我吞掉了你！"

"是你融化了我。"她说，低低地、满足地叹息，"融化在你的爱，你的情，你的心里。"

于是，捧住她的脸，他深深地吻她。他也融化了，融化在她的爱，她的情，她的心里。

就这样，三天的日子滑过去了。三天不知世事的日子！这三天，所有的人都识趣地远离着他们，连柏老太太，也把自己隐蔽在自己的房间中，尽量不去打搅他们，这使柏霈文欣慰，使含烟感恩。他们不再有隐忧，不再有阴霾，只是一心一意地品尝着他们那杯浓浓的、馥郁的、芬芳的爱情之酒。这杯酒如此之甜蜜，含烟曾诧异地说：

"我多傻！我一度多么怕爱情，我总觉得它会伤害我！"

霈文为这句话写过一首滑稽的小诗：

> 爱情是一杯经过特别酿制的醇酒，
> 喝它吧！别皱眉头！
> 它烫不了你的舌，它伤不了你的口！
> 它只会使你痴痴迷迷，虚虚浮浮，缥缥缈缈，永无醒来的时候！

怎样甜蜜而沉醉的三天，然后，柏霈文恢复了上班，连日来堆积的工作已使他忙不过来。这三天，甜蜜的三天，沉醉的三天，不知世事的三天是过去了。

庭院深深

拾捌

EIGHTEEN

这浑身绽放着青春的气息，这满脸笼罩着幸福的光彩，这踏着露珠、捧着花束的少女，轻歌缓缓，慢步徐徐。这是一幅画，一幅动人的画。

是的，那沉醉而混沌的三天是过去了。

第四天早上，含烟一觉醒来，床上已经没有需文的影子了，她诧异地坐起身来，四面张望着，一面轻轻地低唤着：

"需文！需文！"

没有回答，她披上一件晨楼，走下床来，却一眼看到床头柜上的花瓶下面，压着一张字条，她取了出来，上面是柏需文的字迹：

含烟：

你睡得好甜，我不忍心叫醒你。赵经理打电话来，工厂中诸事待办，我将有十分忙碌的一天。中午我不回来吃饭，下午五时左右返家。

吻你！希望你正梦着我！

需文

含烟不自禁地微笑，把字条捧到唇边，她在那签名上轻轻地印下一吻。她竟睡得那样沉，连他离开她都不知道！想必他是蹑手蹑脚，静悄悄离去的。满足地叹了一声，她慵散地伸了一个懒腰，没有需文在身边，她不知道这一日该做些什么，她已经开始想他了。要等到下午五点钟才能见到他，多漫长呀！

梳洗过后，她下了楼，拿着剪刀，她走到花园里去剪玫瑰花，房里的玫瑰应该换新了。这又是阳光灿烂的一天，初升的朝阳穿过了树梢，在地上投下了无数的光华。含烟非常喜爱花园里那几棵合抱的老榕树，那茂密的枝叶如伞覆盖，那茁壮的树干劲健有力，那垂挂着的气根随风飘动，给这花园增添了不少情致。还有花园门口那棵柳树，也是她所深爱的，每到黄昏时分，暮色四合，花园中姹紫嫣红，模模糊糊地掩映在巨树葱茏和柳条之下，就使她想起欧阳修的"庭院深深深几许，杨柳堆烟，帘幕无重数"的句子，而感到满怀的诗情与画意。

人柳穿花，她在那铺着碎石子的小径走着，花瓣上的朝露未干，草地也依然湿润，她穿了一双软底的绣花鞋，鞋面已被露珠弄湿了。她剪了好大一束黄玫瑰，一面剪着，一面低哼着那支"我俩在一起，誓死不分离"的歌曲。然后，她看到高立德，正站在那老榕树下，和园丁老张不知在说些什么。看到含烟，他用一种欣赏的眼光望着她，这浑身绽放着青春的气息，这满脸笼罩着幸福的光彩，这踏着露珠、捧着花束的少女，轻歌缓缓，慢步徐徐。这是一幅画，一幅动人的画。

"早，柏太太。"他对她微笑着点了点头。

"需文跟你说过好几次了，要你叫我含烟，你总是忘记。"她说，微笑着，"你在干吗？"

"对付蚜虫！"他说，从含烟手上取过一枝玫瑰来检查着，接着，他指出一些小白点给含烟看，"瞧，这就是蚜虫，它们是相当讨厌的，我正告诉老张如何除去它们！这都是蚂蚁把它们搬来的。"

"蚂蚁？"含烟惊奇地说，"它们搬虫子来干吗？"

"蚜虫会分泌一种甜甜的液体，蚂蚁要吃这种分泌液，所以，它们就把蚜虫搬了来，而且，它们还会保护蚜虫呢！生物界是很奇妙的，不是吗？"

含烟睁大了眼睛，满脸天真的惊奇，那表情是动人的，是惹人怜爱的。

"霈文又开始忙了，是吗？"他问。

"是的，"含烟下意识地剥着玫瑰花秆上的刺，有一抹淡淡的寥落，"他要下午才能回来。"

"你如果闷的话，不妨去看我们采茶。"他热心地说，"那也蛮好玩的。"

"采茶开始了吗？"

"是的，要狠狠地忙一阵了。"

"我也来采，"她带着股孩子气的兴奋，"你教我怎么采，我会采得很好。"

"你吗？"他笑笑，"那很累呢！你会吃不消。"

"你怎么知道？"她说，"今天就开始采吗？"

"是的，"他看看手表，"我马上要去了。"

"有多少女工来采？"

"几十个。"

"采几天呢？"

"四五天。你有兴趣的话，我们今天先采竹林前面那地区，你随时来好了！"

"我一定去！"她笑着，正要再说什么，下女阿兰从屋里走了出来，一直走到她面前，说：

"太太，老太太请你去，她在她的屋里等你。"

含烟有一些惊疑，老太太请她去？这还是婚后第一次呢，会有什么事吗？她有点儿微微的不安，但是，立即，她释然了。当然不会有什么不对，这是很自然的，霈文恢复上班了，她也该趁此机会和老太太多亲近亲近。于是，她对高立德匆匆地一笑，说：

"待会儿见！"

转过身子，她轻快地走进屋子，上了楼，先把玫瑰花送进自己的房间，整了整衣服，就一直走到柏老太太的门前，敲了门，她听到门里柏老太太的声音：

"进来！"

她推开门走了进去，带着满脸温婉的微笑。柏老太太正站在落地长窗前面，面对着花园，背对着她，听到她走进来，她并没有回头，仍然那样直直地站着，含烟有点儿忐忑了，她轻轻地叫了一声：

"妈！"

"把门关上！"柏老太太的声音是命令性的，是冷冰冰的。

含烟的心一沉，微笑迅速地从她脸上消失了。她合上了门，怯怯地看着柏老太太。柏老太太转过身子来了，她的目光冷冷地落在含烟脸上，竟使含烟猛地打了个寒战，这眼光像两把尖利的刀，含烟已被刺伤了。拉过一张椅子，柏老太太慢慢地坐了下去，她的眼光依旧直望着含烟，幽冷而严厉。

"我想，我们两个应该开诚布公地谈一谈了。"她说，"过来！"

含烟被动地走上前去，她的脸色变白了。扬着睫毛，她的大眼睛一眨不眨地看着柏老太太，带着三分惊疑和七分惶悚。

"妈，"她柔弱地叫了一声，"我做错什么了吗？"

"是的，"柏老太太直望着她，"你从根本就错了！"

"妈？"她轻蹙着眉梢。

"别叫我妈！记住这点！你只能在需文面前叫我妈，因为我不愿让需文伤心，其他时候，你要叫我老太太，听到了吗？"

含烟的脸孔白得像一张纸。

"你——你——你的意思是……"她结舌地说。

"我的意思吗?"柏老太太冷哼了一声,"我不喜欢你,含烟!"她坦白地说,紧盯着含烟,"你的历史我已经都打听清楚了,起先我只认为他娶了一个女工,还没料到比女工更坏,他竟娶了个欢场女子!我想,你是用尽了手段来勾引他的了。"

含烟的眼睛张得好大好大,她的嘴唇颤抖着,一时间,她竟一句话也答不出来,只朦胧地、痛楚地感到,自己刚建立起来的、美丽的世界,竟这么快就粉碎了。

"你很聪明,"柏老太太继续说,"你竟把需文收得服服帖帖的。但是,你别想连我一起玩弄于股掌之上,你走进我家的一刹那,我就知道你是个怎样的女人!含烟,你配不上需文!"

含烟直视着柏老太太,事实上,她什么也没有看到,泪浪已经封锁了她的视线。她的手脚冰冷,而浑身战栗,她已被从一个欢乐的山巅上抛进了一个不见底的深渊里,而且,还在那儿继续地沉下去,沉下去,沉下去。

"不用流眼泪!"柏老太太的声音冷幽幽地在深渊的四壁回荡,"眼泪留到男人面前去流吧!现在,我要你坦白告诉我,你嫁给需文之前,是清白的吗?"

含烟没有说话。

"说!"柏老太太厉声喊,"回答我!"

含烟哀求地看了柏老太太一眼。

"不。"她哑声说,"需文什么都知道。"

"他知道!哼!他居然知道!千挑万选,娶来这样一个女人!"柏老太太怒气冲冲地看着含烟，那张苍白的脸，那对泪汪汪的眸子！她就是用这份柔弱和眼泪来征服男人的吧！"你错了，"她盯着含烟，"你不该走进这个家庭里来的！你弄脏了整个的柏家！"

含烟的身子摇晃了一下，她看来摇摇欲坠。

"你……"她震颤地、受伤地、无力地、继续地说，"你……要……要我怎样？离……离开……这儿吗？"

"你愿意离开吗？"她审视着含烟。

含烟望着她，然后，双腿一软，就跪了下去。跪在那儿，含烟用一对哀哀无告的眸子，恳求地看着她。

"请别赶我走！"她痛苦地说，"我知道我不好，我卑贱、我污秽……可是，可是，可是我爱着他，他也爱着我，请求你，别赶我走！"

"哼，我知道你不会舍得离开这儿的！"柏老太太挑了挑眉梢，"含烟山庄？含烟山庄！你倒挣得了一份大产业！"

"妈——"她抗议地喊。

"叫我老太太！"柏老太太厉声喊。

"老太太！"她颤抖着叫，泪水夺眶而出，用手堵住了嘴，她竭力阻止自己痛哭失声，"你——你弄错了，我——我——从没有想过——关于产业——产业——"她啜泣着，语不成声。

"我知道你会这样说！"柏老太太冷笑了，"你用不着解释，我对你很清楚！不过，你放心，我不会赶你走！因为，我不能连我的儿子一起赶走，他正迷恋着你呢！你留在这儿！但别在我面前耍花样！听到了吗？我活着一日，我就会监视你一日！你别想动他的财产！别想插手他的事业！别想动他的钱！"

"老太太……"她痛苦地叫着。

“还有，”柏老太太打断了她，“我想，你急于要到霈文面前去搬弄是
非了。”

含烟用手蒙住了脸，猛烈地摇着头。

“你最好别在霈文面前说一个字！”柏老太太警告地说，“假若你希
望在这儿住下去的话！如果你破坏我们母子的感情，我不会放过你！”

含烟拼命地摇着头。

“我不说，”她哭泣着，“我一个字也不说！”

柏老太太把脸掉向了另一边。

“现在，你去吧！”她说，“记住我说的话！”

含烟哭着站起身来，用手捂着嘴，她急急地向门口走去，才走到门
口，她又听到柏老太太严厉的声音：

“站住！”

她站住了，回过头来，柏老太太正森冷地望着她。

“以后，你的行动最好安分一些，我了解你这种欢场中的女子，生
来就是不安于室！我告诉你，高立德年轻有为，你别再去勾引他！你当
心！我不允许你让霈文戴绿帽子！”

“哦！老太太……”含烟喊着，泪水奔流了下来，她一句话也说不
出，掉转头，她打开房门，冲了出去。立即，她奔回自己的房间，关上
了房门，她就直直地扑倒在床上。把头深深地埋进枕头里，她沉痛地、
悲愤地、心魂俱裂地啜泣起来。

一直到中午吃午餐的时候，含烟才从她的房里走出来。她的脸色是
苍白的，眼睛是浮肿的，坐在餐桌上，她像个无主的幽灵。高立德刚从
茶园里回来，一张晒得发红的脸，一对明朗的眼睛，他望着含烟，心无
城府地说：

"哈！你失信了，你不是说要到茶园里去采茶吗？怎么没去呢？怕晒太阳，是吗？"

含烟勉强地挤出了一个微笑，像电光一闪般，那微笑就消失了，她什么话都没说，只是心神恍惚地垂下头去。高立德有些惊奇，怎么了？什么东西把这女人脸上的阳光一起带走了？她看来像才从地狱里走出来一般。他下意识地看着柏老太太，后者脸上的表情是莫测高深的，带着她一向的庄重与高贵，那张脸孔是没有温情，没有喜悦，没有热也没有光的。是这位老太太给那小女人什么难堪了？他敏感地想着，再望向含烟，那黑发的头垂得好低，而碗里的饭，却几乎完全没有动过。

黄昏的时候，含烟走出了含烟山庄，沿着那条泥土路，她向后走去，缓缓地、沉重地、心神不属地。路两边的茶园里，一群群的女工还在忙碌地采着茶，她们工作得很起劲，弯着腰，唱着歌，挽着篮子。那些女工和她往日的打扮一样，也都戴着斗笠，用各种不同颜色的布，包着手脚。那不同颜色的衣服，散在那一大片绿油油的茶园里，看起来是动人的。她不知不觉地站住了步子，呆呆地看着那些女工发愣，假若……假若当初自己不晕倒在晒茶场中，现在会怎样呢？依然是一个女工？她用手抚摩着面颊，忽然间，她宁愿自己仍然是个女工了，她们看来多么无忧无虑！在她们的生活里，一定没有侮辱、轻蔑和伤害吧！有吗？她深思着。或者也有的，谁知道呢？人哪，你们是些残忍的动物！最残忍的，别的动物只在为生存作战时才伤害彼此，而你们，却会出于种种原因彼此残杀！人哪！你们多残忍！

一个人从山坡上跑了过来，笑嘻嘻地停在含烟面前嚷着说：

"你还是来了，要加入我们吗？不过，你来晚了，我们已经要收工了。"

含烟瑟缩地看了高立德一眼，急急地摇着头，说：

"不！不！我不是来采茶的，我是……是想去松竹桥等霈文的。"

高立德审视她，然后，他收住了笑，很诚恳地说：

"柏老太太给了你什么难堪吗？"

她惊跳了一下，迅速地抬起头来，她一迭连声地说：

"没有，没有，完全没有！她是个好母亲，她怎会给我难堪呢？完全没有！你别胡说啊！完全没有！"

高立德点了点头。

"那么，你去吧！"他又笑了，"霈文真好福气！我手下这些女工，就没有一个晕倒的！"

含烟的脸上涌起了一阵尴尬的红晕，高立德马上发现自己说错了话，这样的玩笑是过分了一些，他显然让她不安。他立刻弯了弯腰：

"对不起，我不是有意……"

她微笑了一下，摇摇头，似乎表示没有关系，她的思想仍在一个遥远的地方，一个遥远的深谷里。她那沉静的面貌给人一种怆恻而悲凉的感觉。高立德不禁怔住了，那属于新娘的喜悦呢？那幸福的光彩呢？这小女人身上有着多重的负荷！她怎么了？

含烟转过了身子，她继续向那条路上走去了。落日照着她，那踽踽而行的影子又瘦又小又无力，像个飘荡的、虚浮的幽灵。高立德打了个寒战，一个不祥的预感罩住了他，他完全呆住了。

到了松竹桥，含烟在那桥头的栏杆上坐了下来，沐浴在那秋日的斜晖中，她安安静静地坐着，倾听着桥下的流水潺潺。斜阳在水面洒下了一片柔和的红光，芦花在晚风中摇曳，她出神地望着那河水，又出神地望着天边的那轮落日和那满天的彩霞，不住地喃喃自问着：

"我错了？我做错了？"

她不知道这样坐了多久，终于，一阵熟悉的汽车喇叭声惊动了她，她跳起来，霈文及时刹住了车子，她跑过去，霈文打开了车门，笑着说："你怎么坐在这儿？"

"我等你！"她说着，钻进了车子。

"哈！你离不开我了！我想。"霈文有些得意，但是，笑容立即从他唇边消失了，他审视她，"怎么，含烟？你哭过了吗？"

"没有，没有。"她拼命地摇头，可是，泪水却不听指挥地涌进了眼眶里，迅速地淹没了那对黑眼珠。霈文的脸色变了，他把车子停在路边的山脚下，熄了火。一把揽过了含烟，他托起她的下巴来，深深地、研究地望着那张苍白的小脸，郑重地问：

"怎么了？告诉我！"

她又摇了摇头，泪珠滚落了下来。

"只是想你，好想好想你。"她说，把面颊埋进了他胸前的衣服里，用手紧抱住他的腰。

"哦，是吗？"他松了口气，不禁怜惜地抚摩着她的头发，"你这个小傻瓜！你吓了我一大跳！我不过才离开你几个小时，你也不该就弄得这样苍白呀！来，抬起头来，让我再看看你！"

"不！"她把头埋得更深了，她的身子微微地战栗着，"以后我跟你去工厂好吗？我像以前一样帮你做事！"

"别傻了，含烟！你现在是我的妻子，不是我的女秘书！"他笑了，"告诉我，你一整天做了些什么？"

"想你。好想好想你。"

他扶起她的头来，注视着她。

"我也想你，"他轻轻地说，"好想好想你！"

她闪动着眼睑。

"你爱我吗，霈文？"她幽幽地问。

"爱你吗？"他从肺腑深处发出一声叹息，"爱得发疯，爱得发狂，爱进了骨髓。含烟！"

她叹了口气，仰躺在靠垫上，合上了眼睛。一个微笑慢慢地浮上了她的嘴角，好甜蜜、好温柔、好宁静的微笑。她轻轻地，像自语地说：

"够了。为了这几句话，我可以付出任何代价！我还有什么可以求的呢？还有什么可怨的呢？"把头倚在他的肩上，她叹息着说，"我也爱你，霈文！好爱好爱你！我愿为你吃任何的苦，受任何的罪，哪怕是要我上刀山，下油锅，我也不怕！"

"傻瓜！"他笑着，"谁会让你上刀山下油锅呢？你在胡思乱想些什么？"他拥着她，揉着她，逗着她，呵她的痒，"你说！你是不是个傻丫头？是不是？是不是？"

"是的！"她笑着，泪珠在眼眶中打转，"是的，是的！我是个傻丫头！傻丫头！"她笑弯了腰。笑得喘不过气来，笑得滚出了眼泪。

拾玖

NINETEEN

她隐隐感到，终有一天，这婚姻会完全粉碎。这撕裂了她的心，刺痛了她的感情。

就这样，对含烟来说，一段漫长的、艰苦的挣扎就开始了。霈文呢？自结婚以后，他对人生另有一种单纯的、理想化的看法，他高兴，他陶醉，他感恩，他满足。他自认是个天之骄子，年纪轻轻，有成功的事业，有偌大的家庭，还有人间无二的娇妻！他夫复何求？而茶叶的生意也越做越大了，他年轻，他有着用不完的精力，于是，他热心地发展着他的事业。随着业务的蒸蒸日上，他也一日比一日忙碌，但他忙得起劲，忙得开心，他常常捧着含烟的脸，得意地吻着她小小的鼻尖说：

"享乐吧！含烟，你有一个能干的丈夫！"

含烟对他温温柔柔地笑着，虽然，她心里宁愿霈文不要这样忙，宁愿他的事业不要发展得这么大。但是，她嘴里什么都没说，她知道，一个好妻子，是不应该把她的丈夫拴在身边的，男人，有男人的世界，每个男人，都需要一份成功的事业来充实他，来满足他那份男性的骄傲。

可是，含烟在过着怎样一份岁月呢？

每日清晨，霈文就离开了家，开始他一日忙碌的生活，经常要下午五六点钟才能回来，如果有应酬，就会回来得更晚。含烟呢？她修剪着花园里的玫瑰花，她整理花园，她学做菜，她布置房间，她做针线……她每日都逗留在家中。她不敢单独走出含烟山庄的大门，她不敢去台北，甚至不敢到松竹桥去迎接霈文。因为，柏老太太时时刻刻都在以她那一对锐利而严肃的眼睛跟踪着她，监视着她。只要她的头伸出了含烟山庄的铁门，老太太就会以冷冰冰的声音说：

"怎么了？坐不住了吗？我早就知道，以你的个性，想做个循规蹈矩的妻子是太难了。"

她咬住牙，控制了自己，她就不走出含烟山庄一步！这个画栋雕梁的屋子，这个花木扶疏的庭园，这个精致的楼台亭阁，竟成了她的牢笼，把她给严严密密地封锁住了。于是，日子对于她，往往变得那样漫长，那样寂寞，那样难耐。倚着窗子，她会分分秒秒地数着需文回家的时间。在花园里，她会对着一大片一大片的玫瑰花暗弹泪珠。柏老太太不会忽视她的眼泪，望着她那盈盈欲涕的眸子，她会说：

"柏家有什么地方对不起你吗？还是你懊悔嫁给需文了？或者，是我虐待了你吗？你为什么一天到晚眼泪汪汪的，像给谁哭丧似的？"

她拭去了她的眼泪，头一次，她发现自己竟没有流泪的自由。但，柏老太太仍然不放过她，盯着她那苍白而忧郁的面庞，严厉地问："你为什么整天拉长了脸？难道我做婆婆的，还要每天看你的脸色吗？需文不在家，你算是对谁板脸呢？"

"哦，老太太！"她忍受不住地低喊着，"你要我怎样呢？你到底要我怎样呢？"

"要你怎样？"柏老太太的火气更大了，"我还敢要你怎样？我整天看你的脸色都看不完，我还敢要你怎样？你不要我怎样，我就谢天谢地了！我要你怎样？听听你这口气，倒好像我在欺侮你……"

"好了，我错了，我说错了！"含烟连忙说，竭力忍住那急欲夺眶而出的眼泪。

在这种情形之下，她开始回避柏老太太，她把自己关在卧室里，整日不敢走出房门，因为，一和柏老太太碰面，她必定动辄得咎。可是，柏老太太也不允许她关在房里，老太太会说：

"我会吃掉你吗？你躲避我像躲避老虎似的！还是我的身份比你还低贱，不配和你说话吗？"

她又不敢关起自己来了。从早到晚，她不知道自己该怎样做才能不挨骂，怎样做才算是对的！随时随地，她都要接受老太太严厉的责备和冷漠的讥讽。至于她那不光荣的过去，更成为老太太时时不离口的话题：

"我们柏家几代都没有过你这种身份的女人！"

"只有你这种女人，才会挑唆男人瞒住母亲结婚，你真聪明，造成了既成事实，就稳稳地取得了'柏太太'的地位了！"

"我早知道，需文就看上了你那股狐狸味！"

这种耳边的絮絮叨叨，常逼得含烟要发疯。一次，她实在按捺不住了，蒙住了耳朵，她从客厅中哭着冲进花园里。正好高立德从茶园中回来，他们撞了一个满怀，高立德慌忙一把扶住她，惊讶地说：

"怎么了，房里有定时炸弹吗？"

她收住了步子，急急地拭去眼泪，掩饰地说：

"没有，什么都没有。"

高立德困惑地蹙起了眉头，仔细地看着她。

"但是，你哭了？"

"没有，"她猛烈地摇头，"没有，没有，没有。"

高立德不再说话了，可是，他知道这屋子里有着一股暗流。只有他，因为常在家里，他有些了解含烟所受的折磨。但他远远地退在一边，含烟既然一点儿也不愿表示出来，他也不想管这个闲事，本来，婆媳之间，从人类有历史以来，就有着数不清的问题。

花园中这一幕落到老太太眼中，她的话就更难听了：

"已经开始了，是吗？"她盯着含烟，"我早就料到你不会放过高立德的！"

"哦，老太太！"含烟的脸孔雪白，眼睛张得好大好大，"您不能这样冤枉我！您不能！"

"冤枉？"老太太冷笑着，"我了解你这种女人，了解得太清楚了！你要怕被冤枉的话，你最好离他远一点儿！我告诉你，我看着你呢，你的一举一动都逃不过我的眼睛！你小心一点儿吧！"

含烟憔悴了，苍白了。随着日子的流逝，她脸上的光彩一日比一日暗淡，神色一日比一日萧索。站在花园里，她像弱柳临风，坐在窗前，她像一尊小小的大理石像，那样苍白，那样了无生气。需文没有忽略这点。晚上，他揽着她，审视着她的面庞，他痛心地说：

"怎么？你像一株不服水土的兰花，经过我的一番移植，你反而更憔悴了。这是怎么回事？含烟，你不快乐吗？告诉我，你不快乐吗？"

"哦，不。"她轻声地说，"我很快乐，真的，我很快乐。"她说着，却不由自主地泫然欲泣了。

他深深地看着她，他的声音好温柔、好担忧：

"含烟，你要为我胖起来，听到了吗？我不愿看到你苍白消瘦！你要为我胖起来，红润起来，听到没有？"

"是的，"她顺从地说，泪珠却沿颊滚落，"我会努力，需文，我一定努力去做。"

他捧着她的脸，更不安了。

"你为什么哭？"

"没有，我没哭，"她用手抱住他的腰，把脸埋在他怀中，"我是高兴，高兴你这样爱我。"

他推开她，让她的脸面对着自己，他仔仔细细地审视她，深深切切地观察她，他的心灵悸动了，他多么爱她，多么爱这个柔弱的小妻子！

"告诉我，含烟，"他怀疑地说，"妈有没有为难你？你们相处得好吗？"

"噢！"她惊跳了，急切地说，"你想到哪儿去了？妈待我好极了，她是个好母亲，我们之间没问题，一点儿问题都没有。"

"那么，我懂了。"霈文微笑着，亲昵地吻她，"你是太闷了，可怜的、可怜的小女人，你不该嫁给一个商人做妻子。这是我的过失，我经常把你一个人丢在家里，以后，我一定要早些回家，我要推掉一些应酬，我答应你，含烟。"

"不，别为我耽误你的工作，"含烟望着他，"可是，让我去工厂和你一起上班吧！我会帮你做事！"

"你希望这样吗？"

"是的。"

"这会使你快乐些吗？"

她垂下了头，默然不语。

"那么，好的，你来工厂吧！像以前一样，做我的女秘书！"

她喜悦地扬起睫毛来，然后，她抱住了他的脖子，主动地吻他，不住地吻他，不停地吻他。那晚上，她像个快乐的小仙子，像个依人的小鸟。可是，这喜悦只维持了一夜，第二天早餐桌上，柏老太太轻轻易易地推翻了整个的计划，她用不疾不徐的声音，婉转而柔和地说：

"为什么呢？含烟去工厂工作，别人会说我们柏家太小儿科了。而且，含烟在家可以跟我做伴，女人天生是属于家庭的，创事业是男人的事儿，是不是？含烟，我看你还是留在家里陪我吧！"

含烟看着柏老太太，在这一瞬间，她了解了一项事实，柏老太太不会放过她，永远不会放过她！就像孙悟空翻不出如来佛的掌心似的，她也翻不出柏老太太的掌心。随着含烟的目光，柏老太太露出那样慈祥的微笑来，这微笑是给需文看的，她知道。果然，需文以高兴的声调，转向含烟说：

"怎样，含烟？我看你也还是留在家里陪妈好，你说呢？"

含烟垂下了头，好软弱好软弱地说：

"好吧，就依你们吧！我留在家里。"

她看到柏老太太胜利的目光，她看到需文欣慰的目光，她也看到高立德那同情而了解的目光。她把头埋在饭碗上面，一直到吃完饭，她没有再说过话。

就这样，日子缓慢而滞重地滑了过去，含烟的憔悴日甚一日，这使柏需文担忧，他请了医生给含烟诊视，却查不出什么病源来，她只是迅速地消瘦和苍白下去。晚上，每当需文怀抱着她那纤细的身子，感到那瘦骨支离，不盈一把，他就会含着泪，拥着她说：

"你怎么了，含烟？你到底是怎么了？"

含烟会娇怯地依偎着他，喃喃地说：

"我很好，真的，我很好。只要你爱我，我就很好。"

"可是，我的爱却不能让你健康起来啊！"需文烦恼地说，他不知道自己的小妻子是怎么回事。

于是，柏老太太开始背着含烟对需文说话了：

"她是个不属于家庭的女人，需文。我想，她以前的生活一定是很活跃的。她有心事，她一天到晚都愁眉苦脸的。她过不惯正常的生活，我想。"

"不会这样！"需文烦躁地说，"她只是身体太弱了，她一向就不很健康。"

春天来了，又过去了，暮春时节，细雨纷飞。含烟变得非常沉默了，她时常整日倚着栏杆，对着那纷纷乱乱的雨丝出神，也常常捧着一束玫瑰花暗暗垂泪。这天黄昏，需文回家之后，就看到她像个小木偶似的独坐窗前，膝上放着一张涂抹着字迹的纸，他诧异地走过去，拿起那张字条，他看到的是含烟所录的一阕词：

> 庭院深深深几许？
> 杨柳堆烟，帘幕无重数，
> 玉勒雕鞍游冶处，
> 楼高不见章台路！
>
> 雨横风狂三月暮，
> 门掩黄昏，无计留春住！
> 泪眼问花花不语，
> 乱红飞过秋千去！

他看完了，再望向含烟，他看到含烟正以一对哀哀欲诉的眸子瞧着他，在这一瞬间，他有些了解含烟了，庭院深深深几许？这含烟山庄成了一个精致的金丝笼啊！他握住了她的手，在她面前的地毯上坐下来，把头放在她的膝上，他轻轻地说：

"我们去旅行一次，好吗？"

她震动了一下。

"真的？"她问。

"真的，我可以让赵经理暂代工厂的业务。我们去环岛旅行一次，到南部去，到阿里山去，到日月潭去，让我们好好地玩一个星期。好吗？"

她用手揽住他的头，手指摩挲着他的面颊，她的眼睛深情脉脉地注视着他，闪耀着梦似的光芒。她低低地、做梦般地说：

"啊！我想去！"

"明天我就去安排一切，我们下星期出发，怎样？"

她醉心地点点头，脸庞罩在一层温柔的光彩中。

但是，第二天，柏老太太把含烟叫进了她的房中，她锐利地盯着她，森冷地说：

"你竟教唆着他丢下正经工作，陪你出去玩啊？你在家里待不住了，是吗？现在结婚才多久，已经是这样了，以后怎么办呢？你这种女人，我早就知道了，你永远无法做一个贤妻良母！但是，你既嫁到柏家来，就该学习做一个正经女人，学习柏家主妇的规矩！"

于是，晚上，这个小女人对需文婉转轻柔地说：

"我不想去旅行了，需文，我们取消那个计划吧！"

"怎么啦？"需文不解地问，"为什么？"

"没有为什么，"含烟转开了头，不让他看到她眼中的泪光，"只是，我不想去了。"

需文蹙起了眉头，不解地看着她的背影，他觉得，他是越来越不了解她了。她像终日隐在一层薄雾里，使他探索不到她的心灵，看不清她的世界，她距离他变得好遥远好遥远了。于是，他愤愤地说：

"好吧！随你便！只是，我费了一整天的时间去计划、去安排，都算是白做了！"

含烟咬紧了牙，泪珠在眼眶里打着转，喉咙中哽着好大的一个硬块，她继续用背对着他，默默地不发一语。这种沉默和冷淡更触动了需文的怒气。他不再理她，自顾自地换上睡衣，钻入棉被，整晚一句话也不说。含烟坐在床沿上，她就这样呆呆地坐着，一任泪水无声无息地在面颊上奔流。她看到了她和需文之间的距离，她也看到她和需文之间的裂痕。她隐隐感到，终有一天，这婚姻会完全粉碎。这撕裂了她的心，刺痛了她的感情。她不敢哭泣，怕惊醒了需文，整夜，她就这样呆坐在床沿上流泪。

黎明的时候，需文一觉睡醒，才发现身边是空的，他惊跳起来，喊着说：

"怎么？含烟，你一夜没睡吗？"

他扳过她的身子，这才看到她满面的泪痕，他吃惊了，握着她的手臂，他惶然地叫：

"含烟！"

她望着他，新的泪珠又涌了出来，然后，她扑到他的脚前，用手臂紧抱着他，她哭泣着喊：

"哦，需文，你不要跟我生气，不要跟我生气吧！我一无所有，只有你！如果你再跟我生气，我就什么都没有了！那我会死掉，我一定会死掉！如果你有一天不要我，我会从松竹桥上跳下去！"

"噢，含烟！"他嚷着，战栗地揽紧了她，急促地说，"我不该跟你生气，含烟，是我不好，都是我不好，别伤心了，含烟！我再不跟你生气了！再不了！我发誓不会了！"他拥住她，于是，他们在吻与泪中和解，重新设下无数的爱的誓言。为了弥补这次的小裂痕，需文竟在数天后，送了含烟一个雕刻着玫瑰花的木盒，里面盛满了一盒的珠宝。不过，含烟几乎从不戴它们，因为怕柏老太太看到之后又添话题。她只特别喜欢一个玫瑰花合成的金鸡心项链，她在那小鸡心中放了一张和需文的合照，经常把这项链挂在颈间。

这次的误会虽然很快就过去了，但是，含烟和需文之间的距离却是真的在一天比一天加重了。

含烟是更忧郁，更沉默了。这之间，唯一一个比较了解的人是高立德，他曾目睹柏老太太对含烟的严厉，他也曾耳闻柏老太太对她的训斥，当含烟被叫到老太太屋里，大加责难之后，她冲出来，却一眼看到高立德正站在走廊里，满脸沉重地望着她。

她用手蒙住了脸，痛苦地咬住了嘴唇，高立德走了过来，在她耳边轻声地说：

"到楼下去！我要和你谈一谈！"

她顺从地下了楼，在客厅的沙发上坐下来。高立德站在她的面前，他低沉地说：

"你为什么不把一切真实的情况告诉霈文？你要忍受到哪一天为止？"

她迅速地抬起头来，紧紧地注视着高立德，她说：

"我不能。"

"为什么不能？"

"我不能破坏他们母子的感情！我不能让霈文烦恼，我不能拆散这个家庭，我更不能制造出一种局面，是让霈文在我和他母亲之间选一个！"

"那么，你就让她来破坏你和霈文吗？你就容忍她不断地折磨吗？"

"或者，这是我命该如此。"含烟轻轻地说。

高立德嗤之以鼻。

"什么叫命？"他冷笑着说，"含烟，你太善良了，你太柔弱了，我冷眼旁观了这么久的日子，我实在为你抱不平。你没有什么不如人的地方，含烟，你不必自卑，你不必忍受那些侮辱，坚强一点儿，你可以义正词严地和她辩白呀！"

"那么，后果会怎样呢？"含烟忧愁地望着他，"争吵得家里鸡犬不宁，让需文左右为难吗？不！我嫁给需文，是希望带给他快乐，是终身的奉献，因为我爱他，爱情中是必定有牺牲和奉献的，为他受一些苦，受一些折磨，又有何怨呢？"

"别说得洒脱，"高立德愤愤不平地说，"你照照镜子，你已经苍白憔悴得没有人样了，你以为这样下去，会永久太平无事吗？不要太天真！"他俯身向她，热心地说，"你既然不愿意告诉需文，让我去对他说吧，我可以把我所看到的和我所听到的去告诉他，这只是我的话，不算是你说的！"

含烟大大地吃了一惊，她迅速地、急切地抓住了他的手腕，一口气地说：

"不，不，不！你绝不能！我请求你！你千万不能对需文吐露一个字！他一直以为我和他母亲处得很好！我费尽心机来掩饰这件事，你千万不能给我说穿！我不要需文痛苦！你懂吗？你了解吗？他是非常崇拜而孝顺他母亲的，他又那样爱我，这事会使他痛苦到极点，而且……而且……"泪蒙住了她的视线，"不能使他母亲喜欢我，总是我的过失！"

高立德瞪视着她，怎样一个女性！柏需文，柏需文，如果你不能好好爱惜和保护这个女孩，你将是天字第一号的傻瓜！他想着，嘴里却什么话都没有说。

"你答应我不告诉他，好吗？"含烟继续恳求地说，她那瘦小的手仍然攀扶在他的手腕上。

"唉！"他低叹了一声，注视着她，轻声地说，"我只能答应你，不是吗？"

"谢谢你！"她幽幽地说，低下头去。

就在这时，他们听到楼梯上的响声，两人同时抬起头来，柏老太太正满面寒霜地站在楼梯上，冷冷地看着他们。含烟迅速地把手从高立德的手腕上收了回来，她僵在沙发中，脸色变得像雪一样白了。

庭院深深

贰拾

TWENTY

"不如离去！不如离去！"

　　日子慢慢地流逝。秋茶采过没有多久，冬天就来临了，这年的冬天，雨季来得特别早，还没进入阴历十一月，檐边树梢，就终日淅沥不停了。冬天不是采茶的季节，高立德停留在家的时间比以前更多了，相反地，柏霈文仍然奔波于事业，扩厂又扩厂，他收买了工厂旁边的地，又在大兴土木工程，建一个新的机器房。因为建筑图是他自己绘的，他务希达到他的标准，不可更改图样，所以，他又亲自督促监工，忙得不亦乐乎，忙得不知日月时间、天地万物了。在他血管中，那抹男性的、创业的雄心在燃烧着，在推动着他，他成为一个火力十足的大发动机。拥着含烟，他曾说：

　　"你带给我幸运和安定，含烟，你是我的幸运，我的力量，我爱你。"

　　含烟会甜甜地微笑着，她陶醉在这份感情中。努力吧！霈文！去做吧！霈文！发展你的前途吧！霈文！别让你的小妻子羁绊了你，你是个男人哪！

　　但是，同时，柏老太太没有放松含烟，她开始每日把含烟叫到她的屋子里来，她要含烟停留在自己的面前，做针线，打毛衣，或念书给她听。她坦白地对含烟说：

　　"你最好待在我面前，我得保护我儿子的名誉！"

　　"老太太！"她苍白着脸喊。

　　"别说！"老太太阻止了她，"我了解你！我完全了解你是怎样一种人物！"

　　她不辩白了。而且，随着时间的消逝，她有种疲倦的感觉，随她去吧！她顺从柏老太太，不争执，不辩白，当需文不在家的时候，她只是一个机器，一个幽灵。她任凭柏老太太责骂和训斥，她麻木了。

她的麻木却更刺激了柏老太，说她是个没有反应的橡皮人，是不知羞的，是没有廉耻的。不管怎么说，含烟只会用那对大而无神的眸子望着她，然后轻轻地、轻轻地叹口气，慢慢地低下头去。柏老太太更愤怒了，她觉得自己被侮辱了，被轻视了。因为，含烟那样子，就好像她是不值一理的，不屑于答复的。她开始对那些邻居老太太说：

"我那个儿媳妇啊，你跟她说多少话，她都像个木头人一样，只有在男人面前，她可就有说有笑的了。本来嘛，她那种出身……"

对于这种话，含烟照例是置若罔闻。但是，有关含烟的传说，却不胫而走了。柏家是巨富豪门，一点点小事都可以造成新闻，何况是男女间的问题呢！因此，当第二年春天，开始采春茶的时候，那些采茶的女孩，都会唱一支小歌了：

> 那是一个灰姑娘，灰姑娘，
>
> 她的眼睛大，她的眉儿长，
>
> 她的长发像海里的波浪，
>
> 她住在那残破的灶炉之旁！
>
> 她的舞步啊轻如燕，
>
> 她的歌声啊可绕梁，
>
> 她的明眸让你魂飞魄荡！
>
> 有一天她跟随了那白马王子，
>
> 走入了宫墙！走入了宫墙！
>
> 穿绫罗锦缎，吃美果茶浆，

　　　　住在啊，住在啊——
　　　　那庭院深深的含烟山庄！

　　这不知是哪一个好事之徒写的，因为含烟深居简出，一般人几乎看不到她的庐山真面目，因此，她被传说成了一个神话般的人物。可喜的是这歌词中对她并无恶意，所以，她也不太在乎。而且，另一件事完全分散了她的注意力，带给她一份沉迷的、陶醉的、期盼的喜悦，因为，从冬天起，她就发现自己快做母亲了。

　　含烟的怀孕，使需文欣喜若狂，他已经超过了三十岁，早就到了该做父亲的年龄，他迫不及待地渴望着那小生命的降临，他宠她，惯她，不许她做任何事。而且，他在含烟脸上看到了那份久已消失了的光彩，他暗中希望，一个小生命可以使她健康快乐起来。但是，柏老太太对这消息没有丝毫的喜悦可言，暗地里，她对需文说：

　　"多注意一下你太太吧！你整天在工厂，把一个年轻的太太丢在家里，而家里呢，偏巧又有个年轻的男人！"

　　"妈！"需文皱着眉喊，"你在暗示什么？"

　　"我不是暗示，我只是告诉你事实！"

　　"什么事实？"需文怀疑地问。

　　"含烟有心事，"柏老太太故意把话题转向另一边，"她只是受不惯拘束，我想。"

　　"你到底知道些什么，妈？"需文紧盯着问。

　　"你自己去观察吧，"柏老太太轻哼了一声，"我不愿意破坏你们夫妻的感情，我不是那种多事的老太婆！"

　　"可是，你一定知道什么！"需文的固执脾气发作了。柏老太太态度的暧昧反增加了他的疑心，他暴躁地说："告诉我！妈！"

"不，我什么都不知道，"老太太转开了头，"只看到他们常常握着手谈天。"

"握着手吗？"需文哼着说，声音里带着浓重的鼻音，他的眼睛瞪得好大。

"这也没什么，"柏老太太故意轻松地看向窗外，"或者，这也是很普通的事，立德既然是你的好朋友，当然也是她的好朋友，现在的社交，男女间都不拘什么形迹的。何况，他们又有共同的兴趣！"

"共同的兴趣？"

"一个喜欢玫瑰花，另一个又是农业的专家，一起种种花，除除虫，接触谈笑是难免的事情，你也不必小题大做！我想，他们只是很谈得来而已！"

"哦，是吗？"需文憋着气说，许许多多的疑惑都涌上了心头，怪不得她心事重重，怪不得她从不离开含烟山庄！怪不得她总是眼泪汪汪的！而且……而且……她曾要求去工厂工作，她是不是也曾努力过，努力想逃避一段轨外的感情？他想着，越想越烦躁，越想越不安。但是，最后，他甩了甩头，说：

"我不相信他们会怎样，含烟不是这样的人，这是不可能的！"

"当然，"柏老太太轻描淡写地说，"怕只是怕，感情这东西太微妙，没什么道理好讲的！"

这倒是真的，需文的不安加深了。他没有对含烟说什么，可是，他变得暴躁了，变得多疑了，变得难伺候了。含烟立即敏感地体会到他的转变，她也没说什么，可是，一层厚而重的阴霾已经在他们之间笼罩了下来。

当怀孕初期的那段难耐的、害喜的时间度过之后，天气也逐渐地热了。随着天气的转变，加上怀孕的生理影响，含烟的心情变得极不稳定。而柏老太太，对含烟的态度也变本加厉地严苛了。她甚至不再顾全含烟的面子，当着下人们和高立德的面，也一再给含烟难堪。含烟继续容忍着，可是，她内心积压的郁气却越来越大，像是一座活火山，内聚的热力越来越高，就终会有爆炸的一日。于是，一天，当柏老太太又在午餐的饭桌上对她冷嘲热讽地说：

"柏太太，一个上午没看到你，你在做什么？"

"睡觉。"含烟坦白地说，怀孕使她疲倦。

"睡觉！哼！"柏老太太冷笑着说，"到底是出身不同，体质尊贵，在我做儿媳妇的时代，哪有这样舒服，可以整个上午睡觉的？"

含烟凝视着柏老太太，一股郁闷之气在她胸膛内汹涌澎湃，她尽力压制着自己，但是，她的脸色好苍白，她的胸部剧烈地起伏着，她瞪视着老太太，一语不发。

这瞪视使柏老太太冒火，她也回瞪着含烟，语气严厉地说：

"你想说什么吗？别把眼睛瞪得像个死鱼！"

含烟咬了咬嘴唇，一句话不经考虑地冲口而出了：

"我有说话的余地吗，老太太？"

柏老太太放下了饭碗，愤怒燃烧在她的眼睛中，她凝视含烟，压低了声音问：

"你是什么意思？"

"我的意思是——"含烟轻声地，但却有力地、清晰地说，"在你面前，我从没有说话的余地，你是慈禧太后，我不过是珍妃而已！"

高立德迅速地望向含烟，她的反抗使他惊奇，但，也使他赞许，他不自禁地浮起了一个微笑，用一副欣赏而鼓励的眼光望着她。这表情没有逃过柏老太太的视线，她愤怒地望着他们，然后，她摔下了筷子，一句话也没有说，就转过身子，昂着头，一步步地走上楼去了。她的步伐高贵，她的神情严肃，她的背脊挺直……那模样，那神态，俨然就是慈禧太后。

目送她走上了楼，高立德微笑地说：

"做得好！含烟，不过当心一点儿吧！她不会饶过你的！你最好让我对需文先说个清楚！"

"不要！立德！"含烟急促地说，"请你什么话都不要说！你会使事情更复杂化！"

于是，高立德继续保持着沉默。但是，这天下午，需文匆匆地从工厂中赶回来了，显然是柏老太太打电话叫他回来的。他先去了母亲的房间，然后，他回到自己的卧室，面对着含烟，他的脸色沉重而激怒。含烟望着他，她知道柏老太太对自己一定有许多难听的言辞，她等待着，等待着需文开口，她的表情是忧愁而被动的。

"含烟，你是怎么回事？"柏需文终于开了口，声音是低沉的、责备的、不满的，"你怎么可以对妈那样？她关怀你，对你好，而你呢？含烟！你应该感恩啊！"

含烟继续望着他，她的眉峰慢慢地聚拢，她的眼睛慢慢地潮湿，但她没有说话，一句话都没说。

"含烟，你变了！"需文接着说，"你变得让人不了解了！我不懂你是怎么了，你有什么心事吗？你对柏家不满吗？我对你还不够好吗？含烟，说实话，你最近的表现让我失望！"

含烟仍然望着他，但，泪水缓缓地沿着面颊滚落下来了，她没有去擦拭它，她一任泪珠奔泻，她的眼睛张得大大的，闪着泪光，闪着不可置信的光芒。带着悲哀，带着委屈，带着许许多多难言的苦楚。需文紧锁着眉头，含烟的神情使他心软，可是，他横了横心，命令地说："擦干眼泪！含烟，去向妈道歉去！"

含烟轻轻地摇了摇头。

"去！"需文握住了她的肩膀，站在她的面前。她正坐在床沿上，仰着头望着他。他摇撼着那肩膀，严厉地说：

"你必须去！含烟！"

"不！"她终于吐出了一个字。

"含烟！"他愤怒地喊，"立刻去！"

她垂下了头，用手蒙住了脸，她猛烈地摇头。

"不！不！不！"她一迭连声地说，"别逼我，需文，你别逼我！"

"我必须逼你！"需文的脸色严肃，"母亲是一家之长，我不能让人说，柏需文有了太太就忘了娘，你如果是一个好女人，一个好妻子，也不应该让我面对这个局面，让我蒙不孝之名！所以，你必须去！"他的声音好坚定，好沉重，"听到了吗？含烟，你无从选择，你必须去！"

含烟抬起头来了，她再度仰视着他，她的声音空洞、迷惘，而苍凉，像从一个好远好远的地方传来。

"你一定要我这样做？"她问，幽幽地，她的眼光透过了他，落在一个不知道的地方。

"是的！"需文说，却不自禁地打了个寒战，含烟的神情使他有种不祥之感。

"那么，我去！"她站起身来，立即往门口走去，一面自语似的说，"但是，需文，你会后悔！"

他抓住了她的胳膊，紧盯着她。

"你是什么意思？"

她望着他，缓缓地摇了摇头，没有回答。挣脱了他的掌控，她走出了门外。她的身子僵直，她的脸色苍白而一无表情。她径直走到柏老太太的门前，推开了门，她直视着柏老太太，用背台词一样的声音，清清楚楚地说：

"我错了，老太太，请你原谅我。因为我出身微贱，不懂规矩，冒犯了你，希望你宽宏大量，饶恕我的过失。"

说完，她不等柏老太太的回答，就立刻转过身子，走回自己的房间，她只走到了房门口，就被一阵突来的眩晕和软弱打倒了，她踉跄了一下，仓促间，她想用手扶住门，但没有扶住，她扑倒了下去，晕倒在门前的地毯上面。

霈文大喊了一声，他冲过来，抱住了她的头，直着嗓子喊：

"含烟！含烟！含烟！"

她一无所知地躺着，头无力地垂在他的手腕上。她的嘴唇毫无血色，呼吸微弱，霈文的心脏收紧了，绞痛了，冷汗从他额上沁了出来。他苍白着脸，抱起她来，仍然一迭连声地喊着：

"含烟！含烟！含烟！"

整栋房子里的人都被惊动了，高立德也从他房里冲了过来，一看到这情况，他立即采取了最理智的步骤，他冲向楼下客厅，拨了电话给含烟的医生。

霈文把含烟放在床上，他焦急地摇撼着她，掐着她的人中，用冷毛巾敷她的头，一面不停地喊着：

"含烟！醒来！含烟！醒来！含烟，我心爱的，醒来吧！含烟！含烟！"

他吻她的面颊，吻她的额，吻她那冷冰冰的嘴唇。但她毫无反应，她那张小小的脸比纸还白，乌黑的两排长睫毛无力地垂着，在眼睑下投下了两个弧形的阴影。

医生来了，经过了一番忙碌的打针，安胎，诊断，然后，医生严肃地说：

"最好别刺激她，让她多休息，否则，这胎儿会保不住的。"

医生走了之后，霈文仍然守在含烟的身边。柏老太太只来看了一眼，就走开了，她认为含烟的晕倒完全是矫情，是装模作样，因此，她对含烟更增加了一份嫌恶，多会施手段的小女人！她显然又让霈文神魂颠倒了。

好久之后，含烟才醒了过来，她慢慢地张开眼睛，一时间，有点儿恍恍惚惚，她似乎是想不起来发生了什么事。霈文深深地注视着她，他怜惜地抚摩着她的面颊、她的头发、她那瘦瘠的小手。眼泪涌进了他的眼眶，他轻声地叫：

"含烟！"

她望着他，想起经过的事情来了，翻转了身子，她用背对着他，把头埋进了枕头里，她什么话都没说。这无声的抗议刺痛了他，他看着她的背脊，以及她那瘦弱的肩膀。她一向是多么柔顺，为什么变得这样冷漠了？他痛心地想着。然后，他伸出手来，轻轻地抚弄着她的头发，低声地说：

"别生我的气，含烟，我也是无可奈何啊！我知道婆媳之间不容易相处，但是，谁叫我们是晚辈呢？"

她继续沉默着，躺在那儿动也不动。霈文心中的痛楚在扩大，他隐隐地感到，含烟在远离他了，远离他了。他摸不清她的思想，他走不进她的领域，他们间的距离越来越远。为什么呢？他沉痛地思索着。难道……难道……难道真是为了高立德？他想着当她晕倒时，高立德怎样白着脸奔向客厅去打电话请医生，事后又怎样焦灼地在门口张望……他的心变冷了，他的手指僵硬地停在她的头发上。就这样，他在那儿呆坐了好长的一段时间。然后，他站起身来，一语不发地走出了房间。

含烟看着他出去，泪濡湿了枕头，她仍然一动也不动地躺着，但是，在她的心底，那儿有一个裂口，正在慢慢地滴着血。

霈文下了楼，高立德正坐在客厅中看晚报，看到了他，高立德放下报纸，关怀地问：

"怎样？她醒了吗？"

霈文瞪着他，你倒很关心啊！他想着。走开去倒了一杯茶，握着茶杯，他看着高立德，慢吞吞地说：

"是的，醒了。"

高立德注视着他。

"霈文，"他忍不住地说，"待她好一点儿，你常不在家，她的日子并不好过！"

霈文的眼光直直地射在他的脸上。

"你的意思是什么？"他闷闷地问。

"我想——"高立德沉吟地说，"你母亲并不很喜欢她。"

哦，你倒知道了？霈文紧紧地盯着他。原来是你在挑拨离间哦！你想在我们家扮演什么角色呢？他放下了茶杯，慢慢地，他一个字一个字地说：

"我也有句话要对你说，立德！以后，请你把心神放在茶园上，不要干涉我的家务事！"

高立德跳了起来，愤然地看向霈文，霈文却抛开他，径自走上楼去了。高立德气怔了，好久好久，他就这样愤愤地对楼梯上瞪视着。

接着，一连好几天，含烟没有下床。霈文和含烟之间，那层隔阂的高墙已经竖起来了，他们彼此窥测着对方，却都沉默着，不肯多说话。

含烟更憔悴，更苍白了，对着镜子，她常喃喃地自语着：

"你快死了！你已经没有生气了，你一定会死去！"

于是，她叹息着，她不甘愿就这样死去，这样沉默地死去！这样委屈地死去！她走下了楼，那儿有一间给霈文准备的书房，但是，霈文太忙了，他从没时间利用这书房。她走了进去，拿出一沓有着玫瑰暗花的信笺，她决心要写点儿什么，写出自己的悲哀，写出自己的爱情，写出自己的心声。于是，她在那第一页上，写下了一首小诗：

> 记得那日花底相遇，
> 我问你心中有何希冀，
> 你向我轻轻私语：
> "要你！要你！要你！"

> 记得那夜月色旖旎，
> 你问我心中有何秘密，
> 我向你悄悄私语：
> "爱你！爱你！爱你！"

> 但是今夕何夕？
> 你我为何不交一语？
> 我不知你有何希冀，
> 你也不问我心底秘密，
> 只有杜鹃鸟在林中啼嘘：
> "不如离去！不如离去！"

庭院深深

贰拾壹

TWENTY-ONE

千般恩爱，万斛柔情，皆已烟消云散。

炎热的夏季来临了，随着夏季的来临，是一连好几次的台风和豪雨。对含烟来说，这个夏季是漫长的、难挨的，也是充满了风暴和豪雨的。柏老太太变成了她的克星，她的灾难，和她的痛苦的泉源。从夏季开始，老太太就想出一个新的方式来折磨她，来凌侮她。她让含烟为她念书，念《刁刘氏演义》。那是一本旧小说，述说一个淫妇如何遭到天谴，每当她念的时候，老太太就以那种责备的、含有深意的眼光望着她，似乎在说：

"你就是这个女人！你要遭到天谴！你要遭到天谴！"

然后，她开始训练含烟走路的姿势，指正含烟的谈吐，她不住地说："把你那些欢场的习气收起来吧！你该学着做一个贵妇人！瞧你！满脸的轻佻之气！"

含烟受不了这些，一次，在无法忍耐的悲愤中，她冒雨奔出了含烟山庄，她狂奔，奔向松竹桥。那桥下，每当豪雨之后，山洪倾泻，河水就会变得高涨而汹涌。她奔到河边，却被随后追来的高立德捉住了。拉住了她，高立德脸色苍白地说：

"你要做什么，含烟？"

"让我去吧！我受不了！我受不了！"她哭泣着。

"含烟！勇敢起来！"高立德深深地望着她，语重心长地说，"你受了这么多苦难和委屈，都是为了爱需文，如果你寻了死，这一切还有什么价值呢？勇敢起来吧！你一直是我见过的最勇敢的女人！终有一天，霈文会了解你，你吃的苦不会没有代价的！好好地活下去！含烟！为了霈文，为了你肚里的孩子！"

是的，为了霈文，为了肚里的孩子！她不能死！含烟跟着立德回到了家里。从此，高立德密切地注意着含烟，保护着含烟，也常终日陪伴着含烟，跟她谈天，竭力缓和她那愁惨的情绪。他没有把含烟企图寻死的事告诉霈文，因为，关于他和含烟的绯闻，已经在附近传开了，他怕再引起霈文不必要的误会。

而含烟呢，自从淋雨之后，就病倒了，有好几日，她无法起床，等到能起床的时候，她已形销骨立，虚弱得像一个幽灵，她常常无故晕倒，醒来之后，她会对立德说：

"不要告诉霈文，因为他并不关心！"

霈文真的不关心吗？不是。他没有忽略含烟的虚弱，没有漠视她的苍白，但，他把整个真实的情况完全歪曲了。他认为这份苍白，这份憔悴，都为了另一个人！他怀疑她，他讥刺她！他嘲弄她！在他的讥刺和嘲弄下，含烟更沉默了，更瑟缩了，更忧愁了。含烟山庄不再是她的乐园，不再是她做梦的所在，这儿成了她的地狱，她的坟墓！她不愿再对霈文做任何解释，她一任他们间的冷战延续下去，一任他们的隔阂和距离日甚一日。看到含烟和自己默默无言，和立德反而有说有笑，霈文的疑心更重了。于是，他对她明显地冷淡了，挑剔了。他愤恨她的苍白，他诅咒她的消瘦，他把这些全解释成另一种意义。一次，看到她又眼泪汪汪地独坐窗前，他竟冷冷地念了一首古诗：

> 美人卷珠帘，
>
> 深坐颦蛾眉，

> 但见泪痕湿，
>
> 不知心恨谁？

听出他语气里那份冷冷的嘲讽和酸味，含烟抬起眼睛来瞪视着他，问："你以为我在恨谁？"

"我怎么知道？"霈文没好气地说，就自管自地走出了房间，用力地带上房门。这儿，含烟倒在椅子中，她闭上了眼睛，一层绝望的、恐怖的、痛苦的浪潮攫住了她，淹没了她，撕碎了她。她无力地在椅背上转侧着头，嘴里喃喃地、一迭连声地低喊：

"哦，霈文！哦，霈文！哦，霈文！别这样吧！我们别这样吧！我是那么那么爱你！"

这些话，霈文没有听见，他已听不见含烟任何爱情的声音了，嫉妒和猜疑早就蒙住了他的耳朵，幻化了他的视线。他那扇爱情的门，也早就封闭起来了。含烟被关在那门外，再也走不进去。

就在那哀愁的、闷郁的、充满了风暴的日子里，一条小生命在不太受欢迎的情况下出世了。由于含烟体质衰弱，那小生命也又瘦又小。刚出世的婴儿都不太漂亮，红彤彤的满脸皱纹，像个小老头。柏霈文虽然情绪不佳，却仍然有初做父亲的那份欣喜。可是，这份欣喜却粉碎在柏老太太的一句话上面：

"啊，这个小东西，怎么又不像爸爸，又不像妈妈！看她的样子，显然柏家的遗传力不够强呢！"

人类是残忍的，上帝给了人类语言的能力，却没料到语言也可以成为武器，成为最容易运用而最会伤人的武器。柏霈文的喜悦消失了，他常常瞪视着那个小东西，一看好几小时，他研究她，他怀疑她。婴儿时期的小亭亭因为体质柔弱，是个爱哭爱吵的孩子，她的吵闹使柏霈文烦躁，他常对她大声地说：

"哭！哭！哭！你要哭到哪一天为止？"

含烟是敏感的，她立即看出柏霈文不喜欢这孩子，夜深人静，她常揽着孩子流泪，低低地对那小婴儿说：

"亭亭，小亭亭，你为什么要来到这世界呢？我们都是不受欢迎的，你知道吗？"

可是，高立德却本着那份纯真的热情，他喜爱这孩子，他一向对"生命"都有一种本能的热爱。于是，他常常抱着小亭亭在屋内嬉笑，他也会热心地接过奶瓶来喂她，看到她发皱的小脸，他觉得高兴，他会惊奇地笑着说：

"噢！我从来不知道婴儿是这个样子的！"

这一切看到柏老太太和柏霈文的眼中，就变了质，变得可怕而污秽了。柏老太太曾对柏霈文说：

"我看，孩子喜欢高立德远胜过喜欢你呢！我也从没有看过像高立德那样的大男人，会那样喜欢抱孩子的，还是别人的孩子！"

含烟山庄中阴云密布了，像台风来临前的天空，布满了黑色的、厚重的云层，空气是窒闷的、阴郁的、沉重的，台风快来了。

是的，台风来了。

那是一次巨大的台风，地动屋摇，山木摧裂，狂风中夹着骤雨，终日扑打着窗棂。天黑得像墨，花园内的榕树被刮向了一个方向，树枝扭曲着，树叶飞舞着，柳条彼此缠绕，纠结，在空中挣扎。玫瑰花在狂风暴雨下喘息，枝子折了，花朵碎了，满地的碎叶残红，含烟山庄的门窗都紧闭着，风仍然从窗隙里穿了进来，整个屋子的门窗都在作响，都在震动，都在摇撼。

　　霈文仍然去了工厂，午后，他冒着雨回到含烟山庄，一进客厅的门，他就一直看到高立德坐在沙发里，怀抱着小亭亭，正摇撼着她，一面嘴里喃喃不停地说着：

　　"小亭亭乖，小亭亭不哭，小亭亭不怕风，不怕雨，长大了做个女英雄！"

　　含烟站在一边，正拿着一瓶牛奶，在摇晃着，等牛奶变冷。一股怒气冲进了霈文的胸中，好一幅温暖家庭的图画！他一语不发地走过去，把滴着水的雨衣脱下来，抛在餐厅的桌子上。含烟望着他，心无城府地问：

　　"雨大吗？"

　　"你不会看呀！"霈文没好气地说。

　　含烟怔了一下，又说：

　　"听说河水涨了，过桥时没怎样吧？阿兰说松竹桥都快被水淹了！"

　　"反正淹不到你就行了！"霈文接口说。

　　含烟咬了咬嘴唇，一层委屈的感觉抓住了她。她注视着霈文，眉头轻轻地锁了起来。

　　"你怎么了？"她问。

　　"没怎么。"他闷闷地回答。

　　她把奶瓶送进了孩子的嘴中，高立德依旧抱着那孩子，含烟解释说：

　　"亭亭被台风吓坏，一直哭，立德把她抱着在房里兜圈子，她就不哭了。"

　　"哼！"柏霈文冷笑了一声，"我想他们是很投缘的，倒看不出，立德对孩子还有一套呢！"说完，他看也不看他们，就径自走上楼去了。

这儿，含烟和高立德面面相觑，最后，还是高立德先开口：

"你去看看他吧！他的情绪似乎不太好！"

含烟接过了孩子，慢慢地走上楼，孩子已经衔着奶瓶的橡皮嘴睡着了。含烟先把孩子放到育儿室的小床中，给她盖好了被。然后，她回到卧室里，霈文正站在窗前，对着窗外的狂风骤雨发呆，听到含烟进来，他头也不回地说：

"把门关好！"

含烟愣了愣，这口气多像他母亲，严厉、冰冷，而带着浓重的命令味道。她顺从地关上了门，走到他的身边，他挺直地站在那儿，眼睛定定地看着窗外，那些树枝仍然在狂风下呻吟、扭曲、挣扎，他就瞪视着那些树枝，脸上毫无表情。

"好大的雨！"含烟轻声地说，也站到窗前来，"玫瑰花都被雨打坏了。"

"反正高立德可以帮你整理它们！"霈文冷冰冰地说。

含烟迅速地转过头来望着他。

"怎么了，你？"她问。

"没怎么，只代你委屈。"他的声音冷得像从深谷中卷来的寒风。

"代我委屈？"

"是的，你嫁我嫁错了，你该嫁给高立德的！"他说，声音很低，但却似乎比那风雨声更大，更重。

"你——"含烟瞪着他，"你是什么意思？"

"你知道我是什么意思！"霈文转过头来了，他的眼睛紧紧地盯着她，里面燃烧着一簇愤怒的火焰，那面容是痛恨的、森冷的、怒气冲天的。好久以来积压在他胸中的怀疑、愤恨和不满，都在一刹那间爆发了。他握住了她的手腕，他的脸俯向了她，他的声音暗哑地、一个字一个字地冒了出来："我只告诉你一句话，假若你一定要和高立德亲热，也请别选客厅那个位置，在下人们面前，希望你还给我留一点儿面子！"

"霈文！"含烟惊喊，她的眼睛张得那样大，那样不信任地、悲痛地、震惊地望着他，她的嘴唇颤抖了，她的声音凄楚地、悲愤地响着，"难道……难道……难道你也以为我和立德有什么问题吗？难道……连你都会相信那些谣言……"

"谣言！"霈文大声地打断了她，他的眼睛觑眯了一条缝，又大大地张开来，里面盛满了愤怒和屈辱，"别再说那是谣言，空穴来风，其来有自！谣言？谣言？我欺骗我自己已经欺骗得够了！我可以不相信别人说的话，难道我也不相信自己的眼睛？"

"自己的眼睛？"含烟喘着气，"你的眼睛又看到些什么了？"

"看见你和他亲热！看到你们卿卿我我！"霈文的手指紧握着她的胳膊，用力捏紧了她，她痛得咧开了嘴，痛得把身子缩成一团。他像一只老鹰攫住了小鸡一般，把她拉到自己的面前，他那冒火的眼睛逼近了她的脸。压低了声音，他咬牙切齿地说："告诉我吧，你坦白地告诉我一件事，亭亭是高立德的孩子吗？"

含烟震惊得那么厉害，她瞪大了眼睛，像听到了一个焦雷，像看到了天崩地裂，她的心灵整个都被震碎了。窗外的豪雨仍然像排山倒海似的倾下来，房子在震动，狂风在怒吼……含烟的身子开始颤抖，不能控制地颤抖，眼泪在她的眼眶中旋转。她几次想说话，几次都发不出声音，直到现在，她才真正地明白了一件事，自己的世界是完完全全地粉碎了！

"你说！你说！快说呀！"霈文摇着她，摇得她浑身的骨头都松了，散了，摇得她的牙齿咯咯作响，"说呀！快说！说呀！"

"霈……文，"含烟终于说了出来，"你……你……你是个浑蛋！"

"哦？我是个浑蛋？这就是你的答复？"霈文一松手，含烟倒了下去，倒在地毯上，她就那样扑伏在地上，没有站起身来。霈文站在她面前，俯视着她。他说："一个戴绿帽子的丈夫，永远是最后一个知道真情的人！我想，这件事早就尽人皆知了，只有我像个大傻瓜！含烟，"他咬紧了牙，"你是个贱种！"

含烟震动了一下，她那长长的黑发铺在白色的地毯上面，她那小小的脸和地毯一样地白。她没有说话，没有辩白，但她的牙齿深深地咬进了嘴唇里，血从嘴唇上渗了出来，染红了地毯。

"我今天才知道我的幼稚，我竟相信你清白，你美好，相信你的灵魂圣洁！我是傻瓜！天字第一号的傻瓜！我会去相信一个欢场中的女子！"他重重地喘着气，怒火烧红了他的眼睛，"含烟！你卑鄙！你下流！既失贞于婚前，又失贞于婚后！我是瞎了眼睛才会娶了你！"

含烟把身子缩成了小小的一团，她蜷伏在地毯上，像是不胜寒恻。她的感情冻结了，她的思想麻木了，她的心已沉进了几千万尺深的冰海之中。霈文的每一句话，每一个字，都像是一根带刺的鞭子，狠狠地抽在她身上、心上和灵魂上。她已痛楚得无力反抗，无力挣扎，无力思想，也无力再面对这份残酷的现实。

"你不害羞，含烟？"柏霈文仍然继续地说着，在狂怒中爆发地说着，"我把你从那种污秽的环境里救出来，谁知你竟不能习惯于干净的生活了！我早就该知道你这种女人的习性！我早就该认清你的真面目！含烟，你这个忘恩负义的女人！你这个没有良心、没有灵魂的女人！你竟这样对待我，这样来欺骗一个爱你的男人！含烟！你这个贱种！贱种！贱种！"

他的声音大而响亮，盖过了风，盖过了雨，像巨雷般不断地劈打着她。看着她始终不动也不说话，他愤愤地转过身子，预备走出这房间，他要到楼下去，到楼下去找高立德拼命！他刚移动步子，含烟就猝然发出一声大喊，她的意识在一刹那恢复了过来。不不，霈文！我们不能这样！不能在误会中分手！不不，霈文！我宁可死去，也不能失去你！不不，霈文！她爬了过来，一把抱住了霈文的腿，她哭泣着把面颊紧贴在那腿上，挣扎着，啜泣着，断续着说：

"我……我……我没有，霈文，我从……没有做过对不起你的……的事情，我爱……爱你，别离……离开我！别……别遗弃我！霈……霈文，求……求你！"

他把脚狠狠地从她的胳膊中抽了出来，踢翻了她。他冷笑了。

"你不愿离开我？你是爱我呢，还是爱柏家的茶园和财产？"

"哦！"含烟悲愤地大喊了一声，把头埋进臂弯中，她蜷伏在地上，再也没有力量为自己做多余的挣扎和解释了。她任凭霈文冲出房间，她模糊地听到他在楼下和高立德争吵，他们吵得那么凶，那么激烈，她听到柏老太太的声音夹杂在他们之中，她听到老张和阿兰在劝架，她也听到育儿室里孩子受惊的大哭声，这闹成一团的声音压过了风雨，而更高于这些声音的，是柏老太太那尖锐而高亢的噪声：

"你们值得吗？为了一个行为失检的女人伤彼此的和气！霈文！你不该怪立德，你只该怪自己娶妻不慎呀！"

"哦，"含烟低低地喊着，"我的天，我的上帝！这世界多残忍！多残忍哪！"

她的头垂向一边，她的意识模糊了，飘散了，消失了。她的心智散失了，崩溃了。她晕了过去。

不知道过了多久，她醒了过来，天已经黑了。她发现自己仍然躺在地毯上，包围着她的，是一屋子的黑暗与寂静。她侧耳倾听，雨还在下着，但是，台风已成过去了。那雨是淅淅沥沥的，偶尔还有一两阵风，从远处的松林里穿过，发出一阵低幽的呼号。她躺了好一会儿，然后，她慢慢地坐了起来，眩晕打击着她，她摇摇欲坠。好不容易，她扶着床站起身来，摸索着把电灯打开了，屋子里只有她一个人，夜，好寂静，好冷清。世界已经把她完全给遗弃了。

她看了看手表，十一点！她竟昏睡了这么久！这幢屋子里其他的人呢？那场争吵怎样了？还有亭亭——哦，亭亭！一抹痛楚从她胸口上划过去，她那苦命的、苦命的小女儿啊！

她在床沿上坐了很久很久，茫然地、痛楚地坐着。然后，她站起身来，走出房间，她来到对面的育儿室中，这么久了，有谁在照顾这孩子呢？她踏进了育儿室的门，却一眼看到孩子熟睡在婴儿床中，阿兰正坐在小床边打盹，看到了她，阿兰抬起头来，轻声说：

"我刚喂她吃过奶，换了尿布，她睡着了。"

"谢谢你，阿兰。"含烟由衷地说，眼里蓄着泪，"你帮我好好带小亭亭。"

"是的，太太。"阿兰说，她相当同情含烟，在她的心目中，含烟是个温和而善良的好女人，"我会的。"

"谢谢你！"含烟再说了一句，俯下身子，她轻轻地吻着那孩子的面颊，一滴泪滴在那小脸上，她悄悄地拭去了它。抬起头来，她问阿兰：

"先生呢？"

"他在客人房里睡了。"

"高先生呢？"

"他收拾了东西，说明天一清早就要离开，现在他也在他房里。"

"哦。"含烟再对那孩子看了一眼,就悄悄地退出了育儿室。走到楼
下书房里,她用钥匙打开了书桌抽屉,取出了一册装订起来的、写满
字迹的信笺,这是她数月来所写的一本书,一页一页、一行一行、一字
一字,全是血与泪。捧着这本册子,她走上了楼,回到卧室中,关好房
门。她取出了柏霈文送她的那一盒珠宝,把那本册子锁入盒子里。然
后,她坐下来,开始写一个短笺:

霈文:

我去了。在经过今天这一段事件之后,我知道,这儿再也没有
我立足之地了。千般恩爱,万斛柔情,皆已烟消云散。我去了,抱
歉,在我离开这个世界,在我离开你之前,我最后要说的一句话,
竟是:我恨你!

关于我走进含烟山庄之后,一切遭遇,一切心迹,我都留在一
本手册之中,字字行行,皆为血泪写成。如果你对我还有一丝丝未
竟之情,请为我善视亭亭,她是百分之百、千分之千的你的骨血。
那么,我在九泉之下,也当感激。

我把手稿一册,连同你送给我的珠宝、爱情、梦想一起留下。
真遗憾,我无福消受,你可把它们再送给另一个有福之人!

霈文,我去了。从今以后,松竹桥下,唯有孤魂,但愿河水之
清兮,足以濯我玷污之灵魂!

霈文,今生已矣,来生——咳,来生又当如何?

仍愿给你

最深的祝福

含烟绝笔

写完，她把短笺放在珠宝盒上，一起留在床头柜上面的小台灯下。在灯旁，仍然插着一瓶黄玫瑰，她下意识地取下一枝来。然后，她披上一件风衣，习惯性地拿起自己的小手袋，悄悄地下了楼，走出了大门。花园内积水颇深，水中漂浮着断木残枝，雨依旧在斜扫着，迎面而来的风使她打了个寒战。她踩进了水中，一步一步地，走向了铁门，打开了门边的一扇小门，她出去了，置身在含烟山庄以外了。

雨扫着她，风吹着她，她的长发在风雨中飘飞。路上到处都是积水与泥泞，她毫不在意。像一个幽灵，她踏过了积水，她穿过了雨雾，向前缓缓地移动。她心中朦朦胧胧想着的是，大家给她的那个绰号：灰姑娘！是的，灰姑娘，穿着仙女给她的华裳，坐着豪华的马车，走向那王子的宫堡！你必须在午夜十二点以前回来，否则，你要变回衣衫褴褛的灰姑娘！现在是什么时间？过了十二点了！

她笑了起来，雨和泪在脸上交织。雨，湿透了她的头发，湿透了她的衣服，她走着，走着，一步一步地走向了那道桥——那道将把她带向另一世界的桥。

雨，依然在下着，冷冷的，飕飕的。

"你开始过另一份生活，而我呢，却陷进了黑暗的地狱，

这是报应，不是吗？"

贰拾贰

TWENTY-TWO

你站在桌前一片昏黄的烛光之中，披着长发，穿着一件白纱的洋装，轻灵，飘逸。

手里握着一枝红玫瑰，默默地、谴责似的望着我。

　　暴风雨是过去了。

　　方丝萦慢慢地醒了过来，迷迷糊糊地张开眼睛，她发现自己正躺在卧室的床上，那黑底金花的窗帘静静地垂着，床头那些白纱的小灯亮着。灯下，那瓶灿烂的黄玫瑰正绽放着一屋子的幽香。她轻轻地扬起了睫毛，神思恍惚地看着那玫瑰，那窗帘，那白色的地毯……一时间，她有些迷乱，有些眩惑，有些蒙眬。她不知道自己是谁，正置身何处。是那饱受委屈的章含烟，还是那个家庭教师方丝萦？她蹙着眉，茫然地看着室内，然后，突然间，她的意识恢复了，她想起了发生过的许多事情：柏霈文、高立德、章含烟……她惊跳了起来，于是，她一眼看到了柏霈文，正坐在床尾边的一张椅子里，大睁着那对呆滞的眸子，似乎在全力倾听着她的动静。她刚一动，他已经迅速地移上前来，他的手压住了她的身子，他的脸庞上燃烧着光彩，带着无比的激动，他喊着：

　　"含烟！"

　　含烟！含烟？方丝萦战栗了一下，紧望着面前这个盲人，她退缩了，她往床里退缩，她的呼吸急促，她的头脑眩晕，她瞪视着他，用一对戒备的、愤怒的、怨恨的眸子瞪视着他，她的声音好遥远，好空洞，好苍凉：

　　"你在叫谁，柏先生？"

　　"含烟！"他迫切地摸索着、搜索着她的双手，他找到了，于是，他立即紧紧地握住了这双手，再也不肯放松了。坐在床沿上，他俯向她，热烈地、悔恨地、歉疚而痛楚地喊着："别这样！含烟，别再拒我于千里之外！原谅我！原谅我！这十年，我已经受够了，你知道吗？每一天我都在悔恨中度过！岂止每一天！每一时！每一分！每一秒！你不知道那日子有多漫长！我等待着，等待着，等待着，等待着，含烟！"他喘着气喊，他的身子滑下了床沿，他就跪在那儿了。跪在床前面，他用双手紧抓住她的手，然后，他热烈地、狂喜地把嘴唇压上了她的手背，他的嘴唇是灼热的。"上帝赦我！"他喊着，"你竟还活着！上帝赦我！天！我有怎样的狂喜！怎样的感恩！哦，含烟，含烟，含烟！"

他的激动和他的热情没有感染到她的身上，相反地，他这一篇话刺痛了她，深深地刺痛了她，勾起了十年以来的隐痛和创伤，那深埋了十年的创伤。她的眼眶潮湿了，泪迷糊了她的视线，她费力地想抽回自己的手，但他紧紧地攥住她，那样紧，紧得她发痛。

"不不，"他喊，"我不让你再从我手中跑出去！我不让！别想逃开！含烟，我会以命相拼！"

泪滑下了她的面颊，她挣扎着：

"放开我，先生，我不是含烟，含烟十年前就淹死在松竹桥下了，我不是！你放开我！"她喉中哽塞，她必须和那汹涌不断的泪浪挣扎，"你怎能喊我含烟？那个女孩早就死了！那个被你们认为卑鄙、下流、低贱、淫荡的女孩，你还要找她做什么？你……"

"别再说！含烟！"他阻止了她，他的脸色苍白，他的喉音喑哑，"我是傻瓜！我是笨蛋！你责备我吧！你骂我吧！只是，别再离开我！我要赎罪，我要用我有生之年向你赎罪！哦，含烟！求你！"他触摸她，从她的手腕，一直摸索到肩膀，"哦，含烟！你竟活着！那流水淹不死你，

我应该知道！死神不会带走枉死的灵魂，噢！含烟！"他的手指碰上了
她的面颊。

"住手！"她厉声地喊，把身子挪向一边，"你不许碰我！你没有资
格碰我！你知道吗？"

他的手僵在空中，然后无力地垂了下来。他面部的肌肉痉挛着，一
层痛楚之色飞上了他的眉梢，他的脸色益发苍白了。

"我知道，你恨我。"他轻声地说。

"是的，我恨你！"方丝萦咬了咬牙，"这十年来，我没有减轻过对
你的恨意！我恨你！恨你！恨你！"她喘了口气，"所以，把你的手拿
开！现在，我不是你的妻子，我不是那个受尽委屈、哭着去跳河的灰姑
娘！我是方丝萦，另一个女人！完完全全的另一个女人！你走开！柏霈
文！你没有资格碰我，你走开！"

"含烟？"他轻轻地、不信任地低唤了一声，他的脸被痛苦扭曲
了。不由自主地，他放开了她，跪在那儿，他用手蒙住了脸，手肘放在
床沿上，他就这样跪着，好半天都一动也不动。然后，他的声音低低
地、痛苦地从他的手掌中飘了出来："告诉我，你要怎样才能原谅我？告
诉我！"

"我永不会原谅你！"

他震动了一下，手垂下来，落在床上，他额上有着冷汗，眉峰轻轻
地蹙拢在一块儿。

"给我时间，好吗？"他婉转地、请求地说，"或者，慢慢地，你会
不这样恨我了。给我时间，好吗？"

"你没有时间，柏霈文。"她冷冷地说，"你不该把高立德找来，你
不该揭穿我的真面目，现在，我不会停留在你家里了，我要马上离去！"

他闭上了眼睛，身子摇晃了一下。这对他是一个大大的打击，他的嘴唇完全失去了血色。

"不要！"他急切地说，"请留下来，我请求你，在你没有原谅我以前，我答应你，我绝不会冒犯你！只是，请不要走！好吗？"

"不！"她摇了摇头，语音坚决，"当你发现我的真况之后，我不能再在你家中当家庭教师……"

"当然，"他急急地接口，"你不再是一个家庭教师，你是这儿的女主人……"

"滑稽！"她打断了他。

"你不要在意爱琳，"他迫切地说着，"我和她离婚！我马上和她离婚，我把台北的工厂给她！我不在乎那工厂了！我告诉你，含烟，我什么都不在乎，只求你不走！我马上和她离婚……"

"离不离婚是你的事。"她说，声音依然是冷淡而坚决的，"反正，我一定要走！"

他停顿了片刻，他脸上有着忍耐的、压抑的痕迹，好半天，他才问：

"没有商量的余地？"

"没有。"

他低下头，沉思了好一会儿，再抬起头来的时候，他唇边有个好凄凉、好落寞、好萧索，又好怆恻的笑容，那额上的皱纹，那鬓边的几根白发，他骤然间看起来苍老了好多年。他的手指下意识地摸索着方丝萦的被面，那手指不听指挥地、带着神经质地震颤。他无法"看"，但他那呆滞的眼睛却是潮湿的，映着泪光，那昏蒙的眸子也显得清亮了。这神情使方丝萦震动，依稀恍惚，她又回到十年前了。这男人！这男人毕竟是她生命里最重要的人啊！曾是她那个最温柔的、最多情的、最缠绵的丈夫！她凝视着他，不能阻止自己的泪潮泛滥。然后，她听到他的声音，那样软弱、无力，而带着无可奈何的屈辱与柔顺。

"我知道，含烟，我现在对你没有任何资格要求什么，我想明白了。别说以前我所犯的错误，是多么地难以祈求你的原谅，就论目前的情形，我虽不知道当初你是怎样逃离那场苦难，怎样去了美国的，但我却知道，你直到如今，依然年轻美貌，而我呢？"他的苦笑加深了，"一个瞎子！一个废物！我有什么权利和资格再来追求你？是的，含烟，你是对的！我没有资格！"

方丝萦闪动着眼睑，需文这篇话使她颇有一种新的、被感动的情绪，但是，在这种情绪之外，她还另有份微微的、刺痛似的感觉，她觉得被歪曲了，被误解了。一个盲人！她何尝因他失明就轻视了他？这原是两回事啊！他不该混为一谈的！

"所以，"需文继续说了下去，"我不勉强你，我不能勉强你，只是，不为我，为了亭亭吧！那可怜的孩子！她已经这样依赖着你，热爱着你，崇拜着你！别离开！含烟，为了那苦命的孩子！"

"哦！"方丝萦崩溃地喊，"你不该拿亭亭来要挟我！这是卑劣的！"

"不是要挟，含烟，不是要挟！"他迫切地、诚恳地、哀求地说，"我怎敢要挟你？我只请你顾全一颗孩子的心！你知道她，她是多么脆弱而容易受伤的！"

方丝萦真的沉吟了，这孩子！这孩子一直是她多大的牵系！多大的思念！为了这孩子，她留在台湾。为了这孩子，她去正心教书。为了这孩子，她甘愿冒着被认出来的危险，搬进柏宅。为了这孩子，她不惜和爱琳正面冲突！而现在，她却要离开这孩子了吗？她如何向亭亭交代呢？她惶然了，她失措了。坐在床上，她弓起了膝，把下巴放在膝上，她尽力地运用着思想，但她的思想却像一堆乱麻，怎么也整理不出头绪来。何况，她的情绪还那样凌乱，心情还那样激动着！

"亭亭到哪儿去了？"她忽然想起亭亭来了，自从她晕倒到现在，似乎好几小时过去了，亭亭呢？

"立德带她出去了，他要给我们一段单独相处的时间。"柏霈文坦白地说，猛地跳了起来，"我忘了，你还没有吃晚餐，我去叫亚珠给你下碗面来。"

"我不饿，我不想吃。"她说，继续地沉思着。

"我让她先做起来，你想吃的时候再吃，同时，我也还没吃呢！"他向门边走去，到了门口，他又站住了，回过头来，他怔怔地叫："含烟！"

"请叫我方丝萦！"她望着他，"含烟早已不存在了。"

"方丝萦？丝萦？"他喃喃地念着，忽然间，一层希望之色燃亮了他的脸，他很快地说，"是的，丝萦，属于含烟的那些悲惨的时光都过去了，以后，该是属于方丝萦的日子，充满了甜蜜与幸福的日子！丝萦，一个新的名字，将有一个新的开始！"

"是的，新的开始！"她接口说，"我是必须要有一个新的开始，我将离开这儿！"

他顿了顿，忍耐地说：

"关于这问题，我们再讨论好吗？现在，首先，你必须要吃一点儿东西！"

打开房门，他走出去了。他的脸上，仍然燃满了希望的光彩。他大踏步地走出去，眉梢眼角，有股坚定不移的、充满决心的神色。他似乎又恢复到了十年前，那个不畏困难、不怕艰巨、誓达目的的年代。

深夜，亭亭在她的卧室里熟睡了，这孩子在满怀的天真与喜悦中，浑然不知家中已有了怎样一份旋转乾坤的大变动。方丝萦仍和往常一样照顾着她上床，她也和往常一样，用手攀住方丝萦的脖子，吻她，用那甜甜软软的童音说：

"再见！老师！"

方丝萦逗留在床边，不忍遽去，这让她牵肠挂肚的小生命啊！她一直看到亭亭熟睡了，才悄悄地走出房间，眼眶里蓄满了泪。

现在是深夜了，孩子睡了，亚珠和老尤也都睡了。但是，在柏宅的客厅里，那大吊灯依然亮着。柏霈文、高立德和方丝萦都坐在客厅中，在一屋子幽幽柔柔的光线里，这三个人都有些神思恍惚，有些不敢相信，这聚会似乎是不可思议的。高立德和柏霈文都衔着烟，那烟雾氤氲，弥漫，扩散……客厅里的一切，在烟雾笼罩中，朦胧如梦。

"那次，我们始终没有捞起尸体，"高立德深思地说，"我曾经揣测过，你可能没死，但是，你的风衣钩在断桥的桥柱上，风衣的口袋里插着一朵黄玫瑰。而那时山洪暴发，河水汹涌而急湍，如果你跳了河，尸体不知会冲到多远，所有参与打捞的人都说没有希望找到尸体……一直经过了两个礼拜，我们才认了……"

"不，"霈文打断了高立德的叙述，"我没有认！我一直抱着一线希望，你没有死！我在全台北寻访，我查核所有旅馆名单，我去找你的养父母，甚至于——我去过每一家舞厅、酒楼，我想，或者你在绝望中，会……"

"重操旧业？"方丝萦冷冷地接了口，"你以为我所受的屈辱还不够深重？"

"哦，"柏霈文说，"那只是我在无可奈何中的胡乱猜测罢了，那时，只要有一丝丝希望，我都绝不会放弃去找寻的，你知道。"他喷出一大口烟雾，他那深沉的、易感的面容隐在那腾腾的烟雾中，"说实话，我想我那时是在半疯狂的状态里……"

"不是半疯狂，简直就是疯狂！"高立德插口说，"我还记得那天早上的事，一幕幕清楚得像昨天一样。我是第一个起来的人，因为我已决心马上离开含烟山庄了。天刚刚亮，我涉着水走出大门，发现铁门边的小门是敞开的，我觉得有些奇怪，却没有太注意，大路上的水已淹得很深，我一路走过去，看到茶园里全是水，我还在想，这些茶树遭了殃了！那时还下着雨，是台风以后的那种持续的豪雨。我冒着雨走，路上连一个人都没有。我一直走到松竹桥边，然后，我就大大地吓了一跳，那座桥已经断了，水势汹涌而急湍地奔泻下去，黄色的浊流夹杂着断木和残枝，我想，糟了，一定是上游的山崩了，而目前呢，通往台北的唯一一条路也断了，就在这时候，我看见了那件风衣，你最爱穿的那件浅蓝色的风衣，钩在断桥的栏杆上！我大吃一惊，顿时知道发生了什么事！我立即掉转身子，发狂似的奔回含烟山庄，我才跑到山庄门口，就看到需文从里面发疯似的冲出来，他一把抓住我，问我有没有看到你，我喘着气告诉他风衣的事，于是，我们再一起奔回松竹桥……"他顿了顿，深吸了一口烟。方丝萦沉默着，倾听这一段经过是让人心酸的，她捧着茶杯，眼睛迷蒙地注视着杯里那淡绿色的、像翡翠般的液体，柏家的绿茶！

"我们到了桥边！"高立德继续说了下去，"需文一看到那件风衣就疯掉了。他也不顾那剩下的断桥有多危险，就直冲了上去，取回了那件风衣，只一看，我们就已经断定了是你的，口袋里有朵黄玫瑰，还有一个鸡心项链。那时，需文的样子非常可怕，他狂喊、号叫着你的名字，并且企图跳到水里去，我只得抱住他，他和我挣扎，对我挥拳，我只好跟他对打，我们在桥边的泥泞和大雨中打成一团……咳，"他停住了，苦笑了一下，看着方丝萦，"含烟，你可以想象那副局面。"

方丝萦默然不语，她的眼睛更迷蒙了。

"我们打得很激烈，直到老张也追来了，我和老张才合力制服了霈文，但他说什么也不肯离开桥边，叫嚣着说要到激流中去找寻你，说你或许被水冲到了浅滩或是岸边，他坚决不肯承认你死了。于是，老张守着他，我回到含烟山庄，打电话去报警，去求助……两小时后，大批的警员和救护车都来了，我们打捞又打捞，什么都没有。警员表示，以水势来论，尸体早就冲到好远好远了。于是，一连四五天，我们沿着河道，向下游打捞，仍然没有。霈文不吃不喝不睡，日日夜夜，他就像个疯子一样，坐在那个桥头上。"

方丝萦低垂着头，注视着茶杯，一滴泪静悄悄地滴入杯中，那绿色的液体立即漾出无数的涟漪。

"接着，霈文就大病一场，发高热，昏迷了好几天，等他稍微能走动的时候，他就又像个疯子似的在大街小巷中去做徒劳的搜寻了。我也陪着他找寻，歌台舞榭，酒楼旅馆……深夜，他就捧着你的手稿，呆呆地坐在客厅的窗前，一遍又一遍地读着，常常这样读到天亮。那时候，我们都以为他要精神失常了。"

他又顿了顿。霈文深倚在沙发中，一句话也不说，烟雾笼罩住了他整个的脸。

"那段时间里，他和他母亲一句话也不说，我从没看过那样固执的人。他生病的时候，老太太守在他床边流泪，他却以背对着她，绝不回顾。我想，事情演变成这个样子，老太太心里也很难过的。霈文病好了，和老太太仍然不说话，直到好几个月以后，亭亭染上了急性肺炎，差点儿死去，老太太和需文都日夜守在床边，为抢救这条小生命而努力。当孩子终于度过了危险期，需文才和老太太说话。这时，我们都认为，你是百分之百地死了。不过，整个含烟山庄，都笼罩着你的影子，那段日子是阴沉、晦暗而凄凉的，我也很难过，自己会牵涉在这件悲剧里，所以，那年秋天，我终于不顾需文的挽留，离开了含烟山庄，到南部去另打天下了。"

他停住了，注视着方丝萦。方丝萦的眼睛是潮湿而清亮的，但她的面容却深沉难测。

"这就是你走了之后的故事，"高立德喝了一口茶，"全部的故事……"

"不，不是全部！"需文忽然插了进来，他的声音里带着难以抑制的激情，"故事并没有完。立德走了以后，我承认我的日子更难以忍受了，我失去了一个可以和他谈你的对象。我悔恨，我痛苦，我思念着你。夜以继日，这思念变得那样强烈，我竟常常幻想你回来了，深夜，我狂叫着你的名字醒过来，白天，我会自言自语地对你说话，我这种病态的情况造成了含烟山庄闹鬼的传说。于是，人人都说山庄闹鬼。一夜，阿兰从外面回来，居然狂奔进屋，说是看到一个人影在花园里剪玫瑰花。这触动了我的一片痴心，我忽然想，如果你真死了，而死后的人真有灵魂，那你会回来吗？噢，含烟，我是开始在等你的鬼魂了，而且一日比一日更相信那闹鬼的说法，所以，我想，你是故意折磨我，所以不愿在我面前显身。后来，我看了许多关于鬼魂的书，仿佛鬼魂出现时，多半在烛光之下，而非灯火辉煌的房间里。所以，从第二年开始，我每夜都在楼下那间小书房里，燃上一支蜡烛，我就睡在躺椅中等你，在书桌上，我为你准备好了纸笔，我想，这或者会诱惑你来写点儿什么。唉！"

他叹口气，"傻？但是，当时我真是非常非常虔诚的！"

方丝萦悄悄地抬起了睫毛来，静静地注视着霈文，她面部的肌肉柔和了。高立德看得出来，她是有些动容了。

"你信吗？这种点蜡烛的傻事我竟持续了一年半之久，然后，那一夜来临了。我不知道是我的虔诚感动了天地，还是我的痴心引动了鬼神，那夜，我看到你了，含烟。你站在桌前一片昏黄的烛光之中，披着长发，穿着一件白纱的洋装，轻灵，飘逸。手里握着一枝红玫瑰，默默地、谴责似的望着我。我那样震动，那样惊喜，那样神魂失据！我呼叫着你的名字，奔过去想拉住你的衣襟，但是你不让我触摸到你，你向窗前隐退，我狂呼着，向你急迫地伸着手，哀求你留下。但是，你去了，你悄悄地跃出了窗子，飘散在那夜雾迷蒙的玫瑰园里。我心痛如绞，禁不住张口狂叫，然后，我失去了知觉。当我从一片惊呼和嘈杂声中醒来，发现我躺在花园中，而整个含烟山庄，都在熊熊烈火里。他们告诉我，火是被蜡烛引起的，当时我在书房中，已被烟熏得昏了过去。当他们把我拖出来时，都以为我被烧死了。我从花园的地上跳起来，知道所有的人都逃离了火场，没有人受伤，才安了心。在我恍恍惚惚的心智里，还认为这一场烈火是你的意旨，你要烧毁含烟山庄。我痴望着烈火燃烧，不愿抢救，烧吧！山庄！烧吧！我喃喃地念叨着。可是，立即，我想起放在卧室中的你那份手稿，我毫不考虑地冲进火场，一直跑上那燃烧着的楼梯，冲进卧房。那时整个卧房的门窗都烧起来了，我在烟雾中奔窜，到后来，我已经迷迷糊糊，自己也不知拿到了什么，楼板垮了，我直掉下去，大家把我拖出来。事后，他们告诉我，我一手抱着那装着你的珠宝和手稿的盒子，另一只手里，却紧抱着那欧律狄刻和俄耳甫斯的大理石像。我被送进了医院，灼伤并不严重，却受了很重的脑震荡，等我醒来后，我发现我瞎了。"

方丝萦深深地望着他，眼里又被泪雾迷蒙了。

"这就是失火的真相，后来，大家竟说是我放火烧掉含烟山庄的，那就完全是流言了。我的眼睛，当时并非绝对不治，医生说，如果冒险开刀，有治疗的希望，可是，我放弃了。当年既然有眼无珠，如今，含烟既去，要眼睛又有何用？我保留了含烟山庄的废墟，在附近重造这幢屋子。两年后，由于亭亭乏人照顾，我奉母命娶了爱琳，但是，心心念念，我的意识里只有含烟，我经常去含烟山庄，等待着，等待着，唉！"他长叹一声，"这一等，竟等了十年！含烟，你毕竟是回来了。"

方丝萦用牙齿轻咬着茶杯的边缘，那杯茶已经完全冰冰冷了。

"但是，含烟，"高立德眩惑地望着她，"你是怎样逃开那场灾难的？那晚，你走出含烟山庄之后，到底发生了一些什么事？"

怎样逃开那场灾难的？方丝萦握着茶杯，慢慢地站起身来，走向窗口。是的，那晚，那晚，那晚到底发生了些什么？她看着窗外，窗外，月色朦胧，花影仿佛，夜，已经很深了。

庭院深深

贰拾叁

TWENTY-THREE

"这是人类的通病,失去的往往是最好的,得到了也就不知珍惜了!"

"我的遭遇非常简单，我根本没有跳河。"她从窗前回过头来，安安静静地说，眼前浮动着一团雾气，那夜的一切如在目前，那雨，那风，那积水的道路，那呼啸的松林，那奔湍着的激流，那摇摇欲坠的桥梁……她倚着窗子，出神地看着墙上的壁灯。回忆往事，使她痛苦，也使她伤心。

"怎么会呢？"高立德追问，"那断桥，和那件风衣，你似乎没有第二个可能啊！而且，你不是去跳河的吗？"

"是的，我去跳河。"她沉思地说，"我那时什么意识都没有，我只想死，只想结束自己，越快越好。那时，死亡对我一点儿也不恐怖，反而，那是一个温床，我等着它来迎接我，带我到一个永久的、沉迷的、无知无觉的境界里去。就这样，我从积水的道路上一直走到松竹桥，到了桥边，我才呆住了。我从来没有听过那样大的水声，我说听，因为那时四周十分黑暗，我极目看去，只能看到一片黑暗的水面，反射着一点点的光。而那座桥，却在水中呻吟、挣扎，夹着枝木断裂的响声，我想，桥要断了，马上要断了，或是已经断了。因为我没法看清，桥的情况到底是怎样了。"

她呷了一口茶，走回到沙发前面来，高立德深深地注视着她。柏需文却略带紧张地倾听着她说话，浓浓的烟雾不断地从他的鼻孔中冒出来。

　　"我在那桥边站立了好一会儿。"她坐下去，继续地说着，"什么事都不做，只是倾听着那流水的奔泻声，我心里模糊地想着，我将要走上桥，然后从桥上跳下去，可是，我又听到了桥的碎裂声。于是，我想，桥断了。果然，一阵好响的断裂声，夹杂着倾倒的声音，我就在这些声音里，走上了桥。我预备一步一步地走过去，一直走到桥的中断处，那么，我就会掉进水里去了。就这样，我走着，一步步地走着，而那桥却在我脚下摇晃，每一块木头都在咯咯作响，每跨一步，我就想，下面一步一定是空的了，但，下面仍然是实在的。然后，一阵风来，我站不住，我扑倒在栏杆上，那桥立即又是一大串的碎裂声，我站起来，发现衣服钩住了，我舍弃了那件衣服，继续往前走，我急于要掉进水里去，可是，好几步之后，我发觉我的脚触及的地方不再是木板，而是泥土了，我已经平安地走过了桥，并没有掉进水里去。我好惊愕，好诧异，也好失望，就在这时，一阵哗啦啦的巨响使我惊跳起来，那座桥，是真的断了。"

　　她润了润嘴唇，思想深深地沉浸在记忆的底层里。

　　"我想，我当时一定呆了好几分钟，然后，我折回了身子，又往桥上走去，这次，我想，即使桥仍然没断，我也要从桥中间跳下去。我大步地走，一脚跨上了木板，可是，我突然怔住了。隐隐中，我似乎听到了一个声音，不知来自何处，细微、清晰，而又有力地在我耳畔响着：'不要再去！不要再去！你已经通过了那座苦难的桥，不要回头！往前走，你还年轻，你还有一大段美好的生命！别轻易结束自己！再想一想！再想一想！'

　　"我真的站住了，而且真的开始思想了！自从走出含烟山庄，我一直无法思想，但是，现在，我那思想的齿轮却转得飞快。我居然走过了这座桥，这是上帝的意旨吗？谁能说在这个冥冥的、广漠无边的宇宙里，没有一个至高无上的力量？我举首向天，雨淋在我的脸上，冷冰冰的、凉沁沁的。于是，忽然间，我觉得心地空明，烦恼皆消，一个新的我，一个全新的我蜕变出来了！我已经走过了这座死亡的桥，于是，我也重投了胎，脱胎换骨，我不再是那个柔弱的、顺从的、永远屈服于命运的章含烟了！我听着那河水的奔泻，我听着那激流的呼号，我握住拳，对那流水说：'章含烟！章含烟！从今以后，你是淹死了！你死在这座桥下了！至于我呢？我是另一个人！我还要好好地活下去！去另创一个天下！'

"转过身子，我大踏步地向台北走去了。"

她停住了，轻轻地吐出一口长气。柏霈文一动也不动地坐着。一大截烟灰落在他的衣服上，他好久都忘记去吸那支烟了。这时，他抬起头来，脸向着上面，他那无神的眸子呆怔怔地瞪着，但他整个脸上，都闪耀着一份感恩、虔诚的光彩。

"两小时后，我到了台北，一个孤身的女子，我不敢去旅社，那时，离天亮已经不远了。我到了火车站，在候车室中，一直等到天亮。这时，我才发现我很幸运，因为我带出来的手袋里，还有一千多元现款和我的证件。于是，早上八点多钟，我乘了第一班早车南下，一直到了高雄。那时，我并不知道我要到高雄做什么，只是觉得跑远一点儿比较好，免得你们找到我，我希望，你们都认为我是淹死了，因为，我再也不愿回含烟山庄。

"到了高雄的第一件事，我买了一套新衣服，然后找了一家小旅社，好好地洗了一个澡，睡了一大觉。醒来后，我重新衡量眼前的局面，一千多元不够我维持几天，我必须找工作，同时，租一间简陋的房子。于是，我立即租了房子，由于一时找不到好工作，我到了前金区一家小百货店去当了店员。"

柏霈文叹了口气。他的面容因为怜惜，因为歉疚，因为恻怛而扭曲了。

"我的店员生涯只做了三天，就被一件突来的意外中止了。一天，一个少女来买东西，我惊奇地发现，她竟是我中学时代的好友，自从高中毕业以后，我们就不通音讯了。那次重逢使我们两人都很兴奋，她的家就在那商店的附近，那晚，我住在她那里，我们畅谈终夜。我没有把我的故事告诉她，我只说，我新遭遇了一场变故，一件很伤心的事。那时我仍然苍白而消瘦。她同情我，于是，她极力劝我不要做店员，暂时到她家里去住。我也在一种无可无不可的心情下答应了。

"当时，她正在办去美国的手续，她问我愿不愿意也一起办着试试，在那时候，中学毕业就可以去美国。我说没有旅费，办也无益，但她劝我先申请了学校再说，结果，很意外地，竟申请到了。我那同学也申请到了，力劝我想办法去美国，一来改换环境，以前的沧桑全可以忘了。二来学一些新的东西，充实自己。三来，这是一个全新的开始，从此可以做一个新人！我也跃跃欲试，只是，我没有旅费，也没有保证金，但是，像灵机一闪般，我看到了手上的戒指……咳，"她轻喟了一声，望着柏霈文，"三克拉的钻戒！这钻戒竟帮我渡过了海，直飞另一个世界！所以，当你们在舞厅里一家家找寻我的时候，我已经在美国的大学里念教育系了。"

柏霈文坐正了身子，一种感动的神色使他的脸孔发亮，他的声音低沉而温柔。

"老天有它的安排，一切都是公平的。"他叹息，"你开始过另一份生活，而我呢，却陷进了黑暗的地狱，这是报应，不是吗？"

　　方丝萦不语，她细小的牙齿轻咬着嘴唇，眼光深深地、研究地停在柏霈文的脸上。高立德熄灭了手里的烟蒂，望着方丝萦，他眩惑地问：

　　"后来呢？什么因素使你回来的？"

　　"我读完了大学，又进了研究院，专攻儿童教育，拿到硕士学位以后，我到西部一个小城市里去教书，那儿只有我一个中国人，我一教就是五年，这样，前后我在美国待了十年了，使我耿耿难于忘怀的，是亭亭。每当我看着那些孩子，我就会联想起亭亭，不住地揣测她有多高了，她长得如何，她的生活怎样。这种想念随着时间，有增无减。而且，这时，一个名叫亚力的美国人，正用全力追求着我，最后，我终于答应了亚力的求婚。"

　　柏霈文震动了一下，他的面容显得有些苍白，呼吸有些急促。

　　"自从到美国后，我就将中文名字改成了方丝萦，我恨章含烟那名字，而且，章不是我的本姓，那是我养父的姓，他早就终止我的收养了，我改回了本姓，换名为丝萦。事实上，在美国，我都用英文名字。和亚力订婚后，我对亭亭的思念更切了，于是，我决心回来一趟。

　　"刚好，那时我有三个星期的休假，我告诉亚力，我必须回台湾看看，在我的心里，我只要想办法看一眼亭亭，看一眼就够了，假若她过得很好，我也就可以安安心心地嫁给亚力了。亚力对于我这一段过去是一点儿也不知道的，他只认为我是思乡病发了，他也同意我回来走一趟，我们约好，等我回美国后就结婚，于是，五月，我回到了台湾。

　　"这就是那个五月的下午，我会走到含烟山庄的废墟里去的原因，那时，我根本不知道山庄已成为废墟，更不知道霈文失明的事，我只想徘徊在山庄附近，找机会窥视一下亭亭。我到了那儿，竟碰到了霈文，同时，发现你失明了。仓促间，我隐匿了自己的真面目，我相信，经过这么一段漫长的时间，我又在美国住了这么多年，你不可能再认出我的声音了。"

"你错了，"柏需文到这时才开口，"虽然你的声音确实变了很多，你希望我完全认不出来仍然是不可能的事。只是，当时我已认定含烟是死了，所以，我只怔了一下，而你又说得那么不可能是含烟，我就更认为是自己的幻觉。"

"好吧，不管怎样，我那天竟见到亭亭了！"方丝萦继续说着，"你们不能想象我的震动，在看到那孩子的第一眼，我就完全崩溃了！所有母性的、最强烈的那份感情都恢复到我的胸中和我的血管里！她那样瘦小，那样稚弱，那样美丽，又那样楚楚可怜！我再也控制不住自己，我看到的是一个失去了母亲又缺乏着照顾的孩子！在那一刹那间，我就决定了，我要留下来，我要留在我孩子的身边，照顾她，保护她！

"接着几天之内，我打听了许多有关你家里的事情，我知道你家的旧用人都已不在，甚至连工厂中都换了新人，我知道立德也已离开，我再也不怕这附近会有人认出我来，因为以前的含烟，也是终日关在家里，镇上没有人认识的。所以，我大胆地留下来，并谋得了正心的教员位置。但，因为怕有人见过我的照片，我仍然变换了服装和打扮，戴上了一副眼镜。"

"其实，这是无用的，"高立德接口说，"服装打扮和时间都改变不了你，你依然漂亮，只是，你显得坚定了，成熟了，有魄力了！"

"事实上，你要知道，我已不再是含烟了！"方丝萦说，定定地注视着高立德，"那个含烟早就淹死了！也因为有这份自信，所以我敢于走进柏家的大门，来当亭亭的家庭教师！"

"可是，你第一晚来这儿吃饭，我就有了那种感觉，"柏需文说，他又显得兴奋了，"我觉得你像含烟，强烈地感觉到含烟回来了，所以，我才会那样迫切地争取你！又布置下那间和当初一模一样的房间，来刺探你！自从含烟山庄烧毁后，我再也不种植玫瑰花，我怕闻那股花香，它使我黯然神伤，但是，为了你，我却吩咐他们准备一瓶黄玫瑰。你瞧，我并不是茫然无知的！但是，你逃避得太快了！每次我要刺探你的时候，你就远远地逃开！唉，含烟，你让我在暗中摸索了这么久！"

"你早就怀疑了？"

"是的！我一日比一日加深我的怀疑，我开始想，含烟不一定是死了！我们始终没有捞着尸体，凭哪一点断定她是死了呢？于是，我的信心越来越强了，再加上老尤又说……"

"老尤？"她怔了怔。

"是的，老尤！你不认得他，他却在十年前见过你，他原是给工厂运输茶叶的卡车司机，你在工厂的时候，他见到过你。但是，到底是十多年了，他也无法断定了，但是，据他的许多叙述和描写，使我更加相信你是含烟，所以……"

"哦，原来老尤是你的密探！"方丝萦恍然地说，"怪不得他总是用那样怪怪的眼光看我！"

"你不要责怪他，"柏霈文说，"他对你非常恭敬的！他认为你是个最完美的女性！事实上，你一走进柏家，就已经成女主人了，亚珠也崇拜你！"

"女主人！"方丝萦冷笑了一声，"我可不稀罕！"

"我知道，"柏霈文急切地说，那层焦灼的神情又到他的脸上，"不是你稀罕，是我稀罕！"

"是吗？"她冷冷地说，"这是人类的通病，失去的往往是最好的，得到了也就不知珍惜了！"

"再试一次，好吗？"他迫切地问。

"我说过了，不！"她注视着他，忽然又想起一件事来，"再告诉我一件事，那晚在含烟山庄的废墟里，你知不知道你抓住的是我？"

"哦！"他有些困惑，有些迷惘，"我不能断定，但是，我希望是你，也希望你就是含烟！"

"你用了一点儿诡计，我想。什么时候，你才能断定我是含烟了？"

"当我从昏迷中醒来，发现你睡在躺椅上，而老尤又告诉我，你昨晚回来时，曾掉落了一朵玫瑰花，含烟山庄的玫瑰花！那时，我就知道了，所有的前后情形都连锁了起来，我知道：方丝萦就是章含烟！"

"那么，你还要叫立德来做什么？"

"防止你逃避！你会逃避的，我知道！而且，我也还不能百分之百地断定！"

"好了，现在，你拆穿了我。"方丝萦用一种坚定的、冷淡的语气说，"我在住到这儿的第一天，就下过一个决心，我不被认出来就罢了，如果有一天被认出来了，那就是我离开的一天！"

"含烟！"柏霈文的脸色又苍白了，"我说过，我不敢祈求你原谅，但是，你看在亭亭的面子上吧！"

"亭亭？"她站了起来，走到窗口，"你就会抬出亭亭来做武器！"她的声音里充满了怨愤，"你不爱护她，你不怜惜她，逼得我不得不留在这儿，现在，你又想用她来做武器拴住我！"

"不是的，含烟！"

"我不是含烟！"

"好的，丝萦，"他改口说，"我是爱那孩子的，但是，她更需要母亲啊！"

　　方丝萦闭上了眼睛，她又觉得眩晕，柏霈文这句话击中了她的要害，攻入了她最软弱的一环！亭亭！亭亭！亭亭！她怎忍心离去？怎忍心抛开那可怜的孩子？她的嘴里说得再强硬，她心中却多么软弱！事实上，她愿用全世界来换取和那孩子在一块儿的权利！她不能容忍和那孩子分离，她根本不能容忍！用手扶住了落地窗的框子，她把额头倚在手背上，她闭着眼睛，满心绞痛，痛得额上冒冷汗。她将怎样？她到底将要怎样？一只手轻轻地搭在她的肩上，她一惊，回过头来，是高立德。他用一对好温和又好了解的眸子瞧着她，低低地说：

　　"留下吧！含烟！随便你提出什么条件，我想霈文都会答应你的。主要的是，你们母女别再分开了！"

　　"是的，"霈文急急地接口，他也走到窗前来，满脸焦灼地祈求，"只要你留下，随便你提什么条件都可以！"

　　"真的吗？"她沉吟着。

　　"是的！"柏霈文坚决地说。

　　"你不会反悔？你不会破坏约定？"

　　"不会！你提出来吧！"

　　"那么，第一点，我是方丝萦，不是含烟，你不许叫我含烟！我仍然是亭亭的家庭教师！"

　　"可以！"

　　"第二点，你永不可以侵犯我！也不许示爱！"

　　"含烟……"他喊着。

　　"怎样？做不到吗？"她抬高了声音。

　　"不不！"他立即说，咬了咬牙，"好！我答应你，再有呢？"

　　"关于我是含烟这一点，只是我们三人间的秘密，你绝不能再泄露给任何人知道！我要一切维持现状！"

"可以！"

"还有——"含烟咬了咬嘴唇。

"怎样？"柏霈文追问。

"你必须和爱琳和好！"

"什么？"他大吃了一惊。

"你必须和爱琳和好！"方丝萦重复了一句，"她是你的妻子，只要你心里没有含烟的鬼魂，你们可以相处得很好！事实上，她是很爱你的！"

"你这是强人所难！"他抗声说，"这太过分了！含烟！"

"瞧！马上就犯忌了！"

"哦，丝萦，"他改口，焦灼而烦躁地，"除去这最后一项，其他我都可以答应你！"

"不能除去！你要为跟她和好而努力，我会看着你，否则，我随时离去！"

"丝萦，求你……"

"不行！"她斩钉截铁地说。

"哦！"他犹豫地说，额上有着汗珠。终于，他横了横心，一甩头说："好吧！我就答应你！"

方丝萦轻呼出一口气来，忽然觉得好疲倦好疲倦。屋内沉静了下去，这晚的谈话，是如此地冗长！她虚弱地看向窗外，远远的天边，已经冒出了黎明时的第一线曙光。

贰拾肆

TWENTY-FOUR

她合上眼睛，无法成眠，脑子里充满了凌凌乱乱的思绪，
迷迷茫茫的感觉和一份酸酸楚楚的柔情。

　　早上，虽然带着一夜无眠的疲倦，方丝萦仍然牵着亭亭的手，到学校去上课了。目送这母女二人的身影，消失在道路的尽头，高立德和柏霈文站在柏宅的大门口，都伫立良久。然后，高立德叹口气说：

　　"真是让人不能相信的事！"

　　这是暮秋时节，阳光灿烂而明亮地照射着，柏霈文沐浴在阳光里，带着满身心难言的温暖和激情。一夜长久的谈话并没有使他疲倦，相反地，却让他振奋和激动。感觉得到那份阳光的美好，他说：

　　"我们走走，如何？"

　　"好吧，"高立德点点头，"我也想去看看你的茶园，我来的时候就注意到了，你让野草全蹿出来了。"

　　"我还有心情管那个！"柏霈文慨然而叹。他们沿着道路向前走，高立德本能地注视着那些茶树，不时跑进茶园里去，摘下一片叶子来察看着。柏霈文却心神恍惚。走了一段，柏霈文站住了，说："告诉我，她变了很多，是吗？"

　　"你是说含烟？"高立德沉吟着，"是的，她是变了很多！完全出乎我意料！"他深思着，"她比以前成熟、坚定，而且，更迷人了。"

　　"是吗？"柏霈文吸了口气，"我猜也是这样的！立德，你猜怎样，我要重新开始，我要争取她！不计一切地争取她！"

　　"霈文，"高立德慢吞吞地说，"我劝你不要轻举妄动！"

"你的意思是——"

"她不是以前的她了！如果你看得到她，你就会明白这一点！她再也不是个柔弱的、娇怯的小女孩，她已经完完全全长成了！她是说得出做得到的。我想，你最好照她的意思做，否则，她会离开这儿！"

"可是——"霈文急急地说，"难道她一点儿也不顾虑以前的恩情？"

"恩情？"高立德笑了笑，"霈文，以前是你对不起她，她对你的怀恨可能远超过恩情！何况，十年是一段漫长的时间，她仍然小姑独处，而你反而另结新欢！你希望她记住什么恩情呢？"

柏霈文怔住了，一层失望的、茫然的神色浮上了他的眉梢，他呆立在那儿，好半天默然不语。半晌，他才喃喃地重复了一句：

"是的，我希望她记住什么恩情呢？"

"不过，你也别灰心，"高立德又不自禁地把手按在他的肩上，"人生的事情很难讲，谁也不能预料以后的发展。你瞧，我们一直以为含烟死了，谁会料到十年之后，她会忽然出现，而且，摇身一变，她已学成归来，不再是那个可怜兮兮的小女工，不再是那不知何去何从的、被虐待的小媳妇。她独立了，站得比我们谁都稳！我告诉你，霈文，那是一个奇异的女人！你真不该失去她！为了十年前的事，我到现在还想揍你一顿呢！"

"揍吧！"柏霈文苦笑了一下，"我保证绝不还手！我是该挨一顿揍的！"

"不，我不揍你。"高立德笑了，"你已经揍了你自己十年了，我何忍再加上一拳？"他在柏霈文肩上用力拍了一下，"可是，现在够了，霈文，停止虐待你自己吧！你也该振作起来了。"

"你放心，"柏霈文挺了挺肩膀，"我是要振作起来了。你说含烟变了，但是，我要得回她！我告诉你吧，我一定要得回她！你想我办得到吗？"

"你去试着办吧！不过，小心一些！她现在是一枝带刺的玫瑰了，弄得不好，你会被扎得遍体鳞伤！"

"我不怕遍体鳞伤！"柏霈文咬紧了牙，他的脸上恢复了信心与光彩，"我相信一句话：工夫用得深，铁杵磨成针！我非达目的不可！"

"我预祝你成功！"高立德感染了他那份兴奋和信心，"我希望能看到你重建含烟山庄！"

"重建含烟山庄！"柏霈文叫了起来，他的脸孔发亮，"你提醒了我！是的，我要重建含烟山庄！要恢复那个大的玫瑰园！她仍然爱着玫瑰花，你知道吗？哦，"他忽然想了起来，"立德，你的农场怎样？你来了，就忙着弄清楚含烟的事，我都忘了问问你。还有你太太和孩子们，都好吗？"

"是的，他们都好，"高立德说，他已经在六年前结了婚，"南部太阳大，两个孩子都晒得像小黑炭一样。至于农场嘛——"他沉吟了一下，"惨淡经营而已。我不该弄那些乳牛，台湾的牛奶实在不好发展。可能，我要把牛卖掉。"

"我说——"霈文小心地、慢慢地说，"把整个农场卖掉，如何？"

"怎么？"高立德盯着他，"我不懂你的意思！"

"你瞧，我的茶园已经弄得一塌糊涂了，现在已是该收秋茶的时候，我也没精力去处理，而野草呢，你说的，已经到处都是。去年我所收的茶青，只有你在的时候的一半。所以——我说，回来吧，立德。像以往一样，算你的股份，我们等于合伙。怎样？能考虑吗？"

高立德微笑着，注视着那一片片的茶园，他确实有种心痛的感觉，野草滋生着，茶叶已经长老了，却还没有采摘，而且，显然很久都没有施肥了，那些茶树已露出营养不良的痕迹。这茶园！这茶园曾耗费过他多少的心血！他沉思着，许久没有说话。

"怎样呢？"柏霈文追问着。

"哦，你不了解我的情绪，"高立德终于说，"我很愿意回到你这儿来。但是，我那农场虽小，到底是我自己的一番事业，而这茶园……"

"我懂了。"柏霈文打断了他，"你认为是在帮别人做，不是你自己的事业！你错了，立德。我是来请求你跟我合作，既然是合作，这也是你的事业。而且，茶叶都认得你，不认得我，它们都听你的话，立德，你是它们的主人！"

高立德笑笑。

"说得好！霈文，你打动了我。"他说，"但是，我现在的情况和以前不同，以前我是单身汉，现在我有一个家，一切总有个牵掣。所以，你让我考虑考虑吧！"

"我告诉你，立德，"霈文兴奋地说，"我要重建含烟山庄，然后，我要搬回到山庄里去住，至于现在我住的这栋房子，就刚好给你和你的家人一起住！你瞧，这不是非常圆满吗？"

"你要住回含烟山庄？和爱琳一起？"高立德怀疑地问。

"不！我要和爱琳离婚，我的原配并没有死亡，那婚姻原就无效！"

"别忘了你答应含烟的话！"

"那是不得已！"

"她会要你兑现的！她是个坚决的小妇人！"

"我会努力，"柏霈文说，"我要重建我的家：丈夫、妻子和他们的女儿，该团聚了！这原是个幸福的家庭啊！"

"好吧！我看你的！"高立德说，"我可以跟你约定，哪一天，你真说服了含烟，解决了你跟爱琳的婚姻，重建了含烟山庄，那么，我就哪一天回来，再来重整这个茶园！"

"真的吗？"

"真的！"

"那么，我们一言为定！到时候，你必定回来，不再用各种理由来搪塞我！"

"是的！不过，你还有一段艰苦的路程呢！"

"那是我的问题！"柏霈文说，伸出手来，"我们握手为定吧！不许反悔！"

于是，两个男人的手紧紧地握在一起了，一层新的友谊和信念，也在这紧握的手中滋生了。高立德惊奇地看着霈文，他看到了一张明亮而果决的脸，看到了一个勇敢的、坚定的、新的生命。他是那样迷惑——这完全是一个死而复苏的灵魂啊！

黄昏的时候，方丝萦牵着亭亭的手走出学校，才出校门，就一眼看到柏霈文和高立德都站在校门旁边。亭亭立刻抛开了方丝萦的手，扑奔过去，叫着说：

"爸爸！爸爸！高叔叔！高叔叔！"

柏霈文抓住了亭亭的小手，用手揽着她那小小的肩，他微笑着，笑得好温柔，充满了宠爱和喜悦。他抚摩了一下她的头发，说：

"今天在学校里乖吗？有没有被老师骂？"

"没有！训导主任还夸我好呢！"

"真的？"

"不信你问方老师！"

方丝萦站在一边，她正用一种讶异的神情注视着柏霈文。他变了！她立刻发现了这一点，他浑身都充满了一份热烈的温情，他的脸孔明亮，他的声音和煦，他恢复成了一个"人"，一个活生生的、有血有肉有骨头的人！她瞪视着他，而亭亭已经跑了过来，摇着她的手，那孩子用一种爱娇的声音，甜甜地说：

"你告诉爸爸！方老师！你告诉爸爸！"

"是吗？"柏霈文的脸转向了方丝萦这边，"她说得对吗？"他的声音好温柔好温柔，他的脸上绽放着一片柔和的光彩。

"是的，她说得对。"方丝萦慢吞吞地说，她的神志好恍惚。

"你看！是吧？我没撒谎！"亭亭得意地转向了她的父亲，接着，她又转向了高立德，"高叔叔，你要在我家住几天？"

"我明天就要走！"

"那么快？怎么不多住几天呢？"

"你要高叔叔下次把两个弟弟带来陪你玩！"柏霈文说。

方丝萦惊奇地看着高立德。

"你结了婚？"她问。

"六年了。有两个小孩，全是男的。"

"一定很可爱。"

"很淘气。"他说，拉起亭亭的手，"来！亭亭，我们来赛跑，看谁先跑到家门口，怎样？"

"好！你先让我十秒钟！"亭亭说。

"行！"

亭亭拔起腿就跑了起来，一对小辫子在脑后一抛一抛的，两个大蝴蝶结的缎带飞舞着。小裙子也鼓满了风，像一把张开的小伞。高立德回头对方丝萦说：

"你有个好女儿。含烟，好好教育她啊！"

说完，他也像个大孩子一样，撒开腿向前追去了。

这儿，方丝萦和柏霈文被留在后面了。方丝萦看着高立德和亭亭的背影，不能不觉得高立德是故意要把他们抛下来的。她看了看身边的柏霈文，无奈地说：

"我们走吧！柏先生！"

"柏先生？"他说，"一定要这样称呼吗？最起码，你可以叫我一声霈文啊！"

"不行，我们约定好了的，一定要维持现状，我不能让下人们疑心。"

他轻叹了一声。两人沉默地向前走去，好一会儿，他说：

"你今天一定很累，昨晚，你根本一夜都没睡过。"

"还好！"她淡淡地说。

"我想要把含烟山庄重建起来，你觉得怎样？我想，你会高兴再有一个大的玫瑰园。"

"我不在乎什么玫瑰园！"她不太高兴地说，"至于要不要重建含烟山庄，那是你的事，我管不着！"

他被刺伤了，忍耐地，他又轻叹了一声。

"我猜，我让你很讨厌，是吧？"他说，"你那个在美国的朋友，那个亚力，他很漂亮吗？"

"是的，他很漂亮。"

"你没有按时间回去，他怎样了？"

"他会等的！"她故意地说，事实上，亚力在大骂了她一顿之后，就闪电和另一个美国女孩订婚了。她并不惋惜，她认为自己的选择没有错误。

"哦，"柏霈文像挨了一记闷棍，"那么，你还准备回美国去吗？"

"迟早总要去的！"

"哦，可是，昨晚你答应过留下了？"

"那并不是一辈子啊！我只说目前不离开而已。"

他咬咬牙，额上有一根青筋在跳动着。

"我觉得——"他闷闷地说，"你变得很多，你变残忍了。"

"残忍？"她冷哼了一声，"那是学来的！"

"也变得无情了！"

"有情的人是傻瓜！"

"哦！"他微喟着，不由自主地，再发出了一声叹息。谈话变得很难继续下去了。他不再说话，只是默默地行走，她也沉默地走在一边。他脸上，刚才在学校门口的那份喜悦和阳光都消失了，取而代之的，是一层重而厚的阴霾。他的脚步不经心地往前迈着，手杖也随意地拖在身边，他的心思显然是迷茫而抑郁的。因此，他直往路边的一根电线杆走去，眼看就要撞到电线杆上去，方丝萦出于本能地冲过去，一把拉住了他，喊：

"小心！"

就这样一拉，他迅速地收住步子，方丝萦正冲上前，两人竟撞了一个满怀。他扶住了她，于是，他的手捏住了她的，他不肯放开了，紧紧地握住这只柔若无骨的小手，他喃喃地激动地喊：

"含烟！"

她怔了几秒钟，然后，她就用力地抽出了自己的手来，愤怒地说："好！离开你的许诺不过几小时，你就这样不守信用！我看，这儿是绝对待不下去了！"

"哦，含烟，不，丝萦！"他急急地说，"原谅这一次，我不过是一时忘情而已。”

方丝萦正要再说什么，亭亭喘着气向他们跑了过来，一面跑，一面笑，一面喘，一面说：

“爸爸！方老师！你们猜怎样？我跑赢了！不过，”她站住，做了个好可爱的鬼脸，压低声音说，“不过，高叔叔是故意让我赢的！我看得出来！”她拉住了方丝萦的手，立即，她有些吃惊地看看方丝萦，又看看柏霈文，用很担忧的声音说，“你们在生气吗？你们吵架了吗？是吗，爸爸，方老师？”

“你方老师在生我的气，”柏霈文抓住了机会，开始利用起亭亭来了，“她说要离开我们呢！”

“真的吗，方老师？”亭亭真的受了惊吓，她用那对坦白而天真的眸子，惊慌地看着方丝萦，用自己的两只手紧抱住她的手，“爸爸惹你生气，我又没有惹你生气呀，方老师！”她怪委屈地说。

“是呀！亭亭又没惹你生气！”柏霈文接口说。

方丝萦狠狠地瞪了柏霈文一眼，不过，柏霈文是看不见的。方丝萦心中有着一肚子的火，但是，在亭亭面前，她却无法发作。看着亭亭那张忧愁的小脸，她只得故作轻快地说：

“谁生气了？根本没人生气呀！”

“是吗？真的？”亭亭欢呼起来了。然后，她嬉笑着，一只手拉住柏霈文，一只手拉住方丝萦，她竟俯头在每人的手上吻了一下，用软软的、真挚的、天真的童音说：

“好爸爸！好方老师！你们不要吵架，不要生气吧！我唱歌给你们听！”

于是，她一只手牵着一个人，小小的身子夹在两个大人的中间，她跳跳蹦蹦地走着，一面走，一面唱：

> 我有一只小毛驴，
>
> 我从来也不骑，
>
> 有一天我心血来潮，
>
> 骑着去赶集，
>
> 我手里拿着小皮鞭，
>
> 心里真得意，
>
> 不知怎么哗啦啦啦，
>
> 摔了一身泥！

方丝萦的眼眶潮湿了，紧握着那只小手，她觉得心中好酸楚好酸楚。亭亭那孩子气的、喜悦的歌声震撼了她，这不再是她第一次在正心门口所看到的那个忧忧郁郁的小女孩了。这孩子，这让她牵肠挂肚的小女儿，她怎忍心离开她？

柏霈文同样被这歌声震动，他的眼眶也潮湿了，孩子走在中间，唱着歌，他和含烟走在两旁，漫步在黄昏的小径上。这是多年以来，梦寐所求的场面啊！如今，竟会如愿以偿了，但是，这局面能维持多久？能维持多久？他是否能留住含烟那颗已冷了的心？

他们往前走着，亭亭仍然不住口地唱着歌。方丝萦和柏霈文都沉默着，他们的脸色是感动的，眼眶是潮湿的。高立德站在门口等着他们，看到这样一幅图画，他的眼眶不由自主地也潮湿了。

这天晚上，柏霈文吩咐，很早就吃了晚饭，他坚持亭亭今晚不必再补功课了，因为，方老师很累了。确实，一夜无眠，又上了一天课，再加上这么多感情上的冲击、压力、困扰……她是真的倦了，非常非常地疲倦了。她很早很早就回到了卧房，她想睡了。或者，在一次充足的睡眠之后，她可以再好好地想一想。

一进房，是扑鼻而来的玫瑰花香，床头柜上，又换了新鲜的玫瑰花了。方丝萦不禁轻叹了一声。换上了睡衣，刷过了头发，她神思迷惘地走到床前。不行，她今天是什么都不能再想了，她必须要睡了。掀开被褥，她正要躺下去，却忽然吃了一惊，在那雪白的被单上，一枝长茎的红玫瑰正静静地躺着，在玫瑰下面，压着一张字条。她拾起了玫瑰，取出那张字条，上面，是一个盲人的、歪扭而凌乱的字迹：

祝

　　好梦无数

她颓然地放下了花，颓然地倒在枕上。满被褥都是芬芳馥郁的玫瑰花香。她合上眼睛，无法成眠，脑子里充满了凌凌乱乱的思绪，迷迷茫茫的感觉和一份酸酸楚楚的柔情。她再睁开眼睛，那床头柜上的玫瑰花都对她灿烂地笑着。

庭院深深

贰拾伍

TWENTY-FIVE

"如果你还有一点儿志气，一点儿自尊，就别这样赖在别人的家里！听到了吗？

走！马上走！"

第二天一早，高立德就回到南部去了。同日的黄昏，方丝萦带着亭亭走进客厅时，发现爱琳回来了。

爱琳已经换上了家常的衣服，一件橘红色的毛衣，和同色的裙子，仰靠在沙发中，她若有所思地注视着小几上的一瓶红玫瑰。在饭厅的桌上，也有一大瓶，不知何时开始，这客厅中到处都是玫瑰花了。听到她们进来，爱琳懒洋洋地抬起睫毛来，看了她们一眼，心不在焉地问：

"亭亭，你爸爸到哪里去了？"

"他出去了吗？我不知道，我在学校里。"亭亭说，有些怯生生的，她一看到爱琳，就像小老鼠见到了猫似的。方丝萦才想起刚刚没有看到老尤和车子，显然柏霈文是出去了。

"他的病倒好了？"爱琳问，一面用一个小锉刀修着指甲，也不知道是在向谁问话。

"好了，早就好了。"方丝萦代亭亭回答了，注视着爱琳，出于礼貌地问，"您回来多久了？"

"下午到家的。"爱琳说，突然抬起眼睛来，深深地看了方丝萦一眼，"方小姐，坐下谈谈吗？"

方丝萦坐了下去，一面把手里的书本交给站在一边的亭亭说：

"亭亭，把这些书放到我屋里去。你也把制服换下来吧，免得明天上课时又脏了。"

亭亭捧着书本走上楼去了。方丝萦掉回眼光来，才发现爱琳正用一副研究的、怪异的眼神，紧紧地盯着她。

"方小姐，"她慢吞吞地说，"你似乎很喜欢孩子？"

"是的。"

"你为什么不结婚？"

方丝萦怔了怔，接着就苦笑了一下。她看着爱琳，不知爱琳今天是怎么回事，找她谈话！这是很反常的！她总不会一回家就发现了什么端倪吧？那是不可能的。何况她还没有见着需文。

"每个人有不同的遭遇，你知道。"她回避地说。

"恋爱过吗？"爱琳追着问。

"是的。"她有些不安。

"怎样呢？有段伤心的往事，我想。"

"哦！"她无力地应了一声，看着爱琳，她想采取主动了，"不是每个人都有您这样的运气，柏太太。有个幸福的家庭是不容易的。"

"哼！"爱琳冷笑了一声，漂亮的大眼睛冷冷地盯着她，"你在讽刺吗？你也看到了！幸福家庭，可真够幸福、够温暖的！"

"只要你愿意让它幸福……"她低低地说。

"你说什么？"爱琳捉住了她的语音，"你的意思是——"

"柏太太！"爱琳俯向她，这几句话倒是非常诚恳的，"你可以改变一切的，只要你愿意！那父亲和那孩子，都很需要你呢！"

"你怎么知道？"爱琳挑高了眉梢，她那美丽的大眼睛里有着火焰，愤怒的、仇恨的火焰，"你根本不知道！你什么都不知道！他们都不需要我，他们需要的，只是一个鬼魂！章含烟的鬼魂！"

方丝萦情不自已地打了个冷战。

"我从没听说过，人会战胜不了鬼魂的！"她软弱地、勉强地说。

"那么，你现在就听说过了！"爱琳说，看着她，然后，爱琳忽然转变了话题，"好吧！告诉我吧！我离开的这几天家里发生了什么事？"

"怎么？"她一惊，"没什么呀，只有——只有亭亭喊高叔叔的那个客人来住过两天。"

"这个我知道了。亚珠已经说了。他来干吗？"

"不——不知道。"

"这些花呢？"爱琳指着那瓶玫瑰，"是为什么？"

"哦？"方丝萦瞪着她。

"你不懂吗？柏家客厅里从没有玫瑰花！这是他的法律！现在，这些花是为了什么？"

"我——对不起，我不知道。"

"你不知道吗？"爱琳紧紧地望着她，"可是，你的房里也在开玫瑰花展呢！"

那么，爱琳到过她的房里了！方丝萦迎视着爱琳的目光，这女人并不糊涂啊！她的感觉也是敏锐的，反应也是迅速的。她咬咬嘴唇，轻声地说：

"柏太太，柏先生并没有给我法律，说我房里不能有玫瑰花啊！"

爱琳斜睨着她，好半天没有说话，方丝萦开始感到那份剑拔弩张的气氛在她们之间酝酿。她不喜欢这样，她并不愿和爱琳树敌，无论如何，在这家庭里，她只是个被雇用的家庭教师，而爱琳却是女主人啊！

"当然，他没有给你法律，"爱琳慢吞吞地开了口，"就是这个，才让人奇怪呢！"

方丝萦站起身来，很快地，她说：

"啊，柏太太，假若这些玫瑰花使你不高兴，我把它拿去丢了吧！"

"哦，不，"爱琳立即阻止了她，"想必这些玫瑰花会使有些人高兴的，要不然他不会叫亚珠跑那么远的路去买！噢，方小姐，请坐下好吗？"

方丝萦无奈地坐了回去，她看着爱琳，不知爱琳到底想要怎样。爱琳靠在沙发里，又开始修起她的指甲来了。好长一段时间，她就那样修着、剪着、锉着，根本连头都不抬一下，似乎根本不知道方丝萦的存在。这种漠视，这种傲气，这种颐指气使的主人态度，使方丝萦受伤了。她深深地注视爱琳，静静地问：

"柏太太，你要我留下来，有什么事吗？"

爱琳伸开了自己的手指，打量着那些修好了的指甲，然后，她突然掉过头来问：

"会擦指甲油吗？"

"哦？"方丝萦愕然。

"我问你，会不会涂指甲油？你可以帮我涂一下。"

方丝萦瞪视着爱琳，于是，在这一刹那间，她明白了。爱琳要她留下来，没有别的，只是要屈侮她，要挫折她，爱琳要找一个发泄的对象，去发泄她那一肚子的怨气。而她呢？成了爱琳最好的发泄对象。

"哦，对不起，"她说，"我不会。"

"不会？"她挑了挑眉毛，"那你会做什么？会侍候瞎子，我想。"方丝萦惊跳起来，她按捺不住了。睁大了眼睛，她盯着爱琳，用压抑的、愤怒的语气问：

"你是什么意思，柏太太？"

"哈哈！"她冷笑了，"别那样紧张，没有做贼，就不必心虚啊！"她也站起身来了，把指甲刀扔在桌上，她走到窗边，看着外面。窗外有汽车喇叭声，柏霈文回来了。

方丝萦仍然呆立在客厅里，她的心情又陷进了一份混乱的迷惘之中，在迷惘之余，还有种委屈的、受伤的、矛盾的和痛楚的感觉。噢，这一切弄得多么复杂，多么尴尬？她如何继续留下去？以后又会怎样发展？在爱琳的盛气凌人下，她能待多久？难道十年前受的委屈还不够，现在还要来受爱琳的气？

她慢慢地转过身子，向楼梯的方向走去。她的脚步好滞重，好无力。才走到了楼梯口，她就听到身后一声门响，和柏霈文那兴奋的呼叫声："丝萦！你在吗？"

方丝萦站住了，回过头来，她看到柏霈文站在客厅门口，手中高举着一个大纸卷，脸上遍布着高兴的、喜悦的光彩。她来不及开口，窗前的爱琳就发出了一声轻哼。听到这声轻哼，柏霈文脸上的喜悦消失了，他高举的手乏力地垂了下来，把脸转向了窗子，他犹豫地说：

"爱琳，是你？"

"是的，是我，"爱琳冷冰冰地说，看了站在楼梯口的方丝萦一眼，"不过，你要找的丝萦也在这儿！"

方丝萦低低地、无奈地叹息。这种气氛之下，她还是走开的好。回过身子，她向楼上走去。可是，立即，爱琳厉声地喝住了她：

"站住，方小姐！"

她愕然地站住，回过头来，爱琳那对火似的眸子，正锐利地盯着她。"你没听到你的主人在叫你吗？你怎么可以自顾自地往楼上走？下来！"

方丝萦的背脊挺直，肌肉僵硬。站在那儿，扶着楼梯的扶手，她居高临下地看着客厅里的一切。柏霈文的脸色苍白了，他的声音急促而沙哑：

"爱琳，你这是做什么？方小姐有自由做她要做的事，她高兴上楼就上楼，高兴下楼就下楼！"

"是吗？"爱琳用鼻音说，"她在这家里是女王吗？我偏要叫她下来！我看，慢慢地，她快要骑到我的头上去了呢！下来，听到了吗，方小姐！"

方丝萦面临了一项考验，下楼，是将自尊和情感都一脚踩碎。上楼，是对这个家庭和亭亭告别。她呆立在那儿，一动也不动。而柏霈文却先她发作了，他走向了爱琳，大声而愤怒地吼叫着说：

"你没资格对方小姐下命令！爱琳！她也无须乎听从你！如果你自爱一点儿，就少开尊口！"

爱琳的身子挺直了，她的眉毛挑得好高好高，眼睛瞪得好大好大，怒火燃烧在她的脸上和眼睛里，她逼近了霈文，胸口剧烈地起伏着。喘着气，她用低沉的、残酷的、仇恨的声音说：

"柏霈文！你这个浑蛋！你这个瞎子！你不必包庇那个女人，我知道，你的眼睛虽瞎，你的坏心眼可不瞎！今天，我要叫她走！我告诉你，我到底还是这家里的女主人！"她掉头对着方丝萦，"听到了吗？收拾你的东西，马上离开柏家！"

"丝萦！"柏霈文急促地喊，"不要听她的！不要听她的！你不是她请来的……"

"走！听到了吗？"爱琳也喊着，"如果你还有一点儿志气，一点儿自尊，就别这样赖在别人的家里！听到了吗？走！马上走！"

方丝萦紧紧地咬住了牙，胸口像燃烧着一盆火，又像有数不清的浪

潮在那儿翻腾汹涌，她的视线变成了一片模糊，她听到爱琳和霈文仍然
在那儿吼叫，但她已经完全听不清楚他们在吼叫些什么了。转过身子，
她开始机械化地、无力地、沉重地向楼上走去。听到她上楼的脚步声，
柏霈文不顾一切地追了过来，声嘶力竭地、又急又痛地喊着：

"丝萦！你绝不能走！听我的！你绝不能走！"

他冲得那么急，在他前面，有张椅子拦着路，他直冲了过去，连人
带椅子都倾跌在地上，发出一阵哗啦啦的巨响。他摸索着站了起来，这
一下显然摔得很重，好一会儿，他扶着楼梯的栏杆，不能移动。然后，
他仰头向着楼梯，用那么焦灼而担忧的声音，试探地喊：

"丝萦？"

方丝萦咽下了哽在喉咙口的硬块。一甩头，她毅然地撇开了柏霈
文，自顾自地走上了楼。到了楼上，她才吃惊地看到亭亭正坐在楼梯最
高的一级上，两手抓着楼梯的栏杆，睁大了眼睛注视着楼下的一切。她
的小脸已吓得雪白，瘦小的身子在那儿不停地颤抖着。看到了方丝萦，
她伸出了她的小手来，求助似的拉着方丝萦，两行泪水滑下了她的小
脸，她啜泣着轻声叫：

"方老师！"

方丝萦拉住了她，把她带进了自己的屋里。关上了房门，她坐在椅
子中，把那颗小小的脑袋紧紧地揽在自己的怀里。她抚摩她的面颊，抚
摩她的头发，抚摩她那瘦瘦的小手。然后，她把自己的脸埋进了那孩子
胸前的衣服里，开始沉痛地、心碎地啜泣起来。那孩子吃惊了，害怕
了，抱着她的身子，摇着她，嘴里不住地低呼着：

"方老师！方老师！方老师！"

然后，那小小的身子溜了下去，溜到地毯上，她跪在方丝萦的面前

了，把两只手放在方丝萦的膝上，她仰着那遍是泪痕的小脸，看看方丝萦，低声地、哀求地说：

"你不走吧，方老师？求你不要走吧！求求你！求求你！方老师？"

透过了泪雾，方丝萦望着孩子那张清清秀秀的脸庞，她的心脏收紧，收紧，收紧成了一团。她轻轻地拂开亭亭额前的短发，无限怜惜地抹去了亭亭颊上的泪痕，再把那孩子的头温柔地压在自己的膝上。噢！她的孩子！她的女儿！她的"家"！现在，她将何去何从？何去何从？就这样，她用手抱着亭亭，坐在那儿，许久许久，一动也不动。

楼下，柏霈文和爱琳的争执之声，仍然传了过来，而且，显然这争吵是越来越激烈了。随着争吵的声浪，是一些东西摔碎的声响。那诟骂声，那诅咒声，那摔砸声造成了巨大的喧嚣和杂乱。方丝萦沉默着，那蜷伏在她膝上的孩子也沉默着。最后，一切终于安静了下来，接着，是汽车惊人的喇叭声响和车子飞驰出去的声音。方丝萦和亭亭都明白，爱琳又驾着车子出去了。

方丝萦以为柏霈文会走上楼来，会来敲她的门，但是，没有。一切都很安静，非常非常安静，安静得让人吃惊，让人心慌。到了吃晚饭的时候，方丝萦才带着亭亭走下楼。她看到柏霈文沉坐在一张高背的沙发椅里，苍白着脸，大口大口地喷着烟雾。亚珠正轻悄地在收拾着地上的花瓶碎片。杂在那些碎片中的，是一地被蹂躏后的玫瑰花瓣。

餐桌上的空气非常沉闷，三个人都默然不语，柏霈文的神情是深思而略带窥伺性的。他似乎在防范着什么，或者，他在等待着方丝萦的发作。可是，方丝萦很安静，她不想再多说什么，对霈文，即使再埋怨，再发脾气，又有什么用呢？亭亭带着一脸的畏怯，瑟缩在两个大人的沉默之下。于是，一餐饭就在那沉默而安静的气氛下结束了。饭后，方丝紫带着亭亭走上楼去，在楼梯口，她的脚绊到了一样东西，她弯腰拾了起来，是柏霈文带回来要给她看的那个纸卷，她打开来，看到了一张画得十分精致的建筑图样，上面用红笔写着：

含烟山庄平面图

她知道柏霈文这一天忙了些什么了。他无法再自己设计，只得求助于他人，想必，他和那建筑师一定忙了整个下午。她不由自主地感到一阵痉挛般的痛楚，啊，这男人！啊，她曾梦想过的含烟山庄！她走到柏霈文的面前，把这纸卷放在柏霈文的膝上，她低声说：

"你的建筑图，先生。"

柏霈文握住了那图样，一语不发。但他的脸仰向了她，带着满脸的期盼与等待，似乎在渴望着她表示一点儿什么。她什么都没说。她也不敢说什么，因为她的喉咙哽住了，任何一声言语都会泄露她心中的感情。她带着亭亭继续往楼上走去，但是，当她上楼前再对他投去一瞥，他那骤然浮上脸来的萧索、落寞和失意却震动了她，深深地、深深地震动了她。

整晚，方丝紫都在亭亭屋里，教她做功课，陪伴着她。一直到亭亭上了床，她仍然坐在床边，望着亭亭那睡意蒙眬的小脸。她为亭亭整理着枕头，拂开那满脸的发丝，同时，轻轻地、轻轻地，她为亭亭唱着一支催眠歌：

　　　　夜儿深深，人儿静静，
　　　　小鸟儿也停止了低吟，

> 万籁俱寂，四野无声，
> 小人儿啊快闭上眼睛，
> 风声细细，梦魂轻轻，
> 愿微笑在你唇边长存！
> ……

那孩子张开眼睛来，蒙蒙眬眬地再看了方丝萦一眼，她打了个哈欠，口齿不清地说：

"老师，你像我妈妈！"

闭上眼睛，她睡了。方丝萦弯下身子，轻吻着她的额，再唱出下面的两句：

> 睡吧睡吧，不要心惊，
> 守护着你啊你的母亲！

孩子睡着了。方丝萦给她掖好了四周的棉被，把洋娃娃放在她的臂弯里。然后，她站在床边，静静地望着亭亭，泪水模糊了她的视线，那孩子的脸像浮在一层水雾里。好久之后，她悄悄地退出了这房间，关上房门。于是，她发现柏霈文正靠在门边上，在一动也不动地倾听着她的动静。她呆了呆，默默地看了看他，就垂下头，想绕过他回到自己的屋里去，可是，他准确地拦住了她。

"丝萦！"他轻声叫，"说点儿什么吧！为你所受的委屈发脾气吧！别这样沉默着。好吗？"

她不语，两滴泪珠悄悄地滑下了她的面颊，跌落了下去。她轻轻地摆脱了他，向自己的门口走去。他没有再拦阻她，只是那样靠在那儿，带着一脸的痛楚与求恕。她走进了自己的房间，回过头来，低低地抛下了一句：

"再见！"

她不敢再看他，很快地，她把门关了起来。

庭院深深

贰拾陆

TWENTY–SIX

"我爱他，"她忽然说，"我好爱好爱他，我用尽了一切的方法，却斗不过那个鬼魂！"

　　午夜，方丝萦平躺在床上，瞪视着天花板，呆呆地发着愣。在她身边的地毯上，她的箱子打开着，所有的衣物都已经整齐地收拾好了。她本来准备再一次地不告而别，可是，到了临走前的一刹那，她又犹豫了。她是无法拎着箱子悄无声息地离开的，而且，正心的课程必须继续下去，她以前的宿舍又早已分配给了别人。她如果要走，只好先去住旅社，然后再租一间屋子住，每天照常去正心上课。但是，这样，柏霈文会饶过她吗？

　　"啊，这一切弄得多么复杂，多么混乱！"

　　她想着，眼睛已经瞪得干而涩。这家庭，在经过爱琳这样强烈的侮辱和驱逐之后，什么地方还能容她立足？走，已经成了当务之急，她无法再顾虑亭亭，也无法再做更深一层的研究了。是的，她必须离去，必须在爱琳回来之前离去！否则，她所面临的一定是一连串更深更重的屈辱！她不能犹豫了，她已经没有选择的余地！女主人已经对你下了逐客令了，你只有走！

　　她站了起来，对着地上的那只箱子又发了一阵呆，最后，她长叹了一声。合起箱子，她把它放在屋角，管他什么箱子呢？她尽可以把一切都安排好了之后，再来取这只箱子，即使不要它，也没什么关系，她不再是以前那个穷丫头了，在她的银行存折上，她还有着足够的金钱。她穿上了外套，拿起手提包，不由自主地，她看了看床头柜上的玫瑰花，依稀恍惚，又回到了十年前的那个晚上，那个凄苦的风雨之夜！这是第二次，她被这个家庭放逐了！啊！柏霈文，柏霈文，她与这个名字是何等无缘！她的眼睛蒙眬了。

忽然，她惊觉了过来，夜已深了，爱琳随时可能回来，此时不走，还等到什么时候？她拉了拉衣领，再叹了口气，打开房门，她对走廊里看过去，四周静悄悄的，整个柏宅都在沉睡着，柏霈文的房门关得很紧，显然，他也已经进入梦乡了。她悄悄地走了出来，轻轻地，轻轻地，像一只无声的小猫。她走下楼，客厅里没有灯光，暗沉沉的什么都看不到。她不敢开灯，怕惊醒了下人们。摸索着，她向门口走去，她的腿碰到了桌脚，发出一声轻响，她站住，侧耳倾听，还好，她并没有惊醒谁。她继续往前走，终于走到了门口，她伸出手来，找到了门柄，刚刚才扭动了门柄，一只手突然从黑暗中伸了出来，一把抓住了她的手腕。她大惊，不自禁地发出一声轻喊，然后，她觉得自己的身子被人抱住了，同时，听到了霈文那低沉而喑哑的声音：

"我知道你一定又会这样做！不告而别，是吗？所以我坐在这儿等着你，你走不了！含烟，我不会再放过你了！永远不会！"

她挣扎着，想挣出他的怀抱，但他的手腕紧箍着她，他嘴里的热气吹在她的脸上。

"这样是没用的，"她说，继续挣扎着，"你放开我吧！如果我决心要走，你是怎样也留不住的！"

"我知道，"他说，"所以，我要你打消走的念头！你必须打消！"

"留在这儿听你太太的辱骂？"她愤愤地问，"十年前我在你家受的屈辱还不够多，十年后再回到你这儿来找补一些，是吗？"

"你不会再受任何委屈，任何侮辱，我保证。"

"你根本保证不了什么。"她说，"你还是放开我吧，我一定要在你太太回来前离开这儿！"

"你就是我太太！"她停止了挣扎，站在那儿，她在黑暗中瞪视着他的脸，一层愤怒的情绪从她胸中升了起来，迅速地在她血管中蔓延。许许多多积压的委屈、冤枉、愤怒，都被他这句话勾了起来，她瞪着他，狠狠地瞪着他，憋着气，咬着牙，她一个字一个字地说：

"你还敢这样说？你还敢？你给过我一些什么？保护？怜惜？关怀？这十年来，你在做些什么……"

"想你！"他打断了她。

"想我？"她抬高了眉毛，"爱琳就是你想我想出来的吗？"

"那是妈的主意，那时我消沉得非常厉害，她以为另一个女人可以挽救我，自你走后，妈一直对我十分歉疚，她做一切的事，想来挽回往日的过失，你不知道，后来妈完全变了，变成了另一个人……"

"我不想听！"她阻止了他，"我不想再听你的任何事情，你最好放开我，我要走了！"

"不！"他的手更加重了力量，"什么都可以，我就是不能放开你！"

"你留不住我！你知道吗？明天放学后，我可以根本不回来，你何苦留我这几小时，让我再受爱琳的侮辱？你如果还有一点儿人心，你就放手！"

"我不能放！"他喘息着，他的声音里带着强烈的激情，"十年前的一个深夜，我失去过你，我不能让老故事重演，我有预感，如果我今夜让你离开，我又会失去你！你原谅我，含烟，我不能让你走！如果我再失去你一次，我会发疯，我会发狂，我会死去，我会……啊，含烟，请你谅解吧！"

"我不要听你这些话，你知道吗？我不在乎你会不会发疯发狂，你知道吗？"她的声音提高了，她奋力地挣扎，"我一定要走！你放手！"

"不！"

"放手！"

"不！"

"放手！"她喊着，拼命扳扯着他的手指。

"不，含烟，我绝不让你走，绝不！"他抱紧了她，他的胳膊像钢索般捆牢了她，她挣不脱，她开始撕抓着他的手指，但他仍然紧箍不放，她扭着身子，喘息着，一面威胁地说：

"你再不放手，我要叫了。"

"叫吧！含烟，"他也喘着气说，"我绝不放你！"

"你到底放不放手？"她愤怒到了极点。

"不，我不能放！"

"啪"的一声，她扬起手来，狠狠地给了他一个耳光，在这寂静的深夜里，这一下耳光的声音又清脆又响亮。她才打完，就愣住了，吃惊地把手指衔进了嘴中。她不知道自己怎会有这种行为，她从来也没有打过人。瞪大了眼睛，她在黑暗中望着他，她看不清他的表情，但可以感到他胸部的起伏，和听到那沉重的呼吸声。她想说点儿什么，可是，她什么都说不出来。然后，好像经过了一个世纪那么久，她才听到他的声音，低低地、沉沉地、幽幽地、柔柔地、安安静静地在说：

"含烟，我爱你。"

她忽然崩溃了，完完全全地崩溃了。一层泪浪涌了上来，把什么都遮盖了，把什么都淹没了。她失去了抵抗的能力，她也不再抵抗了。用手蒙住了脸，她开始哭泣，伤心地、无助地、悲悲切切地哭泣起来。这多年来的痛苦、折磨、挣扎……到了这时候，全化为两股泪泉，一泻而不可止。于是，她觉得他放松了她，把她的手从脸上拉开，他捧住了她的脸，然后，他的唇贴了上来，紧紧地压在她的唇上。

一阵好虚弱的眩晕，她站立不住，倾跌了下去，他们滚倒在地毯上，他拥着她，他的唇火似的贴在她的唇上，带着烧灼般的热力，辗转吸吮，从她的唇上，到她的面颊，到她的耳朵、下巴和颈项上。他吻着她，吮着她，抱着她，一面喃喃不停地低呼着：

"哦，含烟，我心爱的，我等待的！哦，含烟，我爱你！我爱你！我爱你！"

她仍然在哭，但是，已是一种低低的呜咽，一种在母亲怀里的孩子般的呜咽。她不由自主地偎着他，把她的头紧靠着他那宽阔的胸膛。她累了，她疲倦了，她好希望好希望有一个保护。紧倚着他，她微微战栗着，像个受伤的、飞倦了的小鸽子。

"都过去了，含烟。"他轻抚着她的背脊，轻抚着她的头发，把她拉起来，他们坐进了沙发中，他揽着她，不住地吻着她的额头，她那湿润的眼睛和那小小的唇，"不要离开我，不要走，含烟，我的小人儿，不要走！我们要重新开始，含烟，我答应你，一切都会圆满的，我们将找回那些我们损失了的时光。"

她不说话，她好无力好无力，无力说任何的话，她只能静静地靠在他的肩头。然后，一阵汽车喇叭声划空而来，像是一个轰雷震醒了她，她惊跳起来，喃喃地说：

"她回来了。"

"别动！"他抱紧了她，"让她回来吧！"

"你——"她惊惶而无助，"你预备怎样？"

"面对现实！我们都必须面对现实，含烟。如果我再逃避，我如何去保有你？"

"不，"她急迫地、惶恐地说，"不要，这样不好，我不愿……"她没有继续说下去，门开了，一个身影跌跌冲冲地闪了进来，一声电灯开关的响声，接着，整个屋子里大放光明。方丝萦眨动着眼睑，骤来的强光使她一时睁不开眼睛，然后，她看到了爱琳。后者鬓发蓬松，服装不整，眼睛里布满了红丝，摇摇晃晃地站在那儿，睁大了一对恍恍惚惚的眸子，不太相信似的看着他们。好半天，她就那样瞪视着，带着两分惊奇和八分醉意。显然，她又喝了过量的酒。

"嗝，"终于她打着酒嗝，扶着沙发的靠背，口齿不太灵便地开了口，"你们……你们倒不错！原来……原来是这样的！方——方小姐，好手段哪！这个瞎子并不十分容易勾引的！你倒教教我，你——你怎样到手的？你怎样让他——他抛掉了那个鬼魂？"

方丝萦蜷伏在沙发中，无法移动。一时间，她不知道该说什么，该做什么，也不知该如何处置这种局面。爱琳显然醉得厉害，这样醉而能将车子平安驾驶回来，不能不说是奇迹了。柏霈文站起身来了，他走向爱琳的身边，深吸了一口气，冷静地说：

"你喝了多少酒？"

"你关心吗？"她反问，忽然纵声大笑了起来，把手搭在柏霈文的手腕上，她颠踬了一下，柏霈文本能地扶住了她，她把脸凑近了柏霈文，慢吞吞地说："我喝了酒，是的，我喝了酒，你在意吗？你明知道我是怎样的女人，抽烟、喝酒、跳舞、打牌……我是十项全能！你知道吗？十项全能！而且，我有成打的男朋友，台中、台北、高雄，到处都有！他们都漂亮，会玩，年轻！比你强一百倍、一千倍、一万倍！你以为我在

乎你！柏霈文！我不在乎你！我告诉你，我不在乎你！你这个瞎子！你
这个残废！我告诉你，"她凑在他耳边大吼，"我不在乎你！"

柏霈文的身子偏向了一边，爱琳失去了倚靠，差点儿整个摔倒在地
上，她扶住了沙发，好不容易才站稳，踉跄着，她绕到沙发前面来，就
软软地倾倒在方丝萦对面的沙发上，乜斜着醉眼，她看着方丝萦，用一
个手指头指着方丝萦，警告似的说：

"我——我告诉你，嗝，你这个——这个小贱种，你如果真喜欢——
喜欢这个瞎子，我——让给你！我不稀罕他！不过，你——你——你会
制鬼吗？一个落水鬼！含烟山庄的鬼？你——你——"爱琳认真地看她，
扬起了那两道长长的眼睫毛，眸子是水雾蒙蒙的，神情是醉态可掬的，
"你真的会捉鬼吗？说不定，你是个女巫！一个女巫！"她又打了个酒嗝，
把手指按在额上，"你一定是女巫，因为我看到好几个你，好几个！哈
哈！我一定有两个头，是不是？我有两个头吗？"

柏霈文走了过来，站在爱琳的面前。他的脸色是郑重、严肃，而略
带恼怒的。

"听着！爱琳！"他说，"我本来想在今晚和你好好地谈一谈，但是，
你醉成这个样子，我看也没有办法谈了。所以，你还是上楼去睡觉吧，
我们明天再谈！"

"谈，谈，谈！"她把脸埋在沙发靠背中，用手揉着自己的头发，含
含糊糊地说，"你要和我谈？哈哈，嗝，你居然和我还会有话谈？我以
为，你——嗝，你只有和鬼才有话谈呢！嗝，"她用手拥住头，和一阵突
然上涌的恶心作战，闭上眼睛，她喘了口气，费力地把那阵难过给熬过
去了。柏霈文伸出手来，抓住了她的手腕。

"上楼去吧！你！"他说，带点儿命令味道。

　　她猛力地挣开了他，突然间，她像只被触怒的狮子般昂起了头来，对着柏霈文，爆发似的又吼又叫：

　　"不许碰我！你这个浑蛋！你永不许碰我！你这个无心无肝无肺的废物！你给我滚得远远的！滚得远远的，听到了吗？柏霈文！我恨你！我讨厌你！讨厌你！讨厌你！讨厌你！讨厌你……"

　　她一口气喊了几十个"讨厌你"，喊得声嘶力竭。方丝萦相信用人们和亭亭一定都被吵醒了，但他们早就有了经验，都知道最好不闻不问。爱琳的喉咙哑了，头发拂了满脸，泪水进出了她的眼眶，她伏在沙发背上，忽然哭泣了起来，莫名其妙地哭泣了起来。

　　"你醉了！"柏霈文冷冷地说，"你的酒疯发得真可以！"

　　方丝萦静悄悄地看着这一切，然后，她从她蜷缩的沙发中走出来了，一直走到爱琳的身边，她俯下身去，把手按在爱琳的肩膀上，她用一种自己也不相信的，那么友好而温柔的声音说：

　　"回房间去吧！让我送你到房里去，你需要好好地休息一下了。"

　　"不不不！"爱琳像个孩子般地说，在沙发中辗转地摇着头，继续地哭泣着，哭得伤心，哭得沉痛。

　　"你让她去吧！"柏霈文对方丝萦说，"她准会又吐又闹地弄到天亮！"

　　"我送她回房去！"方丝萦固执地说，看了柏霈文一眼，"你也去睡吧，一切都明天再谈，今晚什么都别谈了，大家都不够冷静。"

　　"答应我你不再溜走。"柏霈文说。

　　"好的，不溜走。"她轻轻地叹息，"明天再说吧！"

　　她挽住了爱琳，后者已经闹得十分疲倦和乏力了。方丝萦把她从沙发上拉了起来，让她的手绕在自己的肩膀上，再挽紧了她的腰，嘴中不住地说：

"走吧！我们上楼去！上去好好地睡一觉！走吧！走吧！走吧！"爱琳忽然变得非常顺从了，她的头乏力地倚在方丝萦的肩上，跟着方丝萦跟跟跄跄地向前走去，她依旧在不停地呜呜咽咽，夹带着酒嗝和恶心，她的身子歪歪倒倒的，像一株飓风中的芦草。方丝萦扶着她走上了楼，又好不容易地把她送进了房间。到了房里，方丝萦一直把她扶上床，然后，脱去了她的鞋子，又脱掉了她的外套，再打开棉被来盖好了她。站在床边，她没有离去，却呆呆地、出神地望着爱琳那张相当美丽的脸庞。爱琳显然很难过，她不安地在床上翻腾，模糊地叫：

"水，我要水！给我一点儿水！"

方丝萦叹了口气，走到小几边，她倒了一杯冷开水，拿到爱琳的床边来，扶起爱琳的头，她把杯子凑近爱琳的嘴边，爱琳很快地喝干了整杯水。她的面颊像火似的发着烧，她把面颊倚在冰凉的玻璃杯上，呻吟着说：

"我头里面在烧火，有几万盆火在那里烧！心口里也是，"她把手按在胸上，"它们要烧死我！我一定会死掉，马上死掉！"

"你明天就没事了。"方丝萦说，向门口走去，可是，爱琳用一只滚烫的手抓住了她。

"别走！"她说，"我不要一个人待在这房里，这房间像一个坟墓！别走！"

方丝萦站住了。然后，她干脆关好了房门，到浴室中绞了一条冷毛巾，把冷毛巾敷在爱琳的额上，她就坐在床边望着爱琳。爱琳在枕上转侧着头，她的黑眼珠迷迷蒙蒙地望着方丝萦，在这一刻，她像个孤独而无助的孩子。她不再是凶巴巴的了，她不再残酷，她不再刻毒，她只是个迷失的、绝望的孩子。

"我爱他，"她忽然说，"我好爱好爱他，我用尽了一切的方法，却斗不过那个鬼魂！"她把脸埋在枕头里，像孩子般啜泣。

"我知道，"方丝萦低低地说，"我知道。我早就知道了。"泪蒙住了她的视线。

"刚结婚的时候，他抱着我叫含烟，含烟！那个鬼！"她诅咒，抽噎，"我以为，总有一天，他会知道我，他会顾念我，但是，没有！他心里只有含烟，含烟，含烟！那个女人，把他的灵魂、他的心全带走了！他根本是死的！死的！死的！"她哭着，拉扯着枕头和被单，"一个人怎能和鬼魂作战，怎能？我提出要离婚，他不在乎，我说要工厂，那工厂才是他在乎的！他不在乎我！他从不在乎我！从不！"

泪水从方丝萦的面颊上滴落了下来，她俯下身去，把头发从爱琳脸上拂开，把那冷毛巾换了一面，再盖在她的额上。她就用带泪的眸子瞅着她，长长久久地瞅着她。爱琳仍然在哭诉，不停地哭诉，泪和汗弄湿了整个脸庞。

"我从没有别的男朋友，从来没有！我到台中去只是住在我干妈家，我从没有男朋友！我要刺激他，可是，他没有心啊！他的心已经被鬼抓走了！他没有心啊！根本没有心啊！"爱琳抓住了方丝萦的手，瞪视着她，"我没有男朋友，你信吗？"

"是的，"方丝萦点着头，"是的，我知道。你睡吧！好好地睡吧！再闹下去，你会呕吐的，睡吧！"

爱琳合上了眼睛，她是非常非常地疲倦了，现在，所有酒精都在她体内发生了作用，她的眼皮像铅一样地沉重，她的意识飘忽而朦胧。她仍然在说话，不停地说话，但是，那语音已经呢喃不清了。她翻了一个身，拥着棉被，然后，她长长地叹息，那长睫毛上还闪烁着泪珠，她似乎睡着了。

方丝萦没有立即离去，站在床边，她为爱琳整理好了被褥，抚平了枕头，再轻轻地拭去了她颊上的泪痕。然后，她低低地、低低地说："听着，爱琳，撇开了敌对的立场，我们有多么微妙的关系！我们爱着同一个男人，且曾是同一个男人的妻子。看样子，我们之间，必定有一个要痛苦，不是你，就是我，或者，最不幸的，竟是我们两个！我们该怎么办呢？该怎么协调这份尴尬？爱琳，最起码，我们不要敌对吧！如果有一天，你会想到我，会觉得我对你还有一些贡献，那么，爱那个孩子吧！好好地爱那个孩子吧！"

她转过身子，急急地走出了房间，泪，把一切都封锁了，都遮盖了。

庭院深深

贰拾柒

TWENTY-SEVEN

"是的，是她！那鬼魂！那幽灵！她踏着夜雾而来，掠夺别人的一切！"

爱琳呆呆地坐在窗前，对着那满花园的阳光发愣。隔夜的宿醉仍旧使她昏昏沉沉的，昨夜的一切也都模模糊糊，但她知道发生了一些事情，一些很重要的事情。方丝萦，那个奇异的家庭教师，自己对她说了些什么？她记得方丝萦曾逗留在她屋里，她诉说过，她哭过，枕上的泪痕犹新！那么，那家庭教师一定已知道了她心底最深处的秘密！而且，那家庭教师也说过一些什么，是什么呢？她努力地回忆，努力地思索，却什么都想不起来了！

昨晚，昨晚像隐在一层浓雾里，那样朦胧，那样混沌。唯一真实的，是当她走进客厅，开亮电灯那一刹那所见到的一幕。那长沙发，方丝萦蜷伏在那儿，像一只小猫，柏霈文紧拥着她，带着满脸最深切的激情！怎会呢？她想不透。怎会呢？或者，这只是自己的幻觉吧？或者，根本没有昨晚那一幕吧！但是，不！她还记得方丝萦的打扮，没有戴眼镜，是的，这几天她都没有戴眼镜，长发披垂，穿了一身浅蓝色的秋装……她猛地打了个冷战，不可否认，那家庭教师相当漂亮，可是，对一个瞎子而言，漂亮又怎样呢？

她烦躁地站起身来，在屋内兜着圈子，然后，她打开房门，直着喉咙喊：

"亚珠！亚珠！亚珠！"

亚珠急急地从后面跑过来，站在楼梯上，扬着声音回答：

"是，太太？"

"方老师呢？"爱琳问。

"到学校去了，和亭亭一起去的。"亚珠诧异地说。

哦，真的！怎么这样糊涂！当然是到学校去了。爱琳咬了咬嘴唇，不管怎样，今晚她要和这个女人好好地谈一谈！她要请方丝萦走！她绝不能允许自己的地盘内再有人侵入。一个鬼魂已经够了，又跑来一个活生生的人！哦，她不能容忍这个！她绝不能容忍！

"太太？"亚珠小心翼翼地说，"你要吃早餐吗？"

"不要！给我冲杯牛奶拿到楼上来。"

"是。"

关上了门，她继续坐在桌前沉思。奇怪，不论她怎样整理自己的思绪，她始终有点儿恍恍惚惚的。大概是酒的关系，酒会使人软弱。她发现自己并不像想象的那样恨方丝萦，她心底有一点儿什么奇异的东西，在那儿不听指挥地容纳着方丝萦！她困惑而迷茫地摇摇头，昨夜，昨夜她到底和方丝萦谈了些什么？

亚珠送来了牛奶，爱琳立即在她身上嗅到了一股强烈的芬芳，她冷笑着说：

"玫瑰花味，你又买了玫瑰！"

"是的，太太，买了好几打！先生叫买的！我刚刚插了好几瓶，你这儿要一瓶吗？"

"不要！你去吧！"

亚珠退了下去。爱琳倚着窗子，情绪更乱了。天知道！这家中一定发生了一些什么事！玫瑰花！玫瑰花！问题的核心在那个家庭教师身上吗？

门上传来了轻微的剥啄之声，没等她回答，门被推开了。她看过去，出乎意料，门外竟是柏霈文！他穿着件灰色的套头毛衣，灰色的西服裤，整洁、清爽，而且神采奕奕，爱琳惊异地望着他，从什么时候开始，他已经摆脱了他那份忧郁和消沉？他看来像一个崭新的人。不但如此，爱琳还几乎是痛心地发现，他虽然年纪已超过四十岁，虽然眼睛失明，他却依然挺拔、漂亮、儒雅而潇洒！依然是个吸引人的男人！难怪！难怪那个方丝萦会喜欢他！她盯着他，这男人，这男人是她的？她曾多么希望揽住那个浓发的头，抚平他眉心的皱纹，吻去他唇边的忧郁，可是，她没有做到！而如今呢？是谁抚平了那眉间的皱纹，是谁吻去了那唇边的忧郁？

"我可以进来吗？"柏霈文礼貌而温文地问，很久没有见到礼貌和温文，那不是亲切的代表，那是冷淡和疏远。爱琳知道这个，她在他心里是个陌生人。

"是的。"她的声音生而涩。

他走了进来，关上了房门，他对这间屋子的布置并不熟悉，他几乎是不进这屋子的。爱琳故意不去帮助他，让他去摸索。他找着了沙发，坐了下来，他燃起了一支烟，一副准备长谈的模样。

"昨晚你喝醉了。"他说。

"怎样呢？"她问，不由自主地带点儿挑战的意味，"虽然醉了，但并没有醉到看不清楚我眼前的好戏的地步！你要知道！"

"我知道，"他吐出一口烟来，显得冷静、沉着，而胸有成竹，"我就为了这个来和你谈。"

"别告诉我那是一时冲动……"

"不不，"他很快地接口，"不是一时冲动，完全不是。"他定了定，慢慢地说，"爱琳，我想，我们这勉强的婚姻再维持下去，对我们两个都是一件没有意义的事，所以，我来请求离婚。"

爱琳震动了一下，她紧紧地注视着他。

"为了那个家庭教师吗？"她不动声色地问，"我想，你是真的爱上她了。"

"是的。"他很干脆地回答。

她又震动了一下。靠着窗子，她端着牛奶杯，有好半天没有说话，她的眼睛注视着杯子，杯里的热气冒了出来，升腾着，弥漫着。

"怎样呢？"他问。

一股怒气从她胸坎中冲到头脑里。哦哦，这个天下最痴情的人！一个家庭教师！一个家庭教师！原来那副痴情面孔都是装扮出来的啊！

"谈离婚，这也不是第一次了！"她冷冷地说，"你不是知道我的条件吗？"

他沉吟了一下。

"你是指工厂？"

"是的。"

"你知道，工厂和茶园是分不了家的，"他困难地说，"你能提别的条件吗？例如，现款、房屋，或是一部分的茶园？"

"不。"

他咬了咬牙，烟雾笼罩着他，他显然面临了一个巨大的抉择。然后，他忽然用力地一甩头，用坚决的、不顾一切的语气说：

"好吧！我给你！"

爱琳大吃了一惊，她不相信地看着柏霈文，几乎不相信自己所听到的。工厂，那是他的祖产，他事业的重心，她深深明白这工厂在他心中的分量，不只是物质的，也是精神上的，这工厂有他的血，有他的汗。而现在，他竟毅然决然地要舍弃这工厂了？为了那个方丝萦？爱情的力量会这样大吗？这简直是不可思议的！一层嫉妒的、痛苦的情绪抓住了她，她的声音森冷：

"为了那个家庭教师，你不惜放弃工厂？她对你是这样重要吗？"

"说实话，她比一百个工厂更重要。"

"哦？"柏霈文的那份坦白更刺激了她，这女人是怎样做的？怎可能把一个男人的心收服到这个地步？她嫉妒她！她恨她！"和我离婚以后，你准备和她结婚吗？"

他深思了一下，一种十分奇妙的神情升到了他的脸上，他的脸被罩在一种梦似的光辉里去了，他的神情温柔，他的嘴角露出了一丝细腻的、柔和的微笑。

"是的。"他轻声说。

这种表情，这种面色，这种她渴求而不可得的感情！她紧握着杯子，牛奶在杯中晃动，她的呼吸急促，她的头脑昏乱，她的血脉偾张。

"那么，我们就这样讲定吧，"柏霈文又开口说，"总之，我们也做了六七年的夫妻，我希望好聚好散。我今天会去台北找我的律师，我想尽快把这事办好。关于工厂，"他心痛地叹了口气，"我会叫老张来，你可以让他把账本拿给你看。假若你没有其他的意见，我就这样子去办了！"

"慢着！"她忽然冲口而出，"你是这样迫不及待地要离婚啊！"

"怎样呢？"柏霈文锁起了眉头。

"我并没有同意啊！"

"爱琳！"柏霈文吃惊地喊，"你是什么意思？"

"我的意思是：我不同意离婚！"她盯着他，一个字一个字地说。

"可是，我已经答应把工厂给你！"柏霈文急切地说，"整个的工厂，你随时要，随时接收！"

"我改变主意了！"爱琳把牛奶杯放在桌上，斩钉截铁地说，"我不要你的工厂，我也不要离婚！你想那样顺心地娶那个女人，你办不到！"

"你这是为什么呢?"柏霈文的身子向前倾,焦灼使他的脸色苍白,他的眉毛锁成了一团,声音迫切而急躁,"你坦白说吧!你还想要些什么?你说吧!只要是我有的,你都拿去吧!别为难我!爱琳!我告诉你,我一定要和你离婚。我爱那个女人,我不惜牺牲一切,势必要得到她!你了解吗?反正,你不爱我,你有的是男朋友,你就放手吧!你会得到用不完的金钱,你没有任何损失,为什么你不肯?爱琳,你就算做一件好事吧!"

他简直是在哀求了!几时看到他如此低声下气过?爱琳的心脏绞紧了。"反正,你不爱我,你有的是男朋友……你没有任何损失!"噢,柏霈文,柏霈文,你这个瞎子!瞎子!瞎子!她迅速地瞪着他,冒火地瞪着他,她的声音尖锐而高亢:

"不!我不离婚!随你怎么说,我不离婚!我不要你的东西,你的财产,我只是不要离婚!"

"你这是和我作对!"柏霈文站起身来,一直走到爱琳的面前,"你何苦呢,爱琳!使我痛苦,你也得不到什么好处呀!你的目的是什么呢?"

"我讨厌那个女人!"爱琳吼了起来,"她会勾引你,是吗?她既然会强占别人的丈夫,我也有对付她的一套,我到底是这家里的女主人,是吗?我非但不要和你离婚,我还要她走!要她离开柏宅!"

"爱琳!"柏霈文额上的青筋突了起来,他喘着气说,"我认清你了!爱琳,你比我想象中更坏,更恶毒,更残酷!你是冷血的动物!你没有热情,没有温暖!你宁可做损人不利己的事,却不肯成全一对苦难中的恋人!是的,我认清你了!但是,你阻止不了我!我告诉你,我这次是拼了命的!你阻止不了的,我要得到她,不管用怎样的方式,我都要得到她!"

爱琳瞪大了眼睛看着他,她是那样震惊,那样激动,那样不能相信!她从没看过柏霈文如此激动,如此坚决!他的话刺伤了她,刺痛了她，她喃喃地说：

"哦！她是真的战胜了那个鬼魂了！"

"鬼魂？"柏霈文厉声说，"别再提'鬼魂'两个字！"

"你连提都不愿提了！"爱琳点着头，"她连含烟的位置都侵占了。"

"她侵占不了含烟的位置，"柏霈文说，坚定地、冷静地，"因为她就是含烟！"

"你疯了。"爱琳嗤之以鼻。

"我没有疯，这秘密已经保不住了，坦白告诉你吧，她就是含烟！她十年前并没有淹死，而去了美国，现在，她回来了！你懂了吗？她没有侵占你的位置，是你侵占了她的！"

"我不相信！"爱琳喘着气，猛烈地摇着头，"我一个字都不相信！这是谎话！天大的谎话！是你编出来的故事，你想含烟想疯了，才会编出这样一个荒谬的故事来！我一个字也不信！"

"这却是真的！"柏霈文说，"每一个字都是真的！所以她会那样爱亭亭，所以她会愿意做亭亭的家庭教师！她骗过了所有的人，也骗过了我，直到三天前，我用电报把高立德找了来，才拆穿了她！现在，你明白了吗？你明白我为什么那样爱她，那样发疯般地要得到她了吗？因为她是我的妻子！我等待了十年，我期盼了十年，我不能再失去她！我不能！"

"哦，天！哦，天！"爱琳低呼着，不由自主地向后退，退到了沙发边，她就好软弱地倒了进去。用手蒙住了脸，她开始相信这件事的真实性，她的思想混淆了，她的意识迷糊了，她的感情陷进了一份完完全全的昏乱中。这件事情打击了她，大大地打击了她。

"你懂了吗，爱琳？"柏霈文又逼近了她，"我对你抱歉，十分十分抱歉。当初，我不该和你结婚的。现在，你能同情我们的处境吗？能了解我们的心情吗？假若你肯离婚，我会感激你，非常非常感激你。爱琳，我会补偿你的损失，我会！"

你补偿不了！柏霈文，你如何补偿？爱琳昏乱地想着。泪水冲进了她的眼眶。许许多多的疑惑，现在像锁链般地连锁了起来。哦，那个家庭教师，竟是亭亭的生母！怪不得她像个母鸡保护幼雏般用翅膀遮着那孩子！哦，天！怎会有这样的事情？怎会？

"我不信，"她呻吟着说，"我还是不信。"

"看看这个。"柏霈文从口袋里掏出了一个金鸡心，"打开鸡心，看看里面的照片！"

爱琳接过了鸡心，打开来，那张小小的合照就呈现在眼前了，她看着那个少女，皓齿明眸，长发垂肩。她"啪"的一声合上了鸡心。是的，她改变得并不多，依然漂亮，依然风姿嫣然！她递还了那鸡心，喃喃地说：

"是的，是她！那鬼魂！那幽灵！她踏着夜雾而来，掠夺别人的一切！"

柏霈文不太明了爱琳的话，但是，他也无心去了解她的话。收回了鸡心，他以迫切的、诚恳的、近乎祈求的声调，急促地说：

"你懂了吧，爱琳？懂得我为什么这样发疯，这样痴狂了吧？请答应我吧，取消了我们的婚姻关系，你就成全了一个破碎的家庭！答应了吧，爱琳！为我，为含烟，为亭亭，也为你。"

爱琳痴痴地坐在那儿，有一种又想哭、又想笑的冲动。这是多么荒谬而复杂的故事！你丈夫那个早已死亡的前妻，会突然出现，来向你讨还她的位置！而现在，她将怎样呢？怎么办呢？退出自己的位置，让给那个幽魂吗？噢！她瞪着柏霈文，后者仍然在不停地说着：

"好吗，爱琳？关于我的财产，只要我做得到，你要多少，都没有关系，我可以给你！就算你帮了我一个忙，好吗，爱琳？"

好吗，爱琳？好吗，爱琳？他这一刻多温柔！所有的财产，你要多少都可以！只要还我自由！她突然猛地从沙发里站了起来，一直走到窗子旁边，她大声地说：

"我不知道！我必须要想一想！你走开吧！让我想一想，我现在没有办法答复你！"

"爱琳！"

"给我几天的时间，我现在不能做决定！我要和那个女人谈一谈！那个鬼魂！"

"爱琳，"柏霈文的神情紧张，"请不要伤害她，请不要刺激她，她已经受了过多她不该受的苦难！"

爱琳掉过头来，直视着柏霈文，她的目光奇异而古怪，她的声音深幽而低沉：

"告诉我，你到底有多爱她？有多深？"

柏霈文沉吟了一下，然后，他轻轻地念了几个句子，是含烟当日最爱唱的一支歌里的：

> 海枯石可烂，
>
> 情深志不移，
>
> 日月有盈亏，
>
> 我情曷有极！

爱琳注视着窗外，视线越过了那山坡，那茶园，她似乎看到了含烟山庄，那废墟，那真是个废墟吗？泪慢慢地滑下了她的面颊，慢慢地、慢慢地，滴落在窗棂上。

庭院深深

贰拾捌

TWENTY–EIGHT

"爱情不是怜悯和同情。"

天气是多变的，早上还是晴朗的好天气，到下午却飘起了霏霏细雨，天空黑暗了下来，秋意骤然地加浓了。放学的时候，方丝萦已经感到那份凉凉的秋意，走出校门，一阵风迎面而来，那样凉飕飕的，她不自禁地打了个寒战。抬头看了看天空，云是低而厚重的，校门口的一棵不知名的树，撒了一地的落叶。细细的雨丝飘坠在她的脸上，带来一份难言的萧索的感觉。

"哦，老尤开车来接我们了。"亭亭说。

真的，老尤的车子停在路边，他站在那儿，恭恭敬敬地打开了车门，微笑着说：

"下雨了，先生要我来接你们。"

方丝萦再仰头看了看天空，雨丝好细，好柔，好轻灵，像烟，像雾，像一张迷迷蒙蒙的大网。她深呼吸了一下，吸进了那份浓浓的秋意。然后，她对老尤说：

"你把亭亭带回去，我想在田野间散散步。"

"你没有雨衣，小姐。"老尤说。

"用不着雨衣，雨很小，你们去吧！"

"快点儿回来哦！老师，你淋雨会生病。"亭亭仰着一张天真的小脸说。

"没关系，去吧！"她揉了揉亭亭的头发，推亭亭钻进了汽车。

车子开走了。

沿着那条泥土路，方丝萦向前慢慢地走着。雨丝好轻柔，轻轻地罩着她。她缓缓地向前移动，像行走在一个梦里，那恻恻的风，那蒙蒙的雨，那泥土的气息和那松涛及竹籁，把她牵引到了另一个境界，另一个不为人知的、朦胧而混沌的境界里。她沉迷了，陶醉了，就这样，她一直走到了含烟山庄的废墟前。

推开了那扇铁门，她走进去，轻缓地游移在那堆残砖废瓦中。雨雾下的废园更显得落寞，显得苍凉。那风肆无忌惮地在倒塌的门窗中穿梭，藤蔓垂挂在砖墙上，正静悄悄地滴着水，老榕树的气根在寒风中战栗，柳树的长条上缀满了水珠，亮晶晶的，每滴水珠里都映着一座含烟山庄——那断壁残垣，那枯藤老树。

她叹息。多少的柔情，多少的蜜意，多少古老的往事，都湮没在这一堆废墟里。谁还能发掘，谁还能找寻，那些埋葬的故事和感情，属于她的那一份梦呢？像这废墟，像这雨雾，一般地萧索，一般地迷蒙，她怕自己再也拼不拢那些梦的碎片了。

在一堆残砖上坐下来，她陷入一种沉沉的冥想中，一任细雨飘飞，一任寒风恻恻。她不知坐了多久，然后，她被一声呼唤惊动了。

"含烟！"

她抬起头来，一眼看到柏霈文正站在含烟山庄的门口，带着满脸的焦灼和仓皇。他那瘦长的影子浴在薄暮时分的雨雾里，有份特殊的孤独与凄凉。

"含烟，你在吗，含烟？"柏霈文走了进来，拄着拐杖，他脚步微带跟跄。他穿着一件深蓝色的雨衣，在他的臂弯中，搭着方丝萦的一件风衣。方丝萦从断墙边站了起来，她不忍看他的徒劳的搜索。一直走到他的面前，她说：

"是的，我在这儿。"

一层狂喜的光彩燃亮了他的脸，他伸出手来触摸她，长长地吐出一口气来。

"哦，我以为……我以为……"他喃喃地说着。

"以为我走了？"她问，望着他，那张脸上刻画着多么深刻的挚情！带着多么沉迷的痴狂！哦！要狠下心来离开这个男人是件多么困难的事！她真会吗？带走他那黑暗世界中最后的一线光明？

"哦，是的，"他仓促地笑了，竟有点儿羞涩，"我是惊弓之鸟，含烟。"他摸摸她的头发，再摸摸她那冰冷的手，"你湿了，你也冷了！多么任性！"他帮她披上了风衣，拉紧她胸前的衣襟，"老尤说你不肯上车，一个人冒着雨走了，我真吓了一大跳。啊，别捉弄我了，你再吓我几次，我会死去。"

"我只是想散散步。"她轻声说，费力地把眼光从他脸上掉开，望着那雨雾下的废墟，"这儿像一个坟场，埋葬了欢乐和爱情的坟场。"

"会重建的，含烟，"他深沉地说，"我答应过你，一切都会重建的。"

"有些东西可以重建，只怕有些东西重建不了。"于是，她轻声地念一首诗，一首法国诗人魏尔伦的诗：

> 在寂寞而寒冷的古园中，
> 刚刚飘过两条影子朦胧。
>
> 他们眸子木然，双唇柔软，
> 他们的言谈几乎不可闻。

在寂寞而寒冷的古园中，

两个幽魂唤回往事重重。

…………

——那时，天空多蓝，希望多浓！

——希望已飞逸，消沉，向夜空。

如此他们步入野燕麦间，

只暮天听见他们的言谈。

"你在念什么？"柏霈文问。

"一首诗。"

"希望你没有暗示什么，"柏霈文敏感地说，"我现在很怕你，因为我猜不透你的心思，把握不住你的情感，我总觉得，你在想办法离开我。于是，我必须用我的全心来窥探你，来监视你，来牢笼你。"

"再给我筑一个金丝笼，像以前一样？那个笼子几乎关死了我，这一个又将怎样？"

"没有笼子。"他说。

"那你就任我飞翔吧！"

他打了个寒战，声音微微有些战栗：

"我将任你飞翔，但是，小鸟儿却知道哪儿是它的家。"

"是吗？"她幽幽地问，看着那废墟。我的家在哪儿呢？这废墟是筑巢的所在吗？何况，鹊巢鸠占，旧巢已不存在，新巢又禁得起多少风风雨雨？

"我们走吧，含烟，你淋湿了。"他挽着她的手。

"我还不想回去，"方丝萦说，"淋雨有淋雨的情调，我想再走走。"

"那么，我陪你走。"

于是，他们走出了含烟山庄，沿着那条泥土路向前走去，暮秋的风雨静幽幽地罩着他们。好一阵，他们谁都没有说话，然后，他们一直走到了松竹桥边。听到那流水的潺湲，柏霈文说：

"有一阵我恨透了这一条河。"

"哦，是吗？"她问，"仅仅恨这一条河吗？"

"还有，我自己。"

她没有说话，他们开始往回走，走了一段，柏霈文轻轻伸手挽住了她，她没有抗拒，她正迷失在那雨雾中。

"我一直想告诉你，"柏霈文说，"你知道，三年前，妈患肝癌去世了。你知道她临死对我说的是什么？她说：'霈文，如果我能使含烟复活，我就死亦瞑目了。'自你走后，我们母子都生活在绝望和悔恨里，她一直没对我说过什么关于你的话，直到她临死。含烟，你能原谅她吗？她只是个刚强任性而寂寞的老人。"

方丝萦轻轻地叹息。

"你能吗？"

"是的。"

"那么，我呢？你也能原谅吗？"他紧握住了她的手，她那凉凉的、被雨水濡湿了的手。

她又轻轻地叹息。

"能吗？能吗？能吗，好含烟？"

"是的。"她说，轻声地，"我原谅了，早就原谅了。但是，这并不代表我接受了你的感情。"

"我知道，给我时间。"

她不语，她的眼光透过了蒙蒙的雨雾，落在一个遥远的、遥远的、遥远的地方。

晚上，雨下大了。方丝萦看着亭亭入睡以后，她来到了爱琳的房门口，轻轻地敲了敲门。柏霈文的门内虽没有灯光，但是，方丝萦知道他并没有睡，而且，他一定正警觉地倾听着她的动静。所以，她必须轻悄地、没有声息地到爱琳屋里，和她好好地倾谈一次。

门开了，爱琳穿着一件粉红色的睡袍，站在房门口，瞪视着她。方丝萦不等她做任何表示，就闪进了房内，并且关上了房门。用一对坦白而真挚的眸子，她看着爱琳，低低地说：

"对不起，我一定要和你谈一谈。"

爱琳向后退，把她让进了屋子，走到梳妆台前面，她燃起了一支烟，再默默地看着方丝萦。这还是第一次，她仔细地打量方丝萦，那白的皮肤，那乌黑的眼珠，那小巧的嘴和尖尖的小下巴，那股淡淡的哀愁和那份轻灵秀气，自己早就该注意这个女人啊！

"坐吧！方——啊，"她轻蹙了一下眉毛，"该叫你什么？方小姐？章小姐？还是——柏太太？"

方丝萦凝视着爱琳，她的眼睛张大了。

"他都告诉了你？"

"是的。"爱琳喷一口烟，"一个离奇的、让人不能相信的故事！"

"天方夜谭。"方丝萦轻声地说，叹了一口气，她的睫毛低垂，微显苍白的面容上浮起了一个淡淡的、无奈的、楚楚可怜的微笑。爱琳颇被这微笑打动，她对自己的情绪觉得奇怪。想象里，自己会恨她，会嫉妒她，会诅咒她。可是，在这一刻，自己对她没有敌对的情绪，反而有种奇异的、微妙的、难以解释的感情。这是为什么？仅仅因为昨晚她曾照顾过醉后的她？

"谢谢你昨晚照顾我。"爱琳忽然想了起来。

"没什么。"

"我昨晚说过什么吗？"

方丝萦温柔地望着她，那对大眼睛里有好多好多的言语。于是，爱琳明白了，自己一定说过了一些什么，一些只对最知己、最亲密的姐妹才能说的话。她低下头，闷闷地抽着烟。

"我来看你，柏太太，因为我有事相求。"方丝萦终于开了口。

是的，来了！那个原配夫人出来讨还她的原位了！爱琳挺直了背脊。

"什么事？"她的脸孔冷冰冰的。

"既然你已经知道了我的本来面目，我想，我们就一切都坦白地谈吧。"方丝萦说，恳切地注视着爱琳，声音里带着一丝温柔的祈求，"我以一个母亲的身份，郑重地把我的孩子托付给你，请你，不，求你，好好地帮我照顾她吧！我会很感激你。"

爱琳吃惊了。她的眼睛张得好大好大，诧异地瞪着方丝萦，这几句话是她做梦也想不到的。

"我不懂你的意思。"她说。

"我很不愿这么说，"方丝萦用舌头润了润嘴唇，"但是，这是事实，你似乎不喜欢那孩子。我只请求你，待她稍微好一点儿……"

"你在暗示我虐待了那孩子？"爱琳竟有些脸红。

"不是的，我不敢。"方丝萦轻柔地说，露出了一股委曲求全的神态，"只是，每个孩子都希望温情，何况，你是她的妈妈，不是吗？"

"你才是她的妈妈！"

"她永不会知道这个。事实上，她叫你妈妈。所以，你是她的母亲，现在是，将来也是。而我呢，只不过隐姓埋名地看看她，终究要离开的。"

"离开？"爱琳熄灭了烟蒂，"你必须说清楚一点儿！我以为，你将永不离开呢！"

"在正心教完这一个学期，我就必须回美国去了。"方丝萦静静地看着爱琳，"现在离放寒假只有一个月了，所以，这是我停留在这儿最后的一个月。你了解我的意思了吗？我十分舍不得亭亭，假若你肯答应我，好好照顾她，我……"一层泪浪突然涌了上来，她的眸子浸在水雾之中了，"我说不出我的心情，我想，我们都是女人，都有情感，你会了解我的。"

爱琳紧紧地注视着她，好一会儿，她没有说话，然后，她拉了一张椅子，在方丝萦对面坐了下来。她的眼光仍然深深地、研判地停留在方丝萦脸上。

"你在施舍吗？宽宏大量地把你的丈夫施舍给另一个女人？是吗？"

"不，你错了。"方丝萦迎视着她的目光，也深深地回视着她，"我不是那样的女人，如果我爱的，我必争取。问题是——"她顿了顿，"十年是一个很漫长的时间，我无法再恢复往日的感情，你了解吗？何况，在美国，我的未婚夫正等着我去结婚。我不可能在台湾再停留下去，我必须回去结婚。"

两个女人面对面地看着，这是她们第一次这样深刻地打量着对方，研究着对方，同时，去费心地想了解和看透对方。

"可是——"爱琳说，"你难道不知道他想娶你吗？他今天已经对我提出离婚的要求了。"

"是吗？"方丝萦微微扬起了眉梢，深思地说，"那只是他片面的意思，那是根本不可能的，因为，我已经不爱他了，我停留在这儿半年之久，只是为了亭亭。如果亭亭过得很快乐，我对这儿就无牵无挂了。我必定要走，要到另一个男人身边去！”

“可是——”爱琳怀疑地看着她，“你就不再顾念需文，他确实对你魂牵梦萦了十年之久！”

“我感动，所以我原谅了他。”她说，“但是，爱情是另外一回事，是吗？爱情不是怜悯和同情。”

“那么，你的意思是说，你走定了？”

“是的。”

“他知道吗？”

“他会知道的，我预备尽快让他了解！”

爱琳不说话了，她无法把目光从方丝萦的脸上移开，她觉得这女人是一个谜，一个难解的人物，一本复杂的书。好半天，她才说：

“如果你走了，他会心碎。”

“一个女性的手，可以缝合那伤口。”方丝萦轻声地说，“他会需要你！”

爱琳挑起了眉毛，她和方丝萦四目相瞩，谁也不再说话。室内好安静好安静，只有窗外的雨滴敲打着玻璃窗，发出叮叮咚咚的声响。远处，寒风正掠过了原野，穿过了松林，发出一串低幽的呼号。

爱琳走到了窗边，把头倚在窗棂上，她看着窗外的雨雾，那雨雾蒙蒙然，漠漠无边。

“我不觉得他会需要我，”她说，“他现在对我所需要的，只是一张离婚证书。”

“当然你不会答应他！”方丝萦说，走到爱琳的身边来，“他马上会好转的，等我离开以后。"她的声音迫切而诚恳，"请相信我，千万别离开他！"

爱琳掉转了头来，她直视着方丝萦。

"你似乎很急切地想撮合我们？"她问。

"是的。"

"为什么？"

"如果他有一个好妻子，有一个幸福的家庭，我就摆脱了我精神上的负荷。而且，我希望亭亭生活在一个正常而美满的家庭里。"

"你有没有想过，假若你和他重新结合，才算是个完美的家庭？"她紧盯着问，她的目光是锐利的，直射在方丝萦的脸上。

"那已经不可能，"方丝萦坦白地望着她，"我说过，我已经不再爱他了。"

"真的？你不是出于某种原因而故意这样说？"

"真的！完完全全真的！"

爱琳重新望向窗外，一种复杂的情绪爬上了她的心头。她觉得酸楚，她觉得迷茫，她觉得身体里有一种崭新的情感在那儿升腾，她觉得自己忽然变得那么女性，那么软弱。在她的血管中，一份温温柔柔的情绪正慢慢地蔓延开来，扩散在她的全身里。

"好吧，"她回过头来，"如果你走了，我保证，我会善待那孩子。"

眼泪滑下了方丝萦的面颊，她用带泪的眸子瞅着爱琳。在这一刹那间，一种奇异的、崭新的友谊在两个女人之间滋生了。方丝萦没有立即离去，没有人知道那天晚上，两个女人之间还谈了一些什么，但是，当方丝萦回到自己屋子的时候，夜已经很深很深了。

贰拾玖

TWENTY-NINE

"你不可能希望十年间什么都不改变，尤其是爱情。"

接下来的一个月，柏霈文的日子是在一种迷乱和混沌中度过的。方丝萦每日带着亭亭早出晚归，一旦回到柏宅之后，她也把绝大部分的时间耗费在亭亭的身上，理由是期考将届，孩子需要复习功课。柏霈文有时拉住她说：

"别那样严肃，你已经不是家庭教师了啊！"

"但是，我是个母亲，是不？"她轻声说，迅速地摆脱他走开了。柏霈文发现，他简直无法和方丝萦接近了，她躲避他像躲避一只刺猬似的。他常常守候终日，而无法和她交谈一语，每夜，她都早早地关了房门睡觉。清晨，天刚亮，她就带着亭亭出去散步，然后又去了学校。柏霈文知道方丝萦在想尽方法回避他，但他并不灰心，因为，寒假是一天天地近了，等到寒假之后，他相信，他还有的是时间来争取她。

而爱琳呢？这个女人更让柏霈文摸不清也猜不透，她似乎改变了很多很多，她绝口不提离婚的事，每当柏霈文提起的时候，她就会不慌不忙地，轻描淡写地说：

"急什么？我还要考虑考虑呢！"

这种事情，他总不能捉住爱琳来强制执行的。于是，他只好等下去！而爱琳变得不喜欢出门了，她终日逗留在家内，不发脾气，不骂人，她像个温柔的好主妇。有一天晚上，柏霈文竟惊奇地听见，爱琳和亭亭以及方丝萦三个人不知为了什么笑成了一团。这使他好诧异，好警惕，他怕爱琳会在方丝萦面前用手段。笼络政策一向比高压更收效，他有些寒心了。

于是，他加紧地筹划着重建含烟山庄，对于这件事，方丝萦显露出来的也是同样的冷淡和漠不关心。爱琳呢？对此事也不闻不问。这使柏霈文深受刺激，但是，不管怎样，这年的年尾，含烟山庄的废墟被清除了，地基打了下去，新的山庄开工了。

就这样，在这种混混沌沌的情况中，寒假不知不觉地来临了。和寒假一起来临的，是雨季那终日不断的、缠缠绵绵的细雨。这天早上，完全出乎意料地，方丝萦来到了柏霈文的房中。

"我想和你谈一谈，柏先生。"

"又是柏先生？"柏霈文问，却仍然惊喜，因为，最起码，她是主动来找他的，而一个月以来，她躲避他还唯恐不及。"亭亭呢？"他问。

"爱琳带她去买大衣了，孩子缺冬衣，你知道。"

柏霈文一愣，什么时候起，她直呼爱琳的名字了？爱琳带亭亭去买大衣！这事多反常！这后面隐藏了些什么内幕吗？一层强烈的、不安的情绪掩上了他的心头，他的眉峰轻轻地蹙了起来。

"我不知道爱琳是怎么回事，"他说，"我跟她提过离婚，但她好像没这回事一样，改天我要去请教一下律师，像我们这样复杂的婚姻关系，在法律上到底哪一桩婚姻有效？说不定，我和爱琳的婚姻是根本无效的，那就连离婚手续也不必办了。"

"你用不着费那么大的劲去找律师，"方丝萦在椅子中坐了下来，"这是根本不必的。爱琳是个好妻子，而你也需要一个妻子，亭亭需要一个母亲，所以，你该把她留在身边……"

"我有妻子，亭亭也有母亲，"他趋近她，坐在她的对面，他抓住了她的手，"你就是我的妻子，你就是亭亭的母亲，我何必要其他的呢？"

方丝萦用力地抽出自己的手来。

"你肯好好地谈话吗？"她严厉地问，"你答应不动手动脚吗？"

"是的，我答应。"他忍耐地说，叹了口气，"你是个残忍的、残忍的人，你的心是铁打的，你的血管全是钢条，你残酷而冰冷，我有时真想揉碎你，但又拿你无可奈何！假若你知道我对你的热情，对你的痴狂，假若你知道我分分秒秒、时时刻刻所受的煎熬，假若你知道！只要知道千分之一、万分之一，不，十万分之一、百万分之一就好了！"

"你说完了吗？"方丝萦静静地问。

"不，我说不完，对你的感情是永远说不完的，但是，我现在不说了，让我留到以后，每天说一点儿，一直说到我们的下辈子。好了，我让你说吧！不过，假若你要告诉我什么坏消息，你还是不要说的好！"

"不是坏消息，是好消息。"

"是吗？那么，说吧！快说吧！"

"我要结婚了！"

他屏息了几秒钟，他脸上的肌肉僵住了，然后，很快地，他恢复了自然，用急促的声音说：

"是的，当然，我们要重新举行一次婚礼，一次隆重而盛大的婚礼，我保证……"

"你弄错了，先生，我不是和你结婚，我要回美国去，亚力有信来，他正等着我去完婚，所以，我已经订了下礼拜天的飞机票。正心那儿，我也已经递了辞呈了。"

方丝萦一口气把要说的话都说了出来，然后，室内好安静，静得让她心惊。她看着柏霈文，他坐在那儿，深靠在椅子里，一动也不动，像是突然被巫师的魔杖点过，已经在一刹那间成了化石，他的脸上毫无表情，那失明的眸子显得呆滞，那薄薄的嘴唇闭得很紧，那脸色已像一张纸一般苍白。他不说话，不动，没表情，只有那沉重的呼吸，急促地、迅速地掀动了他的胸腔。

方丝萦几乎是痛苦地等着时间的消逝，似乎好几千、好几万个世纪过去了。柏霈文才深深地吐出一口气来，他的声音喑哑而枯涩：

"别开这种玩笑，含烟，这太过分了。"

"不是玩笑，先生。"方丝萦的声音有些颤抖，她的心脏在收紧，"我确实已经订了飞机票，我的未婚夫正在美国等着我。"

柏霈文的牙齿咬住了嘴唇，咬得那样紧，那样深，方丝萦又开始觉得紧张和软弱。他的脸色益发苍白了，额上的青筋在跳动着，他的手指紧抓了椅子的扶手，手背上的血管也都凸了起来。

"说清楚一点儿，"他说，"你到底是什么意思？"

"我的意思是——"她困难地说，喉头紧逼着，紧逼得疼痛，"我要回美国去了，我在台湾的假期已经结束了，我看过了亭亭，我相信她以后会过得很好，所以——所以，我已经无牵无挂，我要回到等我的那个男人身边去。就是这样，不够清楚吗？"

"等你的男人！你应该弄清楚，到底谁才是真正等你的男人！"他倾向前面，他的手抓住了她的胳膊，立即，他的手指加重了力量，捏紧了她，他用了那样大的力气，似乎想把她捏碎，他的声音咬牙切齿地从齿缝里迸了出来，"含烟！看看我！我才是等你的男人！我等了你整整十年了！含烟！你看清楚！"

方丝萦的手臂疼痛，痛得她不由自主地从齿缝中吸着气，她软弱地说：

"你弄痛了我！"

"我弄痛了你？是的，我要弄痛你！"他更加重了力量，"我恨不得弄碎你，你这个没有心、没有情感的女人！你要我怎样求你？怎样哀恳你留下？你要我怎样才能原谅我？要我下跪吗？要我跟你磕头、跟你膜拜吗？你说！你说！你到底要我怎样？要我怎样？"

"我不要你怎样，"方丝萦忍着痛说，泪水在眼眶中旋转，"我早就说过，我已经原谅你了。我回美国去，与原谅不原谅你是两回事！"

"怎么是两回事？你既然已经原谅我了，为什么不肯留下？"

"爱情。"她轻声地、痛苦地吐出这两个字来，"爱情，你懂吗？"

"爱情？"他咬牙，"什么意思？"

"为了爱情，我必须回去！"

他的手指更用力了。

"你的意思不是说，你爱那个——"他再咬牙，"那个见鬼的亚力吧！"

"正是。"她说，吸了口气，痛得咧了咧嘴，"正是这意思！"

"你撒谎！"他恶狠狠地说，脸色由白而红，他用力地甩开了她，跳起来，他走向桌子前面，在桌子上重重地捶了一拳，咆哮着说，"你撒谎！撒谎！撒谎！"在桌前的椅子里坐了下来，他用两只手紧紧地抱住了头，痛苦地把脸埋在桌面上，"含烟，你撒谎，你不该撒这样的谎！你承认吧，你是撒谎，是吗？是吗？"他的声音由暴怒而转为哀求，"是吗？"

"不是。"方丝萦闭上了眼睛，把头转向了一边，她不敢再看他，"很抱歉，我说的是真的，你不可能希望十年间什么都不改变，尤其是爱情。"

他的头抬了起来，一下子，他冲回她的身边，蹲下身子，他握住了她的双手，把一张被热血充满的面庞对着她，他的声音里夹带着苦恼的热情，急促地说：

"想想看！含烟，回忆回忆我们新婚时的日子！你还记得那支歌吗，含烟？你最爱唱的那一支歌？我俩在一起，誓死不分离，花间相依偎，水畔两相携……记得吗？含烟，想想看！我虽不好，我们也曾有过一些甜蜜的时光，是吗，含烟？想想看，想想看……"

"哦，"她站了起来，摆脱开他，一直走到窗子前面，"这是没有用的，霈文，我抱歉！"

他追到窗前来，轻轻地揽住她的肩。

"不要马上走。"他在她的耳畔说，他的下巴紧贴在她的鬓边，他的声音变得十分十分温柔，在温柔之余，还有份动人心魄的挚情，"再给我一段时间，我请求你。含烟，不要马上走。或者你会再爱上我。"

"哦，不行，霈文，我将在下星期天走。"她说，痛苦地咽了一口口水。

"我可以打电话去退掉飞机票。"

"没有用的，霈文，没有用。"她猛烈地摇着头。

"你的意思是，你再也不可能爱上我？"

方丝萦闭了一下眼睛，她觉得好一阵眩晕。

"是的！"她狠着心说。

他揽着她的肩头的手捏紧了她，他的呼吸停顿了一下。

"为什么？"他的声音仍然温柔，温柔得让人心碎。

她用力地摇头。

"不为什么，不为什么，只是——只是爱情已经消逝了，如此而已！"

"爱情还可以重新培养。"

"不行，霈文，不行。我抱歉，真的。我要走了，只希望……"她的声音有些哽咽，"在我走后，你和爱琳，好好地照顾亭亭，多爱她一些，霈文，那是个十分脆弱又十分敏感的孩子。"

"你留下来，我们一起照顾她。"他震颤地说。

"不行，我必须走！"

"完全没有转圜的余地？"

"我抱歉，需文。"

他的手捏紧了她的肩膀，他的嘴里的热气吹在她的耳际，他的声音里有着风暴来临前的窒息与战栗：

"别再说抱歉，给我一个理由！什么原因你不能接纳我的爱？我不要你爱我，我不敢再做这种苛求，我只求你留下，让我奉献，让我爱你，你懂吗？留下来！含烟，留下来！"

"不，哦，不！"她挣扎着，在他的怀抱中挣扎，在自己的情感中挣扎，"我必须走，因为我已经不再爱你！不再爱你了！"

"我知道，"他屏着气说，"因为我是一个瞎子！是吗？是吗？"方丝萦咬紧了牙，故意不回答。她知道这种沉默是最最残忍的，是最最冷酷的，是最最无情的。但是，让他死了这条心吧！她闭紧了嘴，一句话也不说。

"我说中了重点，是不是？"他的声音喑哑而凄厉。她的沉默果然收到了预期的效果，他受到了一份最沉重、致命的打击。

"我不再是你梦里的王子，我只是个瞎了眼睛的丑八怪！你另有英俊的男友，你不再看得起我！对不对？"他用力捏住她的肩膀，他的声音狂暴而怆恻，"你老实说吧！就是这原因！你不要一个残废！对不对？对不对？对不对？你说！你说！"

"我……啊，请放手！"她勉强地扭动着身子，泪在脸上爬着，"我抱歉！"

他猛力地把她一把推开，那样用力，以致她差点儿摔倒，她踉跄地收住步子，扶住桌子站在那儿，喘息地，她望向他，他苍白的脸上遍布着绝望的、残暴的表情，那咬牙切齿的模样是让人害怕的，让人心惊胆战的。他像一个濒临绝境的野兽，陷在一份最凄惨的、垂死的挣扎中。站在那儿，他喘息着，头发散乱，呼吸急促，他发出一大串惊人的、撕裂般的吼叫：

"你给我滚出去！滚出去！滚出去！你要走！马上走！离我远远的！别再让我听到你的声音！走吧！走吧！赶快走！走得越远越好！听到了吗？"他停住，然后，集中了全身的力量，他大叫，"走！"

方丝萦被吓住了，她从没看过他这种样子，一层痛苦的浪潮包裹住了她。在这一刹那，她有一份强烈的冲动，她想冲上前去，抱住这个痛苦的、狂叫着的野兽，抚平那满头的乱发，吻去那唇边的暴戾，安抚下那颗狂怒的心和绝望的灵魂。但是，她什么都没有做，只是用手捂住了自己的嘴，压制住那即将迸裂出来的啜泣，然后，她逃出了那间房间，一直冲回自己的卧房里。

直到中午，亭亭和爱琳回来了，方丝萦才从她的房里走出来。亭亭穿着一件簇新的小红大衣，快乐得像个小天使，看到方丝萦，她扑上来，用胳膊抱着方丝萦的脖子，不住口地叫着：

"老师！你看我！老师！你看我！"

她旋转着，让大衣的下摆飞了起来。然后，她又直冲到柏霈文的房门口，叫着说：

"爸爸！我买了件新大衣！你摸摸看！"

一面喊着，她一面推开了门，立即，她怔在那儿，诧异地说：

"爸爸呢？"

方丝萦这才发现，柏霈文根本不在屋里，她和爱琳交换了一个眼神。走下楼来，亚珠才说：

"先生出去了。一个人走出去的。"

"没穿雨衣吗？"爱琳问，"雨下得不小呢！"

"没有。"

爱琳看了看方丝萦，低声地问："你告诉他了？"

"是的。"她祈求地看了爱琳一眼，"你去找他好吗？"

"你认为他会在什么地方？"

方丝萦轻咬了一下嘴唇。

"含烟山庄。"她低低地说。那山庄自从雨季开始，就暂时停工了，现在，只竖起了一个钢筋的架子和几堵砌了一半的矮墙。

爱琳沉吟了片刻，她的眼中飘过了一抹难过的、困扰的表情，然后，她叹了口气：

"好吧！我去！"

披了一件雨衣，她去了。一小时之后，她独自折了回来，雨珠在她雨衣上闪烁。她带着满脸怒气，满眼的暴躁和烦恼，气呼呼地把雨衣脱下来，摔在沙发上，洒了一地的水珠。她那暴躁易怒的本性又发作了，对着方丝萦，她大声地叫着说：

"让他去死吧！"

"他在吗？"方丝萦担心地问。

"是的，像个傻子一样坐在一堵墙下面，淋得像个落汤鸡，我叫他回家，你猜他对我说什么？他大声地叫我滚！叫我不要管他！说我们都是千金贵体，要他这个瞎子干什么？他像只野兽，他疯了！我告诉你！他已经疯了！让他去死吧！那个不知好歹的浑球！我再也不要管他的事！永远也不要管他的事！他那个没良心的浑蛋！"瞪着方丝萦，她喘了一口气，"我没有办法叫他回来，所以我把他好好地大骂了一顿！"

"你骂他什么？"方丝萦的心脏提升到了喉咙口。

"我骂他是个瞎了眼睛的怪物！我告诉他谁也不在乎他！那个瞎子！那个残废！所以我叫他去死，赶快去死！"

啊！不！方丝萦脑中轰然一响，顿时觉得天旋地转。啊！不！这太残忍了，太残忍了！一个人已经够了，怎能再加一个！爱琳，你才是浑球！你才是傻瓜！啊，不！这太残忍！抓起了沙发上那件雨衣，她向门外冲了出去。跳进了花园内的汽车，她对老尤说：

"快！去含烟山庄！"

老尤发动了车子，风驰电掣地，他们到了山庄前面的大路上，跳下了车子，方丝萦对老尤说：

"你也来，老尤，我们把柏先生弄回家去！"

老尤跟着方丝萦向山庄内走，可是，才走了几步，柏霈文已经从里面跌跌冲冲地、大踏步地迈了出来，他的衣服撕破了，他浑身都是雨水和污泥，他的头发滴着水，脸上有着擦伤的血痕，显然他曾摔了跤，他看来是狼狈而凄惨的。他的面色青白而可怖，有股可怕的蛮横，那呆滞的眸子直勾勾地瞪着，他是疯了！他看来像是真的疯了！方丝萦奔上前去，一把拉住了他的手腕，她心如刀绞。含着泪，她战栗地喊：

"霈文！"

"滚开！"他大声说，一把推开了她，他用力那样大，而下过雨的地又湿又滑，她站不住，摔倒在地上，老尤慌忙过来搀扶她。同时，柏霈文已掠过了他们的身边，一直往前冲去，他笔直地撞在汽车上，撞了好大的一个跟跄，他站起身来。于是，方丝萦看到他打开车门，她尖叫着说：

"老尤，别管我，去拉住柏先生，快！"

老尤冲了过去，可是，来不及了，柏霈文已经钻进了驾驶座，立即，他熟练地发动了车子。方丝萦从地上爬了起来，奋力地追了过来，哭着大喊：

"霈文！不要！霈文，听我说……霈文！"

车子"呼"的一声向前冲出去了，方丝萦尖声大叫，老尤追着车子直奔。方丝萦一面哭着，一面跑着，一面叫着，然后，她呆立在那儿，透过那茫茫的雨雾，看着那车子直撞向路边的一棵大树，再急速地左转弯，冲向山坡上的一块巨石，然后轰然一声巨响，车子整个倾覆在路边的茶园里。

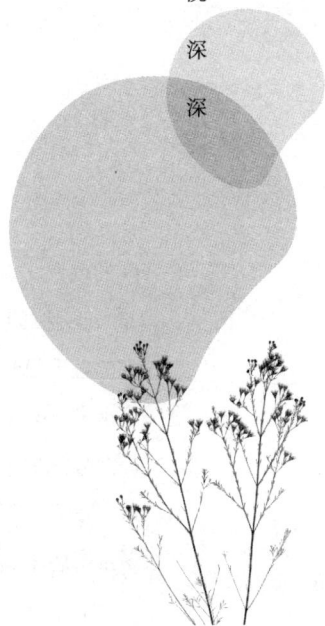

庭院深深

叁拾

THIRTY

"我有一个梦，一个好甜蜜好疯狂的梦。"

好一阵的混乱、慌张、匆忙！然后是血浆、纱布、药棉、急救室、医生、护士、医院的长廊，等待，等待，又等待！等待，等待，又等待！急救室的玻璃门开了合了，开了，又合了，开了，又合了！护士出来，进去，出来，又进去……于是，几千几百个世纪过去了，那苍白的世纪，白得像医院的墙，像柏霈文那毫无血色的嘴唇。

而现在，终于安静了。

方丝萦坐在病床边的椅子上，愣愣地看着柏霈文，那大瓶的血浆吊在那儿，血液正一滴一滴地输送到柏霈文的血管里去，他躺在那儿，头上、手上、腿上，全裹满了纱布，遍体鳞伤。那样狼狈，那样苍白，那样昏昏沉沉地昏迷着，送进医院里四十八小时以来，他始终没有清醒过。

病房里好安静，静得让人心慌。方丝萦一早就强迫那始终哭哭啼啼的亭亭回家去了，爱琳也不知道在什么时候离开了。现在，已经是深夜，病房里只有方丝萦和柏霈文，她始终用一对带泪的眸子，静静地瞅着他。在她心底，她已经念过了各种祷告的词句，祷告过了各种她所知道的神。她这一生全部的愿望，到现在都汇成了唯一的一个：

"柏霈文！你必须活下去！"

两天两夜了，她没有好好地合过眼睛，没有好好地睡过一下。现在，在这静悄悄的病房里，倦意慢慢地掩了上来，她靠在椅子中，合上眸子，进入了一种朦胧而恍惚的状态中。

时间不知道过去了多久，病床上的一阵蠕动和呻吟使方丝萦惊跳了起来，她扑到床边，听到他在喃喃地、痛苦地呻吟着，夹着要水喝的低喊。她慌忙倒了一杯水，用药棉蘸湿了，再滴到他的唇里，他的嘴唇已在发热下干枯龟裂，那好苍白好苍白的嘴唇！她不住把水滴进去，却无法染红那嘴唇，于是，她的眼泪也跟着滴了下来，滴在他那放在被子外的手背上。

他震动了一下，睁开了那对失明的眸子，他徒劳地在室内搜寻。他的意识像是沉浸在几千万尺深的海底，那样混沌，那样茫然，可是，他心中还有一点儿活着的东西，一丝欲望，一丝渴求，一丝迷离的梦……他挣扎，他身上像绑着几千斤烧红的烙铁，他挣扎不出去，他呻吟，他喘息，于是，他感到一只好温柔好温柔的手，在抚摩着他的面颊，他那发热的、烧灼着的面颊，那只温柔而清凉的小手！他有怎样荒唐而甜蜜的梦！他和自己那沉迷的意识挣扎，不行！他要拨开那浓雾，他要听清楚那声音，那低低的、在他耳畔响着的啜泣之声，是谁？是谁？是谁？他挣扎，终于，大声地问：

"是谁？"

他以为自己的声音大而响亮，但是，他发出的只是一声蚊虫般的低哼。于是，他听到一个好遥远好遥远的声音，在那儿啜泣着问：

"你说什么？霈文！你要什么？"

"是谁？是谁？"他问着，轻哼着。

方丝萦捧着他的手，那只唯一没受伤的手，她的唇紧贴在那手背上，泪水濡湿了他的手背。然后，她清清楚楚地说：

"是我，霈文，是我，含烟。"

这是第一次，她在他面前自认是含烟了。这句话一说出口，她发现他的身子不再蠕动，不再挣扎，不再呻吟，她恐慌地抬起头来，他直挺挺地躺在那儿，眼睛直瞪瞪的。他死了！她大惊，紧握着那只手，她摇着他，恐惧而惶然地喊：

"霈文！霈文！霈文！"

"是的，"他说话了，接着，他长长地吐出一口气来，梦呓似的说，"我有一个梦，一个好甜蜜好疯狂的梦。"

方丝萦仰头向天，谢上帝，他还活着！扑到枕边，她急促地说："你没有梦，霈文，一切都是真的，我在这儿，我要你好好地活下去！听着！霈文，你要好好地活下去，为我，为亭亭，为——我们的未来。"泪滑下她的面颊，她泣不成声，"你要好好活着，因为我那么爱你，那么那么爱你！"

他屏息片刻，真的清醒了过来。血液重新在他的血管中流动，意识重新在他的头脑里复活。他从那几万丈深的海底升起来了，升起来了，升起来了，一直升到了水面，他又能呼吸，又能思想，又能欲望，又能狂欢了！他捉住了那甜蜜的语音，喘息着问：

"含烟，是你吗？真是你吗？你没有走吗？是你在说爱我，还是我的幻觉又在捉弄我？"

"是我，真的是我！"方丝萦——不，含烟迫切地回答。许许多多的话从她嘴中冲了出来，许许多多心灵深处的言语。她不再顾忌了，她不再逃避了，她也不再欺骗自己了。"我不再离去，十年来，我从没有忘记你，我从没有爱过另一个人！霈文！从没有！这就是为什么我会在结婚前跑回来，为什么逗留在这儿，不愿再回去。我从没有停止过爱你！也从没有真心想嫁给亚力过！从没有！从没有！从没有！"

她一连串地说着，这些话不经考虑地从她嘴中像倒水般倾出来，连她自己都无法控制，都觉得惊奇。但是，当这些话一旦吐了出来之后，她却忽然感到轻松了。仿佛解除了自己某一项重大的问题，和感情上的一种桎桎。她望着他，用那样深情的眼光，深深地、深深地看着他。然后，她俯下头来，忘情地把自己柔软而湿润的唇贴在他那烧灼的、干枯的唇上。

"我爱你，"她哭泣着说，"我将永不离开你了，需文，我们重新开始！重新开始！你要赶快好起来，健康起来，因为——我需要你！"

"含烟！"他低呼着，从心灵深处绞出来的一声呼号，"我能相信我自己的耳朵吗？我不是由于发热而产生了错觉吗？含烟！告诉我！告诉我！向我证实！含烟！帮助我证实它！"他急切地说，"否则我会发疯，我会发狂！含烟，帮助我！"

"是的，是的！"她喊着，拿起他的手来，她用那满是泪痕的面颊依偎它，用那发热的嘴唇亲吻它，俯下身去，她不停地吻他的脸，吻他的唇，嘴里不住地说着，"我吻你，这不是幻觉！我吻你的手，我吻你的脸，我吻你的唇！这是幻觉吗？我的嘴唇不柔软不真实吗？噢，需文，我在这儿！你的含烟，你那个在晒茶场上捡来的灰姑娘！"

"哦，我的天！"柏需文轻喊，生命的泉水重新注入了他的体内，他虽看不见，但他的视野里已是一片光明。他以充满了活力的、感恩的声音轻喊："我不该感恩吗？那在冥冥中操纵着一切的神灵！"然后，他的面颊紧倚着含烟的手，泪，从他那失明的眸子里缓缓地、缓缓地流了下来。

当黎明来临的时候，医生跨进了这间病房，他看到的是一幅绝美的图画。病人仰卧着，正在沉沉的熟睡中，在他身边的椅子上，那娇小的含烟正匍匐在椅子的边缘，长长的头发一直垂在病床上，那白皙的脸庞上泪痕犹新，乌黑的睫毛静悄悄地垂着，她在熟睡，而她的手，却紧握着病床上病人的手。早上初升的太阳，从窗口斜斜地射了进来，染在他们的头上、手上、面颊上，有一种说不出来的宁静与和平。

医生轻咳了一声，含烟从椅子里直跳了起来，紧张地看向床上，她失声地问：

"他——死了吗？"

"哦，不，"医生说，微笑着，"他睡得很好。"他诊视柏霈文，然后，他转过头来，对含烟温柔而鼓励地笑着，"你放心，柏太太，他会好起来。"

"没有危险了吗？"含烟急切地问。

"是的，他会复原的！"

哦，谢谢天！她站在床边，那样狂喜地看着在熟睡中的柏霈文，她忽略了医生对她的称呼，也忽略了医生对她的道别，她只是那样欣慰地、那样带笑又带泪地看着柏霈文。这样不知看了多久，她才突然醒悟地冲到电话机边，她必须把这个好消息告诉亭亭！立刻告诉她们。她拨通了号码，立即，那面传来了爱琳的声音：

"怎样了？"

"哦，他会好的！"她喘息着说，"医生说没有危险了！你告诉亭亭一声吧！等会儿你带亭亭来吗？"

"哦，可能，或者。"爱琳的声音有些特别，"总之，现在大家放心了。"

"是的。"含烟不能掩饰自己语气里的兴奋，"医生说，他很快就会复原，他现在睡着了。"

"好的，"爱琳轻声说，"那么再见吧！"

"再见！"

挂断了电话，她坐回床边的椅子里，凝视着柏霈文，她现在已经了无睡意。抚平了柏霈文的枕头，拉好了他的棉被，她深深地、深深地望着那张饱经忧患的脸庞。然后，一层乌云轻轻地、缓缓地、悄悄地移了过来，罩住了她。哦，天！她曾对他有怎样的允诺！有怎样的招供！而事实上呢？她将如何向爱琳交代？爱琳，她同样有权占有她的丈夫呀！

哦，天！问题何尝解决了？她曾对爱琳保证过她将离去，她曾发誓要成全另一份婚姻，而现在，自己对需文说了些什么？永不分开！永不离去！但是……但是……但是……爱琳又将怎样？

她的心混乱了起来，而且越来越烦躁不安了！她眼前浮起了爱琳那对冒火的大眼睛，耳边似乎听到了她那坏脾气的指责与诟骂。啊！无论如何，爱琳毕竟是个合法的妻子，自己只是个天涯归魂而已！而现在，而现在……到底自己将魂归何处呢？

柏需文在枕上蠕动，吐出了两声轻轻的呓语：

"含烟？含烟。"

她把头凑过去，含泪望着那张依旧苍白的脸。啊，需文，需文，郎情如蜜，妾意如绵，为什么好事多磨，波折迭起？我们已经经过了十载相思，和两次生离死别的考验，难道直到今天，仍然必须分手？啊，啊，需文！难道我们竟无缘至此？

她把手伸到唇边，下意识地用牙齿咬着自己的手指。她的思绪越来越像一堆乱麻，越整理就越凌乱，而她的感情却越来越强烈、越鲜明，她不愿离开他！她爱他！就这样，她坐在那儿，不知想了多久，直到门上传来了轻微的敲门声。

她跳起来，爱琳来了，她知道。她将退开了，那个"妻子"来了。她叹息，无奈地走到门边，打开了房门。立刻，她呆了呆。门外，是亚珠牵着亭亭，没有爱琳的影子。她奇怪地问：

"太太呢？"

"她走了！"亚珠说，"她把她所有的东西都带走了！她说她不再回来了！"

"什么意思？"她瞪着亚珠。

"我也不知道，她叫我把这封信交给你。"亚珠递给她一个厚厚的信封，含烟狐疑地接了过来，看看封面，上面写的是：

　　章含烟女士亲启

　　她握住了信封，好一阵心神恍惚。然后，她把亭亭拉了进来，吩咐亚珠仍然回家去料理家里的事。关上房门，她叫亭亭不要惊醒了柏霈文。亭亭乖巧地点头，这孩子，自从知道父亲脱险后，就已经笑逐颜开了。搬了一张椅子，她坐在柏霈文的身边，安安静静地看着他，一声大气也不出。含烟坐回椅子里，迫不及待地，她拆开了爱琳的信。首先，她抽出了一张信笺，上面是这样写的：

　　含烟：
　　真奇怪！我今天会写信给一个有这个名字的女人！含烟，含烟！我必须承认，这名字始终是我所深恶痛绝的，是我爱情生命上的一个恶瘤，但是，现在，我写这封信的时候，上帝知道！我已经不再仇视你了，奇怪吗，含烟？
　　记得那天晚上，你在我屋里，我们曾经第一次开诚布公地谈过，你告诉我，你不再爱霈文了，"恳求"我留下，你说，他还会爱上我，我不该轻易地放掉了我的爱情。啊，含烟，你说服了我。（现在想来，我是有点儿傻气的，不过，你比我更傻！）于是，我留下，徒劳地去筑我那堵爱情的墙。但是，含烟山庄的钢架都竖了起来，我这堵墙却依然连地基都没有！含烟！我惭愧！我不是个好的建筑师！
　　于是，我发现了，我在他心中根本连一丝一毫的地位都没有，我永不可能走进他的心灵，今生，今世，连来生、来世都不可能！他心里只有你！等到车祸事件发生以后，我就更明白了。含烟，你欺骗了我，你爱他远胜过我爱他！既然你如此爱他而肯退让，只为了我一时醉后失言！你这样的胸襟，我还有什么话好说？含烟，你折服了我。

今晨，我无意间在你的教科书中看到一张字条（随函附上），一切十分鲜明了！你的心愿、你的意图也表明无遗。需文是对的，我留下，是三颗心灵的破碎；我离开，是一个家庭的团圆！所以，我走了！永远不再回来了。

告诉他，我不要工厂，我不要金钱，我什么都不要了！我并不穷困，这些年来，我手边也积了不少钱，我会过得很好。也不必为我难过，谁知道命运怎样安排呢？说不定离开需文以后，我会找到一份真正属于我的爱情，建立起我的"含烟山庄"！

再见了！含烟。我承认，当我写这封信时，我心中酸楚。但是，我也有份快感，我想，最起码，我走得漂亮，我做得潇洒！

最后，我祝福你们。请珍惜你们这份好不容易得来的幸福吧！有位作者最喜欢在书中提一句话，是："愿天下有情人皆成眷属，是前生注定事莫错姻缘！"我也将这一句话送给你们！

再祝福你们一次！

爱琳

一口气将这封信看完，含烟说不出她心中的感觉，只觉得心灵悸动，而热泪盈眶。再拿起那个信封，她抽出的是一张爱琳已签好名、盖好章的离婚证书。另外，那里面附了一张字条，打开来，竟是含烟在一个多月前，随意写下的那首小诗：

> 多少的往事已难追忆，
>
> 多少的恩怨已随风而逝，
>
> 两个世界，几许痴迷？
>
> 十载离散，几许相思？
>
> 这天上人间可能再聚？
>
> 听那杜鹃在林中轻啼：
>
> "不如归去！不如归去！"

是的，她已经归来了，从另一个世界里归来了。她捧着那些信封信笺，俯身向柏霈文。刚好霈文醒来，他用担忧的声音喊：

"含烟？"

"是的，我在这儿呢。"她用带泪的、轻快的声音回答。一面紧握住了他的手。一面，她把亭亭——那个满脸惊诧的孩子——也紧拥在怀中。三颗头颅紧靠在一起，不，是三颗心紧靠在一起。

于是，我们的故事完了。

于是，新的含烟山庄建造了起来，比以前的更华丽，更雅致，更精美。因为，除了用砖头石块建造以外，这山庄还用了大量的爱——这是世界上最美丽的华屋。

于是，在一个新的五月的清晨，那些在山坡上采茶的姑娘，都不由自主地抬起头来，对那栋树木葱茏、花叶扶疏的花园望去。因为，在那庭院深深之处，正飘出一个小女孩银铃似的笑声和高呼声：

"爸爸，妈！你们藏在哪儿呀？好，给我抓到了！"

接着，是一大串的笑声，和一个孩子快乐的歌声：

　　我有一只小毛驴，

　　我从来也不骑，

　　有一天我心血来潮，

　　骑着去赶集，

　　我手里拿着小皮鞭，

　　心里真得意，

　　不知怎么哗啦啦啦，

　　摔了一身泥！

快乐是具有感染性的，采茶的姑娘们都相视而笑，连那站在一边监工的高立德，也不由自主地微笑了起来。

含烟山庄的歌声仍然继续不断地飘出来，飘出来，飘出来……从那深深庭院中飘出来，从那爱的世界里飘出来，飘到好远、好远、好远的地方！

这是一个温馨的、有情的世界，不是吗？

〈全书完〉

一九六九年三月二十五日黄昏于台北

图书在版编目（CIP）数据

庭院深深 / 琼瑶著 . —长沙：湖南文艺出版社，2018.1
ISBN 978-7-5404-8323-4

Ⅰ . ①庭… Ⅱ . ①琼… Ⅲ . ①长篇小说—中国—当代 Ⅳ . ① I247.5

中国版本图书馆 CIP 数据核字（2017）第 240438 号

上架建议：畅销·小说

TINGYUAN SHENSHEN
庭院深深

作　　者：琼瑶
出 版 人：曾赛丰
责任编辑：薛　健　刘诗哲
监　　制：毛闽峰　赵　萌　李　娜
特约监制：何琇琼
版权支持：戴　玲
特约策划：李　颖　张园园　谢晓梅　杨　祎
特约编辑：王苏苏
营销编辑：杨　帆　周怡文
装帧设计：利　锐
出版发行：湖南文艺出版社
　　　　　（长沙市雨花区东二环一段 508 号　邮编：410014）
网　　址：www.hnwy.net
印　　刷：北京天宇万达印刷有限公司
经　　销：新华书店
开　　本：860mm×1200mm　1/32
字　　数：282 千字
印　　张：12.25
版　　次：2018 年 1 月第 1 版
印　　次：2018 年 1 月第 1 次印刷
书　　号：ISBN 978-7-5404-8323-4
定　　价：42.00 元

若有质量问题，请致电质量监督电话：010-59096394
团购电话：010-59320018